HAYMONtaschenbuch 178

Haftungsausschluss: Dies ist ein fiktives Werk und hat mit der tatsächlichen Aufführung von „Turandot" anlässlich der Bregenzer Festspiele 2015 und 2016 nicht das Geringste zu tun. Alle Personen sind frei erfunden. Nur Bregenz ist wirklich real.

Auflage:
4   3   2
2019 2018 2017 2016

HAYMON tb 178

Originalausgabe
© Haymon Taschenbuch, Innsbruck-Wien 2016
www.haymonverlag.at

Alle Rechte vorbehalten. Kein Teil des Werkes darf in irgendeiner Form (Druck, Fotokopie, Mikrofilm oder in einem anderen Verfahren) ohne schriftliche Genehmigung des Verlages reproduziert oder unter Verwendung elektronischer Systeme verarbeitet, vervielfältigt oder verbreitet werden.

ISBN 978-3-85218-978-9

Umschlag- und Buchgestaltung nach Entwürfen von
hœretzeder grafische gestaltung, Scheffau/Tirol
Umschlag: Eisele Grafik · Design, München, unter Verwendung von Bildelementen von bigstock.com/Andrey_Kuzmin (See), bigstock.com/Javier Brosch (Schwimmreifen), bigstock.com/dariazu (Himmel), bigstock.com/Life on White (Hund), bigstock.com/Sarah Nicholl (Flagge)
Satz: Da-TeX Gerd Blumenstein, Leipzig
Autorenfoto: michele corleone ©2016

Gedruckt auf umweltfreundlichem,
chlor- und säurefrei gebleichtem Papier.

Tatjana Kruse
Glitzer, Glamour, Wasserleiche

Ein rabenschwarzer Pauline-Miller-Krimi

Tatjana Kruse
Glitzer, Glamour, Wasserleiche

Für Django, den echten *Boston Terrier.*

Blubb

Sie glauben, Sie wüssten, wie der Hase läuft?

Falsch!

Der Hase läuft nicht, er hoppelt.

Und eine Wasserleiche sinkt auch nicht schnurstracks wie ein Stein auf den Gewässerboden, wie man das als noch ungeübter Mörder denken könnte. Als jemand, der zum ersten Mal versucht, eine Leiche, die er in zwei große, mit Paketkleber zusammengeklebte und mit Fahrradketten verschnürte Müllsäcke gesteckt hat, auf den Grund des Bodensees zu befördern.

Bei Nacht und Nebel.

Also, im Grunde war es nur Nacht. Folglich dunkel. Aber nicht neblig. Deswegen sah man in der Ferne drüben am Ufer – an einem der feinen Enden des Sees, wo die teuren Villen stehen – einige Lichter brennen. Aber wirklich nur sehr wenige. Es war ja spät.

Sie waren zu zweit.

Die dümpelnde Leiche nicht mitgezählt.

„Drück sie mit dem Ruder nach unten", sagte die Frau.

Der Mann atmete genervt aus. „Was glaubst du, was ich die ganze Zeit mache? Ihr mit dem Ruder den Rücken tätscheln?"

Die Leiche dümpelte ungerührt weiter.

Dumm jetzt. Das hätten sich die beiden aber auch vorher überlegen können. Was uns als Hinweis darauf dienen soll, dass es sich nicht um professionelle Vertreter des organisierten Verbrechens handelte.

Wobei auch Laien bei guter Planung zwei und zwei zusammenzählen können. Man muss nämlich nicht im Toten Meer schwimmen, um nicht unterzugehen. Wer sich flach wie ein Bügelbrett auf den Rücken in ein Gewässer legt, geht erst mal nicht unter. Haben wir doch alle als Kinder im Hallenbad am eigenen Leib erfahren. Das gilt folgerichtig auch für Leichen, bei denen die Totenstarre eingesetzt hat.

„Wir müssen sie beschweren", konstatierte der Mann.

„Womit denn, bitte schön?" Genervt rollte die Frau mit den Augen. Was man in der Dunkelheit nicht sehen, aber irgendwie hören konnte, als würden die Augäpfel beim Rollen ein knirschendes Geräusch von sich geben.

Stille senkte sich über das Ruderboot.

Die beiden verharrten reglos auf ihrer jeweiligen Sitzbank. Als ob sie dächten, die Leiche würde, wenn sie nur lange genug reglos verharrten, ein Einsehen haben und doch noch von allein untergehen.

Um niemals wieder aufzutauchen.

Das hatten sie schließlich oft genug in der Zeitung gelesen. Was der Bodensee einmal verschlingt, gibt er nicht wieder her. Seit 1947 – das wusste jeder, der hier wohnte – waren fast einhundert Menschen im See ertrunken und nie mehr aufgetaucht.

Eingeweihte kennen die Gründe dafür: Es ist nichts Mysteriöses, der Bodensee ist kein zweites Bermuda-Dreieck, nein, es liegt unter anderem an der niedrigen Temperatur seines Tiefenwassers. Sinkt eine Leiche unter dreißig Meter, bilden sich bei durchschnittlich vier Grad Wassertemperatur keine oder zu wenige jener Fäulnisgase, die nötig sind, um den Körper wieder nach oben zu treiben. Außerdem hält der Wasserdruck den Körper in der Tiefe. Und sobald der Leichnam auf den Grund gesunken ist, decken ihn relativ zügig Sedimente aus den Bodenseezuflüssen Rhein, Bregenzer Ach oder Argen zu. Wenn dieser Fall eintritt, können selbst Taucher mit Unterwasserkameras und Echolot wenig ausrichten. Kurzum: perfekte Bedingungen für eine illegale „Entsorgung".

Aber diese Leiche hier zeigte ihren Mördern gegenüber kein Entgegenkommen – sie weigerte sich standhaft unterzugehen. War ja auch etwas viel verlangt. Auf die, die einen ermordet hatten, auch noch Rücksicht zu nehmen? Nee, oder? Das konnte nun wirklich keiner verlangen.

„Ich hab doch gesagt, wir sollten es wie einen Selbstmord aussehen lassen", maulte der Mann. „Mit Steinen in den Manteltaschen ins Wasser gegangen – wie Virginia Woolf. Dann wäre es völlig egal gewesen, ob man sie findet oder nicht." In seiner Freizeit las er viel. Vor allem Biografien berühmter Frauen.

„Klar. Weil sie uns zuliebe einfach so in den See spaziert wäre", hielt die Frau dagegen, die nicht las, aber pragmatisch dachte.

„Wir hätten sie unter Wasser drücken können."

„Das hätte der Gerichtsmediziner anhand der Handabdrücke und Blutergüsse doch sofort als Tötungsdelikt eingestuft! Und prompt hätte es geheißen: Adiós, schöner Selbstmord!" Sie las zwar nicht, aber sie schaute dafür leidenschaftlich gern sämtliche CSI-Serien im Fernsehen und war somit auf dem neuesten Stand, was kriminaltechnische Spurenermittlungsuntersuchungen anging.

„Na schön, dann hätten wir sie eben in der Badewanne ertränkt und anschließend in den See geworfen."

„Mein Gott, sie hat immer nur Schaumbäder genommen. Ihre Lunge wäre voll von sündteuren Badezusätzen gewesen. Meinst du nicht, das hätte irgendwie auffällig gewirkt?" Sarkasmus war eine ihrer Kernkompetenzen.

Wieder Stille.

„Wenn wir lange genug warten ...", fing der Mann an.

„Lange genug, lange genug – wir haben keine Zeit für lange genug. In zweieinhalb Stunden geht die Sonne auf. Was, wenn sie bis dahin immer noch nicht untergegangen ist?"

Der Mann brummte: „Ich rudere sicher nicht noch mal ans Ufer, um etwas Schweres zu holen." Er war nicht sportlich und schon gar kein Ruderer. Wie Michael Jackson gesungen hatte: „I'm a lover, not a fighter." Seine Armmuskeln konnten eine Maß Bier halten, mehr nicht. Schon jetzt schmerzten sie fast unerträglich, und von der ungewohnten Anstrengung hatte er Seitenstechen.

Seine Kraft reichte aber – das musste die Verzweiflung sein – noch, um mit dem Ruder jetzt kräftiger zuzuschlagen. Es wirkte ein wenig so, als wolle er der widerspenstigen Leiche den Podex versohlen.

„Was machst du denn da?", herrschte ihn die Frau an. Nicht etwa, weil sie wegen der Totenschändung moralische Bedenken hatte, einfach nur deshalb, weil sie es nicht ertrug, wenn er Eigeninitiative zeigte. Das ging nämlich immer schief.

Prompt platzte einer der Müllsäcke auf. Man sah ein Stück Knie. Wasser drang ein. Die Leiche bekam leichte Schlagseite.

„Ha!", rief der Mann. Er rief es triumphierend. Mit stolzem Gesichtsausdruck, wie ein Matador, der dem Stier mit dem Degen den Descabello, den letzten, tödlichen Stoß ins Genick, versetzt. Ruckartig schob er die Leiche mit dem Ruder vom Boot weg.

Das heißt, sie wegzuschieben war seine Absicht, aber das Ruderblatt verfing sich dabei in einer der beiden Fahrradketten, die sie um die Knöchel und den Hals der Leiche geschlungen hatten, um sie besser transportieren zu können.

Jählings wollte er das Ruder zurückreißen, aber es glitschte ihm aus den Händen. Er verlor das Gleichgewicht und fiel schwer nach hinten gegen den Bootsrand, woraufhin das Boot schaukelnd abdriftete.

Währenddessen ging die Leiche – nunmehr mit Müllsackleck und eingehaktem schwerem Ruder – unter. Erstaunlich zügig sogar, wenn man berücksichtigt, dass sie bis gerade eben noch unsinkbar erschienen war. Insofern ähnelte sie der Titantic, nur ohne Eisberg.

„Jetzt tu doch was!", gellte die Frau.

Der Mann rappelte sich auf und schaute auf die Stelle, an der eben noch die Leiche gedümpelt war. Jetzt sah man nur noch einen Zipfel der oberen Mülltüte ...

... und gleich darauf gar nichts mehr. Außer kleinen Wellen, die sich konzentrisch vom Ort des Untergangs fortbewegten.

„Du Idiot!", kreischte die Frau.

Das war bitter, ließ sich aber nicht leugnen. Der Mann schwieg.

„Du selten blöder, hirnrissiger Idiot!", setzte sie noch eins drauf.

Das tat noch mehr weh als der Muskelkater, aber er schwieg dennoch stoisch.

„Wie sollen wir denn jetzt zurück ans Ufer kommen, hast du dir das überlegt? Nein, natürlich hast du dir das nicht überlegt. Wenn du überhaupt mal denkst, dann ja immer erst hinterher!"

Er presste die Lippen aufeinander. Sie tat gerade so, als habe er es absichtlich getan.

„Ich sag es dir gleich: Ich helfe dir nicht. Sieh zu, wie du uns ans Ufer paddelst. Und wenn du es mit den Händen tust." Sie verschränkte die Arme vor der Brust.

Er ließ sich auf seiner Bank nieder, nahm das verbliebene Ruder aus der Halterung und versuchte, das Boot wie ein Indianer im Kanu mit nur einem Paddel voranzutreiben. Erst links, dann über das Boot heben, dann rechts. Bei jeder Bewegung hätte er seinen Schmerz am liebsten herausgeschrien.

Aber er blieb stumm, sagte kein Wort, hielt einfach nur den Mund.

Denn eins hatte er in seinem Leben als Mann gelernt: Mit einer Frau zu streiten glich den Nutzungsbedingungen zu einem Software-Upgrade auf dem Computer. Es kostete nur wertvolle Lebenszeit, die man nie zurückbekam. Und es brachte nichts. Absolut gar nichts. Darum ignorierte man irgendwann alles, auch das Kleingedruckte, und klickte einfach nur auf „akzeptieren". Auch wenn er ein klitzekleines bisschen sehnsüchtig mit dem Gedanken spielte, noch eine zweite Person zu versenken …

*Die Bregenzer Festspiele präsentieren
als Spiel auf dem See:*

Turandot

Operndrama in drei Akten und
fünf Bildern von Giacomo Puccini

Besetzung:

Die Prinzessin Turandot … Pauline Miller
Prinz Calaf … Idris Adoa
Timur, entthronter König der Tartaren,
sein Vater … Karl Bussek
Liù, eine junge Sklavin … Silke von Herrmann
Kaiser Altoum … Wladislaw Minski
Ping … Park Gwang-Jo
Pang … Yun Chung-hee
Pong … Gary Kang

Kaiserliche Wachen, Mandarine, Dienerinnen,
Bannerträger, die Schatten der Verstorbenen

Musikalische Leitung … Arnaldur Atlason
Inszenierung … Kiki Sturzenegger
Bühne … Gernot Kaiser
Kostüme … Rahel Goldmann
Kampf-Choreografie … Vince Doyle
Dramaturgie … Sasha Fournier

Erster Akt

Bodensee-Blues für Anfänger

Eine Symphonie aus Blau. Blaues Wasser, blauer Himmel, alles blau. Nicht „Monochrome bleu" von Yves Klein, sondern ein Meer unterschiedlichster Blautöne. Es handelt sich ja schließlich auch um ein Meer, genauer gesagt um das Mare Suebicum.

Wie herrlich, vom Bodensee an diesem Frühsommertag so phantastisch empfangen zu werden.

Ich sitze an der Spitze der Seeanlage auf einer der Steinstufen, die direkt hinunter zum Wasser führen, und schaue hinaus ins Blau. Ja gut, nicht nur Blau. Mehr so Blau mit silberweißen Sprenkeln. Die Sonne glitzert diamanten auf dem Wasser, vor mir dümpeln majestätisch drei weiße Schwäne, in der Ferne sieht man weiße Segelboote – aber das sind alles nur bloße Tupfer auf intensivem, betörendem Blau.

Radames, mein Boston Terrier, steht kläffend und mit rotierendem Schwänzchen am Rand des Wassers und starrt einen der Schwäne an. Der Schwan starrt zurück. Ich kenne meinen Hund und weiß: Liebe liegt in der Luft. Das Kläffen ist seine Ode an die Geliebte. Er möchte Leda und der Schwan nachstellen, nur statt Leda mit einem Boston Terrier. Ich fürchte allerdings, der Schwan hat kein romantisches Interesse an Radames. Der überlegt sich gerade, ob er auf Fleisch umsteigen und die Töle verschlingen soll. Zumindest guckt er giftig.

Bis ein Mann in einem auffälligen dunkellila Anzug mit hellblauem Fischgrätmuster die Stufen heruntergeschritten kommt und dem Schwan aus einer Papiertüte Brötchenkrümel zuwirft.

So ein Schwan kann ja mit seinem Schnabel nicht wirklich lächeln, aber wenn er es denn könnte, jetzt würde er es tun. Gierig schnappt er nach den Krümeln. Nun guckt mein Radames böse, weil die gefiederte Liebe seines Lebens sich einem anderen zugewendet hat. Ihm dämmert wohl gerade, dass Brotkrumen für Schwäne das sind, was Diamanten für Blondinen sind, und dass seiner Liebsten das Glück ihres Magens über das Glück seines Herzens geht. Er kläfft – diesmal ungehalten.

Ich betrachte den Rücken des Schwanenbeglückers. Schmaler, als ich es normalerweise bei Männern goutiere, mit schulterlangen, graumelierten Haaren.

Aber ganz ehrlich, wenn man tatsächlich Bestellungen beim Universum aufgeben könnte, dann würde ich in diesem Moment gut leserlich auf das Formblatt kritzeln: Bitte einpacken, mit rotem Geschenkband und Schleife verzieren und zu mir nach Hause liefern!

Ich bin weiblich, Mitte dreißig, voller Saft und Kraft und Lebenslust. Aber seit exakt zwölf Monaten und 24 Tagen bin ich „unbesprungen", lebe keusch wie eine Nonne – will heißen, mein Garten der Liebe wurde nicht bewässert. Oder noch deutlicher: Ich hatte keinen Sex. Null. Nada.

Das hatte Gründe. Zum einen hat mich mein Ex schnöde abserviert. Per SMS. Aus heiterem Himmel. Zum anderen wurde der Mann, mit dem ich mich über meinen Ex hinwegtrösten wollte, geschätzte dreißig Minuten, bevor er mich zu begatten gedachte, von einem heimtückischen Mörder umgebracht. Nicht nur umgebracht, sondern geköpft und geköchelt. Schimpfen Sie mich übersensibel, aber das wirkte sich auf meine Libido aus wie ein Eimer eiskaltes Wasser – sie schrumpelte ein.

Sowohl mein Ex als auch der Mann, der mich über meinen Ex hätte hinwegtrösten sollen, waren Tenöre.

Als sich meine Libido nach ein paar Monaten wieder zaghaft zu regen begann, schwor ich mir deshalb: *Nie wieder mit einem Tenor!* Okay, das schwor ich nicht zum ersten Mal, aber dieses Mal war es mir ernst!

Das war kein Neujahrsvorsatz, keine lose formulierte Absichtserklärung, das war ein Blutschwur! Der allerdings – ich bin Opernsängerin und toure von einem Engagement zum anderen – die Auswahl an potenziellen Betthasen drastisch verringert.

Vermutlich überlegen Sie sich nicht oft, wie der Alltag einer gefeierten Opernsängerin aussieht. Warum auch? Und falls Sie es doch einmal tun, dann stellen Sie ihn sich bestimmt glamourös vor. Voller Glitzer und Luxus und Dolce Vita.

In Wirklichkeit tingele ich von einem Opernhaus zum nächsten – okay, ja, es ist Tingeln auf höchstem Niveau, aber dennoch ein Leben on the road – und kann meine Freundschaften nur über soziale Netzwerke pflegen. Und weil ich rund um die Uhr entweder probe oder auftrete, beschränken sich meine Männerbekanntschaften allein auf das berufliche Umfeld. Es herrscht ein natürlicher Graben zwischen den Leuten hinter den Kulissen und denen im Rampenlicht, was das Feld der möglichen Kandidaten weiter ausdünnt. Und die im Rampenlicht sind gern auch mal schwul.

Langer Rede, kurzer Sinn: Seit über einem Jahr befinde ich mich in einer Trockenphase. Ich will nicht sagen, dass ich jeden genommen hätte, aber die Latte hing schon verdammt niedrig.

Da!

Der Mann im lila Fischgrätanzug hat sämtliche Brotkrumen verfüttert und dreht sich um.

Zackig stütze ich mich mit beiden Händen auf der Steinstufe ab, auf der ich sitze, weil man auf diese Weise dem Betrachter den Brustkorb gefälliger entgegenstrecken kann. Ich benetze mir die Lippen und lächle.

Und ja, er enttäuscht auch von vorn nicht. Leuchtend blaue Augen mit vielen feinen Fältchen drum herum, was entweder davon zeugt, dass er gern und oft lacht oder dass er sich häufig ohne Sonnenbrille in die Sonne begibt und dann blinzeln muss.

Ein wenig ins Schlucken komme ich angesichts seines Vollbarts. Der ist wirklich nicht von schlechten Eltern. Aber egal. Insgesamt überzeugt mich seine Aura. Ein Code für: Er lebt, er ist ein Mann, und ich finde ihn nicht gänzlich abstoßend. Das muss reichen.

Urteilen Sie nicht über mich! Ein Leben ohne Liebe ist wie ein Puzzle, in dem Teile fehlen. Ich habe ja versucht, mir einzureden, dass die Liebe zur Musik und die Liebe zu meinem Hund reichen – und meine Seele war damit auch zufrieden. Aber mein Körper nicht! Da hat es auch nicht geholfen, dass sich meine beste Freundin und Agentin letzten Sommer in Salzburg verliebt hat, und die beiden ihre Liebe – vor meinen Augen – beglückt auslebten. Das will ich auch!

Folglich suche ich den Blickkontakt.

Gleich darauf versenken sich seine blauen Augen in meine braunen. Es macht deutlich hörbar *Klick*.

Gefällt ihm, was er sieht? Eine rubeneske, brünette Frau mit wilden Locken und einem Tick zu viel Schmuck in einem leuchtend türkisfarbenen Wickelkleid und goldenen Sandalen, die versucht, kokett zu lächeln.

Ja, doch, offenbar schon. Er erwidert mein Lächeln – strahlt förmlich – und kommt auf mich zu.

Das ist der Moment, in dem mich der Mut verlässt. Was bilde ich mir eigentlich ein? Schwupps, lege ich die Hände in den Schoß und überlasse meinen Busen wieder der Schwerkraft.

Das bin ich nicht. Ich reiße keine Männer auf. Ich bin eine Lady. Wenn schon, dann bin ich es, die aufgerissen wird. Flirts erwidere ich nur, ich initiiere sie nicht. Da bekommt er einen völlig falschen Eindruck von meinem Charakter. Und wenn etwas schon so falsch anfängt, dann kann daraus ja nichts werden.

Ich beschließe, mich ab sofort kühl und distanziert zu geben. Ich werde Radames rufen, aufstehen und ...

„Hallo", sagt er und setzt sich neben mich.

„Äh ... hallo." Seine blauen Augen sind aber wirklich verdammt blau. Prompt habe ich vergessen, was ich tun wollte.

„Was für ein wunderschöner Tag!"

Er lispelt ein wenig. Das ist aber kein Sprachfehler, das ist ein Akzent. Ich tippe auf Skandinavien.

Na toll. Der Wikinger und die Nonne. So könnte der Film über unsere Liebesgeschichte heißen. Ein viriler, bärtiger Kerl aus dem hohen Norden trifft auf eine Frau, die schon so lange keinen Beischlaf mehr hatte, dass sie wieder als Jungfrau gilt.

„W-wirklich w-wunderschön", stottere ich. Hoffentlich denkt er jetzt nicht, ich würde mich über sein Lispeln lustig machen. In dem unendlichen Meer an Blau mit weißen Tupfen leuchtet nun etwas knallrot auf. Es ist mein Gesicht.

Ehrlich, normalerweise reagiere ich souveräner!

„Sie sind auch sehr schön", sagt er, und die vielen s-Laute aus seinem Mund klingen entzückend. Bestimmt ist er Däne. Ich kann förmlich spüren, wie ich dahinschmelze.

„Sie auch", platzt es aus mir heraus. Was ehedem mein Kopf war, geht nun als Leuchtboje durch. Ich könnte Unterricht im Flirten geben: Wie man es nicht macht.

Er lächelt mich an.

Ist es so heiß, oder bin ich das?

Du bist Pauline Miller, gefeierter Opernstar. Du wirst ihn jetzt lässig fragen, ob er mit dir einen Eiskaffee trinken möchte. Wie ein Mantra sage ich diesen Satz innerlich auf. Aber mein Mund bleibt stumm.

Ein Hund kläfft. Wasser spritzt.

Es ist Radames, er ist gerade tollkühn in den See gesprungen, um der Liebe seines Lebens hinterherzuschwimmen.

Noch vor wenigen Minuten wäre ich, mütterlich besorgt, nachgesprungen – wobei man an dieser Stelle nicht von springen reden kann, die Wassertiefe vor den Steinstufen beträgt maximal zehn Zentimeter, man kann die Kieselsteine am Grund sehen –, aber jetzt verharre ich reglos und verliere mich im Blau seiner Augen.

Radames kläfft sich seine Sehnsucht aus dem kleinen Hundeleib. Den Schwan kümmert das nicht. Zügig gleitet er in tieferes Wasser.

„Ist das Ihr Hund?", fragt mein Adonis. Er schaut auf die Hundeleine neben mir und dann zu Radames. Mein Boston Terrier ist zwar in den Schwan verschossen, aber nicht lebensmüde: Er schwimmt gerade zurück ans Ufer.

Ich nicke nur.

„Süßer, kleiner Kerl", sagt Adonis. Wie er wohl heißen mag? Bestimmt hat er einen typisch dänischen Vornamen wie ... keine Ahnung, wie Dänen heißen. Das einzig annähernd Dänische, was mir einfällt, ist Hägar der Schreckliche aus dem gleichnamigen Comic.

Hägar.

Ich könnte einen Mann lieben, der Hägar heißt.

Mir wird klar: Ich bin schockverliebt.

Hägar lächelt noch breiter, dann greift er nach meiner Hand, zieht sie an seine Lippen und haucht einen Kuss auf meinen Handrücken.

Sämtliche Härchen auf meinem Arm stellen sich auf, ich bekomme Gänsehaut.

„Ich muss leider los … noch einen schönen Tag", sagt er und steht auf.

NEIN!, gellt es in mir. Aber meine Lippen gehorchen mir nicht.

Mit einem Zwinkern seiner blauen Augen lässt er meine Hand los, steigt die Stufen zur Promenade hoch und schreitet davon.

Meine Hand hängt im luftleeren Raum.

Radames kommt angewackelt, schüttelt sich das Bodenseewasser aus dem Kurzhaarfell und schaut mich aus seinen riesigen Terrieraugen liebeskrank an.

Ich schaue liebeskrank zurück.

Wie konnte ich eine solche Gelegenheit vermasseln? Wie? Wie? Wie?

Frau und Hund überkommt der Bodensee-Blues.

Erst jetzt erwachen auch meine Lippen wieder zum Leben.

„Scheiße", flüstern sie.

Jedem Anfang wohnt ein Zauber inne

Ich seufze.

Das Wasser schwappt an die Kaimauer, in der Ferne hört man eine Schiffshupe und das Bimmeln der Schranken an den Bahngleisen. Eigentlich Idylle pur.

Immer noch auf den Steinstufen sitzend, atme ich die milde Bodenseeluft tief ein und aus und wieder ein und aus und denke mir, dass das eben einer dieser unverhofften kleinen Glücksmomente im Leben war, die sich nicht wie Blumen zwischen zwei Buchseiten pressen lassen, um sie für die Ewigkeit zu konservieren, einer der Momente, die man einfach nur genießen soll, solange sie währen – und gut. Gerade will ich wohlig seufzen, als ...

„Halsabschneider! Wegelagerer! Weißt du, was die hier für eine Kugel Eis verlangen? Ich spüre die eiserne Kralle des Kapitalismus!"

Ich seufze, aber nicht mehr wohlig.

So etwas wie das Paradies gibt es eben nicht. Weder auf der Erde im Allgemeinen noch in Bregenz im Besonderen. Es gibt immer und überall eine Schlange, die einem einen Apfel reicht.

Oder einen Vater, der einem ein Vanilleeis in die Hand drückt.

„Hier. Bei diesen Wucherpreisen teilen wir es uns. Ich habe meine Hälfte schon auf dem Weg zu dir geschleckt."

Ich schaue auf die klebrige Waffel, in der angesichts der bereits sommerlichen Temperaturen nur noch ein wenig Vanillesoße mit kleinen Klumpen schwimmt.

In solchen Situationen muss man sich immer ganz bewusst vor Augen halten, dass man seinen Vater liebt – und sei es auch nur deswegen, weil man ohne ihn nicht existieren würde.

Die Sonne ist weitergewandert. Wir sitzen jetzt in der prallen Hitze und nicht mehr im Schatten des großen Baumes hinter uns, den Radames schon dreimal markiert hat, was im Übrigen nicht auf besonderes Alpha-Männchen-Gehabe zurückzuführen ist, sondern auf die Tatsache, dass er kein junger Hund mehr ist und daher unter Prostata-Problemen leidet. Im Grunde bräuchte er eine Windel.

Auch mein Vater ist nicht mehr der Jüngste, was ihn aber nicht davon abhält, seinen inneren Hippie rauszulassen.

Eigentlich arbeitet er als Klavierlehrer. Von ihm habe ich die Liebe zur Musik geerbt. Wenn man ihn allerdings jetzt so sieht – knittrige Leinenhose, Jeansweste über einem weißen Rüschenhemd, Birkenstocksandalen, struppige, lange Haare (wo sie noch wachsen), Vollbart (kein gepflegter Hipster-Bart wie bei meinem Dänen vorhin, sondern ungezähmter Wildwuchs), eine John-Lennon-Gedächtnisbrille mit runden Gläsern und gefühlt eine Million Freundschaftsbänder an beiden Handgelenken –, dann hat man das Gefühl, er sei damals in Woodstock in ein Raum-Zeit-Wurmloch gesogen und jetzt hier in Bregenz wieder ausgespuckt worden. Ich weiß gar nicht, wo das auf einmal herkommt. Er war sonst immer so angepasst und bieder und trug Dreiteiler. Holt er mit Mitte sechzig etwa seine Midlife-Crisis nach?

Verstehen Sie mich nicht miss: Ich schäme mich nicht für meinen Vater. Im Gegenteil, als Künstlerin schätze ich seine Lässigkeit und dass er sich ein Ei darauf pellt, was die Leute von ihm denken. Aber ich bin ja nicht nur eine weltweit gefeierte Opernsängerin, ich bin auch die Tochter meiner Mutter, und als solche schimpfe ich nun: „Papa, dein Bart ist über und über mit Eis verklebt!"

Ich reiche ihm meine Wasserflasche. Als Sängerin hat man immer (!) eine Wasserflasche dabei – die Stimmbänder dürfen unter keinen Umständen austrocknen. „Hier, wasch das aus."

Mein Vater sitzt im Lotussitz und hat die Hände hinter dem Kopf verschränkt. Wenn er etwas mehr Fett auf den Rippen hätte, würde er in dieser Haltung an einen Buddha erinnern, der gerade seine täglichen Yoga-Übungen absolviert. So ähnelt er aber eher einem spargeligen Knetgummimann, den jemand zu einer Brezel verbiegen wollte, daran aber gescheitert ist.

Papa genießt sichtlich das Hier und Jetzt. Klebrige Barthaare fechten ihn nicht weiter an.

Ich hasse diesen Waldschrat-Bart, den er sich hat wachsen lassen, kaum dass meine Mutter ihm den Rücken gekehrt hat. Nicht für immer, nur für die Dauer eines Töpferkurses. Hoffe ich.

Und als ob seine Barthaare wüssten, dass sie in die Freiheit entlassen wurden, wachsen sie unglaublich schnell. Schon nach drei Wochen wuchert ein Dschungel auf seinem Kinn, in dem – da bin ich mir sicher – Kleingetier aller Art haust.

Bäh.

„Wasser. Zum Auswaschen", wiederhole ich streng.

„Mach dich locker, Princess Pauline. Iss dein Eis."

Mein Vater ist Amerikaner. Wenn er, wie er es nennt, auf den *good vibrations* des Universums surft, dann nennt er mich immer Princess. Wenn er – leicht genervt – merkt, dass ihn die Gravitation auf den Boden der Tatsachen holen will, bekommt die Princess meinen Vornamen Pauline an die Seite gestellt. Und wenn er stinkig ist, weil er sich zu sehr geerdet fühlt, was ihm die Luft zum Leben, Lieben und Lachen raubt, dann bin ich nur noch Pauline für ihn.

Princess Pauline ist also eine Warnung. Ich seufze noch mal, schicksalsergeben, und schaue zu Radames, der jetzt auf der obersten Stufe steht und hinaus auf den See schaut, wo sein Schwan dümpelt. Oder irgendein Schwan. Die sehen doch alle gleich aus. Ich bin sicher, Radames kann sie auch nicht auseinanderhalten. Dass er nicht angelaufen kommt, um etwas vom Eis zu schnorren, lässt tief in seine kleine Hundeseele blicken. Er ist ernsthaft verliebt.

Tja, wir sind beide nicht zum Zug gekommen. So ist das Leben!

Ich stehe auf und werfe die Waffel in den Mülleimer. Dann gieße ich mir etwas Wasser über die Hände, um meine klebrigen Finger zu säubern, und sage: „Okay, Papa, wir müssen jetzt los. In einer Viertelstunde gibt es den Begrüßungscocktail."

Heute ist der Kennenlerntag für alle Akteure der diesjährigen Bregenzer Festspiele. Aus aller Welt sind Sängerinnen und Sänger angereist, um nach ein paar Probenwochen den Festspielbesuchern ein unvergessliches Opernerlebnis direkt am See zu ermöglichen. Heuer gibt es „Turandot" von Giacomo Puccini. Ich bin die Turandot.

Waren Sie schon einmal bei den Festspielen in Bregenz? Oder haben sich auf 3Sat eine Übertragung angeschaut? Oder zumindest den James-Bond-Film „Ein Quantum Trost" gesehen? Dann wissen Sie ja, wie grandios die Kulisse der Festspiele ist. Ein in seiner Größe und Schönheit beeindruckendes Bühnenbild wird in den See hineingebaut, quasi als würde es aus dessen Tiefen herauswachsen. Einfach phantastisch.

Aber das ist gleichzeitig die Krux. Also ... nicht, dass es phantastisch ist, sondern dass die Freilichtoper an einem Gewässer ist.

Was glauben Sie, warum eine Joyce DiDonato oder eine Anna Netrebko noch nie in Bregenz mitgesungen hat? Warum es auch eine Maria Callas nie getan hätte, hätte es die Festspiele damals schon gegeben? Am Geld liegt es eindeutig nicht. Es liegt daran, dass die Bedingungen für uns Sänger nicht optimal sind. Auf einer so gewaltigen Bühne brauchen wir eine Kondition wie ein Hochleistungssportler. Außerdem müssen wir immer auftreten, egal, ob es kalt oder warm oder windig oder trocken oder feucht ist. Nur bei andauerndem Starkregen mit Unwetterwarnung wird das Stück nach innen in den Festsaal verlegt.

Kurzum, ich muss Mimi viel zumuten. Mimi, so nenne ich meinen Stimmapparat. Von Mimi hängen mein Wohl und Wehe und meine ganze Karriere ab. Wenn Mimi zickt, habe ich ein Problem.

Mittlerweile bin ich – das finde zumindest ich – eine zu große Nummer für Freilichtopern, aber den Vertrag habe ich schon vor Urzeiten, lange vor meinem Durchbruch an der Met, unterschrieben. Auf Anraten meiner Agentin und Freundin Marie-Luise Bröckinger, kurz Bröcki, der ich diesen Umstand seit unserer Ankunft in Bregenz immer mal wieder vorwurfsvoll unter die Nase reibe.

„Dass du immer so hetzen musst, Princess", mosert mein Vater. „Das ist die Deutsche in dir." Er entknotet trotzdem seine Beine, erhebt sich ächzend und macht mit nach vorn gestreckten Armen ein paar Kniebeugen, weil das gut für die Gelenke ist, wie er immer sagt.

Mit der Deutschen in mir meint er nicht Mimi – ich habe niemandem erzählt, dass ich meinem Stimmapparat einen Namen gegeben habe –, sondern die Gene, die ich von meiner deutschen Mutter abbekommen habe.

Gene, die für Pünktlichkeit, Sauberkeit und gutes Benehmen in der Öffentlichkeit zuständig sind.

„Papa, das ist peinlich! Die Leute gucken schon."

Meinen Vater kratzt es nicht, dass die zahlreich vorhandenen Touristen jetzt nicht mehr auf den majestätischen weißen Zeppelin schauen, der gerade aus Richtung Friedrichshafen am Himmel schwebend an Größe gewinnt, sondern auf den Althippie, der beim Kniebeugen lauthals ruft: „Ein Mick Jagger, zwei Mick Jagger, drei Mick Jagger ..."

Papa achtet nicht weiter auf mich, sondern zählt zwanzig Mick Jagger. Dann schüttelt er die Beine aus und strahlt. „Das hält die alten Knochen geschmeidig! Und jetzt los!"

Jedem anderen hätte ich meinen Unmut in deutlichen Worten kundgetan, weil ich sehr darauf bedacht bin, jetzt – wo ich ganz offiziell ein Stern am Opernhimmel bin – keine unschönen Kratzer in meinen glänzenden Ruf zu bekommen, und folglich in der Öffentlichkeit nicht auffallen will. Aber beim eigenen Vater mutiert man zum Kleinkind, egal, wie alt man ist. Folglich sage ich nichts, sondern rufe Radames – und zwar viermal in Folge, erst dann dringt meine Stimme durch den Liebesrausch an seine Öhrchen –, nehme ihn auf den Arm und folge meinem Erzeuger den Kai entlang in Richtung Festspielhaus.

Die Brise, die vom See her weht, spielt mit meinen langen, dunklen Locken. Letzten Sommer in Salzburg musste ich mich noch unkenntlich machen – ohne riesige Sonnenbrille und schattenwerfenden Strohhut verließ ich quasi nie das Haus –, aber hier in Bregenz sind, seien wir ehrlich, nicht wirklich echte Opernfreunde unterwegs, sondern eher Touristen, die einen Urlaub am See mit Genuss für Auge und Ohr am Abend verbinden wollen. Anders ausgedrückt: Niemand wird mich hier erkennen. Wir Opernsänger sind ja keine Filmstars, deren Gesichter jedermann vertraut sind. Nur Eingeweihte merken, wenn sie einem Jonas Kaufmann auf der Straße begegnen. Oder eben einer Pauline Miller.

Wir laufen an der Seepromenade entlang. Uns entgegen kommen Menschen, die zur nächsten vollen Stunde eine Hafenrundfahrt mit einem der Aussichtsboote machen wollen. Viele deutschsprachige Touristen aus Österreich, Deutschland und der Schweiz, aber auch eine erstaunliche Anzahl Araber und Asiaten und Amerikaner. Und dazwischen irrsinnig viele Hunde. Ich bin mir nicht in jedem Fall sicher, ob einfach immer mehr Touristen mit Hund in den Urlaub fahren oder ob es sich nicht auch um Einheimische handelt, die hier mit ihren Lieblingen eine Runde drehen.

Mein Radames zappelt heftig in meinen Armen, weil er abgesetzt werden will, um den anderen Vierbeinen am Hintern zu schnuppern. Das geht jetzt aber nicht, ich will nicht schon zum Kennenlerncocktail zu spät kommen. Auch als Primadonna assoluta kann man Team-Playerin sein. Pünktlichkeit ist die Höflichkeit der Könige. Von mir soll es einmal heißen: Sie ist auch als Weltstar immer ganz Mensch geblieben.

Trotz Gegenverkehr kommen wir gut voran. In Bregenz ist ja nichts wirklich weit. Es ist zwar die Hauptstadt des österreichischen Bundeslands Vorarlberg, hat sich aber seinen anheimelnden Kleinstadtcharakter bewahrt. Was ich persönlich sehr charmant finde.

Ein wenig langsamer werden wir wegen hohen Touristenaufkommens erst vor dem Wirtshaus am See. Angesichts des schönen Wetters sind die Tische im Freien bis auf den letzten Platz belegt. Aussicht in Kombination mit Imbiss – ein unschlagbares Konzept. Links vor dem Wirtshaus stehen im Schatten der Bäume drei Männer im besten Alter mit Kontrabass, Schlagzeug und Trompete und spielen auf. Irgendwas zwischen Volksmusik und Schlager, ich kenne mich da nicht aus.

„Papa, nicht so schnell!", rufe ich. Gut, dass ich Radames auf dem Arm habe, damit er nicht versehentlich von irgendwelchen Flip-Flops getreten wird.

Mein Vater ist ein hochgewachsener Schlacks von einem Mann und kann sich müheloser durch die Menschenmenge fädeln als ich mit meinen Rundungen. Wenn Papa zu Hause – rasiert und in seinem einzigen Maßanzug – als Klavierlehrer dem Nachwuchs der örtlichen Honoratioren Beethovens „Für Elise" einbläut, dann ähnelt er dem Schauspieler Dick Van Dyke. Aber im Moment gleicht er eher einem in die Jahre gekommenen Blumenkind auf dem Weg zu einem Sit-in oder zu einem Anti-Wogegenauchimmer-Happening, jedenfalls zu irgendwas Aktivistisch-Politischem, wo gekifft wird. Deshalb schreitet er so unhippiehaft zügig aus.

Ich überlege, warum ich mich einverstanden erklärt habe, dass er seinen Urlaub bei mir verbringt. Dann fällt mir wieder ein, dass er mich gar nicht gefragt hat. Sonst schickt er mir immer Blumen zu meinen Auftritten, diesmal hat er sich selbst geschickt. Und den eigenen Vater kann man ja schlecht wieder vor die Tür setzen.

Ich seufze erneut und habe das Gefühl, dass dies nicht mein letzter Seufzer gewesen sein wird.

Und dann sind wir auch schon da.

Mein Vater bleibt auf dem großzügigen, sonnenbeschienenen Platz vor dem Festspielhaus so abrupt stehen, dass ich beinahe auf ihn auflaufe, und schaut nach oben.

„299 792 458 m/s", liest er laut vor. So lauten die Ziffern, die auf dem Dach angebracht sind. „Was bedeutet das?"

„Nichts. Das ist Kunst", halte ich dagegen und schwenke, immer noch mit Radames im Arm, nach rechts zum Durchgang, der zur Seebühne führt.

„299 792 458. Ist das nicht die Lichtgeschwindigkeit?", ruft er in meinem Rücken.

„Papa, jetzt komm schon!" Statt direkt zum Eingang zu gehen, schwenke ich wieder nach rechts und bleibe vor der lebensgroßen Nachbildung eines chinesischen Ton-Kriegers am Eingang zum Bühnenbereich stehen. Ich zücke mein Handy.

Mein Vater kommt stirnrunzelnd angeschlappt.

„Es macht mich meschugge, wenn ich etwas nicht weiß", brummt er.

Als ob ich das nicht wüsste.

„Mach ein Foto von uns vor dem China-Krieger", bitte ich ihn, weil meine Arme zu kurz sind und ich auf selbstgeschossenen Selfies immer gequetscht aussehe.

„Deine Mutter würde es auf dem Smartphone googeln." Er hat mir gar nicht zugehört. Es fuchst ihn gewaltig, wenn ihm eine Antwort versagt bleibt.

Im Gegensatz zu meinem Vater hat meine Mutter ein Händchen für moderne Technik. Man kann sogar sagen, dass ihre Hand und ihr Handy fest miteinander verwachsen sind. Wäre ich ein besserer Mensch, ich würde ihm den Gefallen tun und selbst schnell im Internet nachschauen, warum das Festspielhaus von einer Lichtgeschwindigkeits-Installation gekrönt wird. Aber ich bin kein besserer Mensch.

„Papa, bitte!"

Mein Vater schaut durch den Durchgang auf die Bühne. „Meine Güte, das ist ja toll."

Als Kulisse für „Turandot" hat man sich für einen Nachbau der Chinesischen Mauer entschieden. Natürlich nicht für die Mauer in ihrer Gesamtlänge, sondern gewissermaßen für deren schönste Stelle. Ziegelrot leuchtet die Kulisse in der Nachmittagssonne. Oben und unten halten Dutzende chinesische Krieger der berühmten Terrakotta-Armee Wacht, die vordersten scheinen förmlich ins Wasser zu gehen. Nicht doch, möchte man ihnen zurufen, das Leben hat so viel Schönes zu bieten, trotz allem. Geht nicht ins Wasser!

Die Krieger sind ein echt netter Einfall, wie ich finde. Aber sie laufen uns nicht davon, die Zeit dagegen schon.

„Ja, Papa, ganz toll, aber wir wollen jetzt ein Foto für Mama machen." Männer sind wie Kleinkinder. Mit der Aufmerksamkeitsspanne einer Fruchtfliege. Und was man ihnen nicht bis ins letzte Detail vorbuchstabiert, das passiert auch nicht.

„Was?" Er schreckt aus seiner Fuchsigkeit auf.

„Foto!", befehle ich.

Mein Vater, der – wie so viele Männer – gorillalange Arme hat, was die puristische Ästhetin in mir nicht sehr goutiert, die Selfie-Süchtige dafür umso mehr, hat in puncto Technik zumindest eins gelernt: mit meinem Handy ein Foto zu schießen.

Ich kuschele mich an ihn, hebe Radames an mein Kinn und mache ein Grinsegesicht. „Cheese."

Papa streckt seinen langen Arm, der uns als Selfie-Stange dient, schräg nach oben aus und drückt auf den Auslöser.

Pling.

Das Ergebnis lässt zu wünschen übrig.

Papa wird in diesem Leben nicht mehr lernen, dass man in das kleine, runde Loch am oberen Ende des

Handys blicken muss, nicht auf den Daumen, der den Auslöser drückt – folglich hat er auf dem Bild die Augen halb geschlossen und sieht bekifft aus. Radames hat im Moment der Aufnahme eine weiße Königspudeldame entdeckt, die ihn offenbar an den Schwan erinnert, denn seine Terrier-Zunge hängt ihm liebeskrank seitlich aus der Schnauze, während seine Augen weit aufgerissen der Schönen hinterherstarren – ergo wirkt er wie eine vertrottelte Comicversion seiner selbst. Und ich bin überbelichtet, mein Gesicht ist eine einzige weiße Fläche, aus der zwei rote Monsteraugen starren.

Im Grunde gehört das Foto vernichtet, aber wenn ich Mama nicht regelmäßig ein Foto von Papa schicke, informiert sie die Polizei und vermutlich auch Interpol und die US-Armee. Sie ist der festen Überzeugung, dass er ohne sie rettungslos verloren ist. Womöglich hat sie damit auch recht. Er wohnt schon seit drei Tagen bei mir und muss immer noch nach dem Weg zum Klo fragen.

Papa und ich in Bregenz, tippe ich als Bildunterschrift und schicke ihr das Foto per WhatsApp. Ihr Töpferkurs ist in Kalifornien, und um diese Uhrzeit wird sie bestimmt noch schlafen. Oder irgendeinen Berg erklimmen, um auf dem Gipfel die Sonne zenmeditierend zu begrüßen.

Apropos Uhrzeit.

Scheiße! Nur noch fünf Minuten.

„Papa, wir sind knapp dran. Komm!" Ich eile zum Eingang des Festspielhauses. Was schmerzhaft ist, weil ich noch immer meine goldenen Armani-Sandalen trage, die mir eigentlich einen Tick zu klein sind. In etwas zu kleinen Schuhen ist nicht nur das Gehen schmerzhaft, der Fuß quillt auch unschön über die Riemen. Aber diese Sandalen sind mir heilig. Sie erinnern mich an meine Erlebnisse in Salzburg und mahnen mich an das Lebensmotto, das ich – aus gegebenem Anlass – seitdem das meine nenne: carpe diem. Mach das Beste aus dem Tag, du weißt nie, wie viele Tage dir noch bleiben ...

Aus den Augenwinkeln sehe ich, wie ein elegant gekleidetes Paar eine Tür weiter die ausladende Lobby betritt und nach links in Richtung Café geht.

„Ist das der Stehempfang?", rufe ich der jungen Frau an der Tickettheke zu. Sie wirkt rotwangig und gewissenhaft und schaut in Richtung Café.

„Es tut mir leid, der Stehempfang ist eine geschlossene Gesellschaft", lässt sie mich wissen.

„Ich weiß, ich gehöre dazu", sage ich, nenne aber meinen Namen nicht. Keine Ahnung, welcher Teufel mich reitet, aber ich finde, sie müsste wissen, wer ich bin. Die Festspielleitung hat doch sicher Fahndungsfotos von uns herausgegeben? Ich bin schließlich Pauline Miller. Mein Konterfei ziert den Programmflyer. Dass Touristen mich nicht erkennen, okay. Aber sie hier?!

„Ich bedauere, Einlass nur auf Einladung."

„Schon gut", sage ich zur Rotwangigen, „ich regele das selbst."

Ich drücke Papa meinen geliebten Radames in die Arme – eine Diva betritt immer allein den Raum, nichts darf von ihr ablenken – und trippele den doch recht weiten Weg vom Infoschalter zum Café. Aua, aua, aua. Vor der Tür bleibe ich stehen, hole tief Luft, öffne sie, trete ein, lächele strahlend und rufe: „Es kann losgehen, Pauline Miller ist da!"

Ja, ich weiß, etwas dick aufgetragen. Aber wenn ich in den letzten zehn Jahren meiner Laufbahn eins gelernt habe, dann das: Falsche Bescheidenheit bringt dich nirgendwohin. Irgendwann muss man akzeptieren, dass man der Star ist, und den Leuten geben, was sie erwarten: Glitzer und Pomp und Charisma. Und große Auftritte.

Alle drehen sich zu mir um.

Ich erkenne niemanden. Was mich erst mal nicht weiter wundert. Dass mir hier alle – bis auf einen – fremd sind, wusste ich ja schon von der Besetzungsliste, die ich per Mail erhalten habe. Bis auf Idris Adoa, mit dem ich in Mailand an der Scala zusammengearbeitet habe und der erst morgen anreist, müssen es alles neue Gesichter für mich sein. Es erstaunt mich allerdings schon ein wenig, wie überrascht alle schauen. Können sie es etwa nicht fassen, dass ich pünktlich bin? Ha!

Ich schenke jedem Einzelnen ein herzliches, wenn auch triumphales Lächeln – ja, ich bin Diva und pünktlich! –, das jedoch von Gesicht zu Gesicht etwas weniger herzlich und definitiv weniger triumphal ausfällt.

Die Leute sehen komisch aus. Also, nicht wirklich komisch, aber irgendwie auch nicht wie Menschen, die ihr Leben der Oper verschrieben haben. Mehr so wie ... Versicherungsvertreter.

Ein Kellner tritt mit einem Tablett voller Sektgläser zu mir. „Prosecco?"

Hinter ihm entdecke ich einen Aufsteller. „Vienna Insurance Group", steht darauf zu lesen, und: „Wir sind für Sie da."

Ich schlucke. Schwer. Und greife nach einem Glas Prosecco, das ich in einem Zug kippe.

Eine Frau in marineblauem Businesskostüm kommt auf mich zu. Ich mache mich auf das Schlimmste gefasst. Definitiv die Rauswerferin. Wobei aus einem Stehempfang hinausgeworfen zu werden, auf den man nicht gehört, keinesfalls das Schlimmste wäre. Schlimmer wäre, wenn einer der Anwesenden ein Foto von mir macht, wie ich bedröppelt aus der Wäsche gucke, und es an die Regenbogenpresse schickt oder ins Internet stellt – und ich bis an den Rest meines Lebens an diesen Fauxpas erinnert werde.

„Vilseder", sagt sie und streckt mir die Hand hin.

Ich schüttele sie.

„Miller."

Sie lächelt. „Ja, das sagten Sie schon. Und Sie haben offenbar auch schon gemerkt, dass Sie hier falsch sind?"

Ich nicke. „Das ist mir jetzt peinlich", räume ich ein. Vermutlich sehe ich aus wie eine Karotte – rot angelaufen aufgrund des schnellen Gehens, des Proseccos und der Tatsache, dass ich wildfremden Menschen meinen Star-Auftritt angedeihen ließ.

„Ach was, das überspielen wir einfach mit großer Geste", flüstert sie zurück, lächelt mir ermutigend zu und sagt mit lauter Stimme: „Pauline Miller, Sie singen heuer die Turandot, nicht wahr? Ich bin Mitglied der Bregenzer Festspielfreunde. Sie wurden ganz groß angekündigt."

Die anderen Stehempfängler starren uns an. Gibt es wirklich noch eine Möglichkeit, den Raum zu verlassen, ohne mein Gesicht zu verlieren?

Frau Vilseder dreht sich um und ruft: „Meine Damen und Herren, unser Überraschungs-Stargast ist eingetroffen. Die international bekannte Opernsängerin Pauline Miller, die in diesem Jahr die Hauptrolle bei den Festspielen singen wird." Sie klatscht in die Hände.

Die anderen fallen ein, wobei die meisten mit einem Glas in der Hand klatschen, folglich ist es wenig klangintensiv, mehr so eine Geste.

Ich lächele. Gekünstelt, aber ich lächele.

„Ich freue mich, hier bei Ihnen im traumhaft schönen Bregenz zu sein!", rufe ich und winke wie die Queen in die Menge.

Frau Vilseder packt mich am Ellbogen und führt mich herum. Ich schüttele gefühlt eine Million Hände – manche schwitzig, manche fischig, manche knochentrocken – und versichere allen, wie sehr ich mich freuen würde, sie und ihre Familien bei einer der Aufführungen zu sehen.

Es war ein Fehler, den Prosecco zu kippen. Er ist mir zu süß, und meine Zunge klebt am Gaumen. Und weil ich heute noch nichts gegessen habe, spüre ich tatsächlich eine Wirkung.

„Gnädige Frau, würden Sie uns die Ehre erweisen?", bittet ein älterer Herr mit einem gezwirbelten weißen Schnauzbart, nachdem ich meine Runde beendet habe. „Würden Sie uns eine kurze Kostprobe Ihres Könnens geben?"

„A cappella?", krächze ich. Nein, nicht ich krächze es, sondern Mimi. Wenn ich sie nicht pfleglich behandele – und klebriger Prosecco sowie Vorsingen ohne Aufwärmen fallen definitiv unter nicht pfleglich –, dann gerät sie gern in Panik.

Frau Vilseder hebt eine Hand. „Ruhe bitte. Frau Miller will uns etwas vorsingen."

Frau Miller will ganz und gar nicht. Und die Vilseder in ihrem Businesskostüm, die mir bis eben noch sympathisch war, weil sie mir dabei zu helfen schien, mein Gesicht zu wahren, dünkt mir auf einmal wie eine hämische Teufelin, die ein übles Spiel mit mir spielt.

Aber was bleibt mir übrig? Krampfhaft überlege ich, welche Perle der Opernarienkunst ich den Anwesenden vortragen könnte. Vielleicht die Rätselszene aus „Turandot"?

Ich räuspere mich vorsichtig, flehe Mimi innerlich an, um des lieben Friedens willen mitzuspielen, schließe die Augen, wie ich es immer tue, bevor ich den ersten Ton singe, öffne den Mund und …

„Princess, nimmst du mal den Hund? Ich muss pinkeln. Und er auch. Und beides zusammen kriegen wir nicht geregelt."

Mein Vater!

Man kann sich den Prinzen, der einen aus der Not errettet, nicht aussuchen. Wenn er kommt, sei es auf einem stattlichen weißen Ross und in schimmernder Rüstung oder auf ausgelatschten Birkenstocksandalen und im fleckigen Rüschenhemd, dann darf man als Maid in Not nicht wählerisch sein.

Während angesichts des Alt-Hippies mit dem Hund ausnahmslos alle wahlweise staunen, grinsen oder pikiert eine Augenbraue heben und sich fragen, in welcher Verbindung er mit der gefeierten Operndiva stehen mag – ihr Sugardaddy kann es nicht sein, dafür sieht er zu sehr nach Daddy aus und zu wenig nach Sugar –, eile ich an seine Seite, nehme ihm Radames ab, dem das Wasser schon bis in die Augen steht, und rufe, wieder viel selbstbewusster: „Wie schade, ich hätte Ihnen gern etwas vorgesungen, aber wir sehen uns ja sicher alle bei den Aufführungen wieder. Es wird mir eine Freude sein. Tada!"

Damit schiebe ich meinen Vater aus dem Café in die Lobby.

„Weitergehen, nicht stehen bleiben", raune ich ihm zu und dirigiere ihn durch die langgestreckte Lobby.

„Habe ich ohnehin nicht vor. Es pressiert", sagt er. „Was hattest du denn im Café zu suchen? Der Begrüßungscocktail für die Künstler findet oben im ersten Stock statt! Das hätte dir das nette junge Ding am

Empfang auch gesagt, wenn du ihr eine Chance dazu gegeben hättest."

Ich rolle mit den Augen. „Papa ...", fange ich an.

„Später, Princess, später. Ich bin im Auftrag der Blase unterwegs."

Mit ausholenden Schritten marschiert er nach links in Richtung Herrentoilette, während ich nach rechts durch die Glastüren ins Freie trete und Radames absetze.

Mein Süßer wuselt los, leider nicht zu dem kleinen Birkenhain, wo er an die schwarz-weißen Stämme oder an die daran gelehnten Fahrräder hätte strullern können, sondern zu der riesigen Bronzeskulptur, die in der Mitte des Platzes in einer Wassermulde steht. Wenn Radames etwas liebt, dann glänzende, hohe Objekte und Pinkeln mit den Pfoten im Wasser.

Kurz habe ich Sorge, dass sich das Wasser als zu tief für meinen kleinen Liebling erweisen wird und er wie die chinesischen Tonkrieger nebenan gleich in den Pfützenfluten versinkt, aber die Trockenheit der letzten Tage verhindert das offenbar. Das Wasser reicht ihm nur bis zum Bauch. Glücklich patscht er durch das Nass zur Skulptur und hebt sein Beinchen.

Gleich darauf kommt er zurückgelaufen und schaut mit seinem knuddeligen Terriergesicht zu mir auf.

Er wirkt stolz auf das Vollbrachte. Typisch Mann eben. Die wahre Größe liegt nicht in der Tat, sondern im Tun.

Ich muss lächeln.

Eins ist glasklar: Egal, wie furchtbar dein Leben ist, mit einem Hund an deiner Seite ist es auf jeden Fall erträglich.

Lebe das Abenteuer!

Wer weiß, wie viele Hunde sich in dem Tümpel rund um die Plastik schon erleichtert haben? Möglicherweise ist das kein Wasser am nunmehr feuchten Bäuchlein meines kleinen Lieblings, sondern nur leicht verwässerter Urin. Jedenfalls werde ich erst wieder beruhigt sein, sobald ich ihm auf der Damentoilette eine Waschbeckenschnellreinigung angedeihen lassen habe. Ich strecke die Hand, mit der ich die Leine von Radames festhalte, weit von mir. Nur ja kein Zufallskontakt des Hundebauches mit meiner Wade ...

Als ich in den Toilettenbereich einschwenke, geht die Tür zur Herrentoilette auf.

Aha, denke ich, Papa ist fertig. Na, dann muss er eben kurz warten.

Aber es ist nicht mein Vater, es ist – Tusch – der dänische Adonis von vorhin, der Fischgrätmusteranzugträger, der Hipster-Vollbart, der Mann mit den gletscherblauen Augen.

Vor Schreck lasse ich die Leine auf Radames fallen. Es ist eine schwere Leine aus Vollrindleder, noch dazu mit Schmuckbeschlägen. Weil Radames mein Ein und Alles ist, bin ich ausnahmsweise schneller als die Schwerkraft und fange die Leine auf, bevor sie unsanft in Kontakt mit dem empfindlichen Terrierkopf kommt.

Doch für Radames ist das zu viel Action. Leblos sackt er plötzlich zu Boden. Nicht direkt leblos – mehr so im Tiefschlaf.

Mein Boston Terrier ist nämlich Narkoleptiker. Wann immer er sich erschreckt, schläft er abrupt ein.

„Schockschwerenot, das arme Hundchen", lispelt mein Däne.

„Nein, nein, kein Problem, er schläft nur. Alles in Ordnung", versichere ich und freue mich, dass ich es endlich fertigbringe, mich in seiner Gegenwart artikuliert zu äußern.

Seine blauen Augen strahlen mich an. Irgendwo unter dem gepflegten, minutiös gestutzten Vollbart vermute ich Grübchen.

Und da passiert es.

Ich will kein Leben voller Bedauern führen. Ich will mein Schicksal selbst in die Hand nehmen. Ich will Amazone sein. Das Leben ist kurz genug, wie ich seit Salzburg weiß.

Also tue ich das Unvorstellbare.

Ich sage: „Moment, bitte", lege Radames auf dem Boden ab – leblose Körper wiegen immer mehr als wachbewusste Körper, dürfen Sie gern mal ausprobieren –, richte mich wieder auf, hole tief Luft, lege den Kopf leicht schräg, fahre beide Arme aus, bis ich meine – Gott sei Dank frisch manikürten Hände – um den Hals des Wikingers legen kann und ziehe seinen Kopf zu mir.

Und dann küsse ich ihn.

Einfach so. Sehr züchtig zwar, aber es ist dennoch ein nachgerade tollkühner Akt.

Ein noch nie da gewesenes, unerhörtes Ereignis. Also nicht das Küssen an sich, natürlich habe ich schon aktiv als Erste geküsst. Aber nur in festen Beziehungen. Noch nie zuvor war ich die Prinzessin, die den Prinzen wachküsst.

Null Komma null zwei Sekunden lang erlebe ich, was es heißt, rundum glücklich zu sein. Dann setzen die Zweifel ein – und zwar mit Schmackes. Unter anderem auch deswegen, weil er so gar nicht reagiert.

Alles wäre besser als diese Reglosigkeit.

Ist er jetzt angewidert? Fühlt er sich von meiner Keckheit zutiefst abgestoßen? Hält er mich für eine schamlose Nymphomanin? Denkt er …?

Doch halt! Jetzt erwidert er den Kuss. Zögernd, aber dafür umso zärtlicher.

Ich hätte es nicht für möglich gehalten, aber das Glück von gerade eben vergrößert sich exponentiell.

Seine Barthaare sind ganz weich, und er duftet betörend.

Es zeigt sich, dass die Ewigkeit auch mal nur wenige Sekunden dauern kann. Als wir uns voneinander lösen, habe ich das Gefühl, es seien Stunden vergangen. Paradiesische Stunden.

Er lächelt. „Ich muss los. Auf ganz bald, meine Schöne."

Ich seufze seinem entschwindenden Rücken hinterher. Und realisiere erst, als ich ihn nicht mehr sehe, weil er um die Ecke gebogen ist, dass ich ja gar nicht weiß, wie er heißt oder wo er arbeitet oder wie und wann ich ihn wiedersehen kann.

Ich will ihm hinterherlaufen, verheddere mich aber mit meiner Armani-Sandale in der Leine des immer noch komatös am Boden liegenden Radames.

Und da geht auch schon die Tür der Herrentoilette auf. Mein Vater kommt heraus, sich die noch feuchten Hände an den Hosenbeinen trocken reibend. „So, von mir aus kann's jetzt losgehen", verkündet er heiter. Dann schaut er zu Radames und fragt ungerührt: „Tod oder Tiefschlaf?"

Unheimliche Erstbegegnungen der dritten Art

„Wo bist du gewesen, verdammt und zugenäht!"

Die Stimme dringt ungefähr aus Schritthöhe zu mir herauf.

Bröcki!

Marie-Luise Bröckinger, meine wunderbare Agentin, der ich meinen Erfolg in nicht geringem Umfang zu verdanken habe, ist kleinwüchsig. Was sie nicht davon abhält, in der Liga der ganz Großen mitzuspielen. Was Agentinnen angeht. Und Pitbulls. Wie ein Kampfhund verbeißt sie sich in meine Wade, bildlich gesprochen.

„Du bist zweieinhalb Stunden zu spät!"

Wie bitte?

Ich sehe mich in der Festspiel Lounge E3 um, in der bei den Aufführungen die Super-Promis sitzen und Champagner trinken und Kanapees essen und, durch die Panoramascheibe von Krethi und Plethi und der Unbill des Wetters geschützt, Operngenuss auf höchstem Niveau zelebrieren.

„Ich bin doch gerade mal ..." Ich schaue auf meine Patek Philippe Gondolo, ein Geschenk eines reichen Verehrers aus New York. „... zweiundzwanzig Minuten zu spät."

„Du bist exakt zwei Stunden und zweiundzwanzig Minuten zu spät. Es ging um 15 Uhr los."

„Oh." Irgendwie hatte ich fünf Uhr abgespeichert. Wer, bitte schön, hält einen Begrüßungscocktail um 15 Uhr ab?

Das ist jetzt blöd.

„Wie? Keine Häppchen mehr?", sagt Papa und betritt mit Radames im Arm die Lounge.

Papa hat Radames so lange mit kreisrunden Bewegungen das uringetränkte Bäuchlein massiert, bis der wieder aufgewacht ist. Dann erklärte mein alter Herr allerdings, dass er jetzt voll im Unterzucker sei und sofort was essen müsse, weswegen ich Radames nicht mehr waschen konnte und folglich meinen Vater zum Hundeträger ernannte. Lieber soll das weiße Rüschenhemd von Papa mit Urinspuren übersät werden als mein türkisfarbenes Wickelkleid von Dolce & Gabbana.

Jetzt drängt sich mein Vater an mir vorbei. „Ah ... Würstchen im Schlafrock." Mann und Hund speicheln begeistert.

Auf dem Silbertablett liegen nur noch drei zerfleddert aussehende Würstchen. Der Sektkübel daneben ist leer, abgesehen von geschmolzenen Eiswürfeln. Rechts daneben fegt ein junger Mann mit weißer Servierschürze den Boden.

Und links vor der Panoramascheibe steht eine Frau und spricht in ihr Handy, das sie eben aus der Hosentasche gezogen hat. Sie bedeutet uns mit einer Handbewegung, dass sie gleich fertig ist. Das muss Kiki Sturzenegger sein, die Schweizer Regisseurin der Oper.

„Die Sturzenegger und der Atlason haben extra auf dich gewartet", zischelt Bröcki mir zu. „Alle anderen sind nach der Begrüßung und der Führung über das Gelände wieder gegangen. Atlason vertritt sich draußen die Beine, die Sturzenegger gibt ihm gerade Bescheid, dass du jetzt da bist."

„Warum hast du mich nicht angerufen?", zischele ich empört zurück.

„Du hast dein Handy ausgeschaltet!"

„Gar nicht wahr!", empöre ich mich und hebe zum Beweis mein Handy hoch, mit dem Papa ja eben noch das Gruppen-Selfie mit Chinesen geschossen hat.

Da sehe ich, dass ich aus irgendeinem Grund – vermutlich Blödheit – das Handy auf Flugmodus gestellt habe. Da geht dann natürlich kein Anruf durch. Auch keine SMS. Ich deaktiviere den Flugmodus, und gleich darauf sehe ich es – sieben Textnachrichten und dreizehn verpasste Anrufe von Bröcki.

Dumm gelaufen.

Kiki Sturzenegger kommt auf mich zu. „Frau Miller, wie schön, Sie kennenzulernen. Ich bin die Kiki."

Die Kiki, wie sie sich nennt, ist eine burschikose Frau im knallroten Hosenanzug. Ich habe die Turandot schon an drei Häusern gesungen und mich jedes Mal gefreut, die Rolle weiterzuentwickeln und mich den neuen Regielösungen zu stellen. Aber der Sturzenegger eilt der Ruf voraus, dass sie eine sehr sportliche Auffassung von ihren Inszenierungen hat, und ein wenig quält mich die Angst, dass ich den Herausforderungen körperlich nicht gewachsen sein könnte. Sie wirkt wie eine gestählte Triathletin. Und mustert sie in diesem Augenblick nicht gerade meine – nicht vorhandene – Muskulatur?

„Sehr angenehm", sage ich. „Bitte verzeihen Sie die Verspätung, ein ganz dummes Missverständnis."

„Aber liebe Pauline, kein Ding – das kann jedem passieren", wehrt sie mit deutlichem Schweizer Akzent ab. „Ah, da kommt auch schon unser Dirigent", ruft sie, als hinter mir die Tür aufgeht. „Darf ich Ihnen den Dirigenten vorstellen? Arnaldur Atlason."

Ich drehe mich um ...

... und sehe meinen Wikinger.

Wie jetzt?

Natürlich hatte ich Atlason gegoogelt. Auf den wenigen Fotos zierte ihn ausnahmslos keine Gesichtsbehaarung, und er wirkte auch nicht so ... maskulin. Er sah aus wie ein Buchhalter, mit kurzen, welligen Haaren und immer im Rollkragenpulli. Es ist unmöglich, dass ich ihn mit einem Namensvetter verwechselt habe. Wie viele Dirigenten namens Arnaldur Atlason kann es schon auf dieser Welt geben?

Lächelnd kommt er auf uns zu. Wenn man genau hinschaut, erkennt man sogar noch Spuren meines zartbeigen Lippenstifts.

Ich kann gar nicht sagen, wie empört ich bin. Dass er mich schon bei unserer ersten Begegnung erkannt hat, daran besteht gar kein Zweifel. Der Schalk in seinen Augen spricht Bände!

Ich verschränke die Arme. Die Sturzenegger schaut von mir zu ihm und wieder zu mir und guckt verwirrt. Bröcki folgt ihrem Blick, und weil sie mich sehr viel besser kennt als die Sturzenegger, schüttelt sie den Kopf und murmelt: „Ach herrje."

Papa und Radames kriegen von alldem nichts mit. Ihnen sind die Würstchen wichtiger.

Im Näherkommen mustere ich Atlason – jetzt, wo sich mein urweibliches Verlangen auf einen Schlag in Luft aufgelöst hat, kann ich das mit neu gefundener Distanz tun: Er hat ungefähr meine Größe, schulterlanges graues Haar und einen in Form gestutzten graumelierten Vollbart, doch im Gegensatz zu meinem Vater hat er trotz Wallemähne nichts Hippiehaftes an sich. Im Gegenteil. Sein lila Fischgrätanzug ist sichtlich auf seinen schlanken Körper maßgeschneidert, dazu trägt er rote Socken und die Yeezy Boost Sneaker von Kanye West.

Ich weiß dank Wikipedia, dass er fünfzehn Jahre älter ist als ich, aus einem Kaff auf Island stammt, in England und Italien studiert hat und zur letzten Jahrhundertwende, also um 2000 herum, zehn Jahre lang als Generalmusikdirektor in Kopenhagen tätig war. Außerdem hat er an der Bayerischen und an der Wiener Staatsoper dirigiert.

Und jetzt gerade tut er so, als sei alles in bester Ordnung. „Chère Madame Miller, ich freue mich sehr, Sie endlich offiziell kennenzulernen." Das offiziell betont er besonders nachdrücklich – fast schon anzüglich, wie ich finde.

Er will nach meiner Hand greifen, zweifellos, um sie wieder an seine Lippen zu führen, aber da kennt er mich schlecht. Mit jeder Pore meiner Existenz strahle ich Missfallen aus.

Kiki Sturzenegger spürt das natürlich, geht aber wohl davon aus, dass es sich um unfundierte, spontane Antipathie handelt. „So ein erstes Kennenlernen ist immer ein wenig unpersönlich und kühl", sagt sie. „Aber wenn wir erst alle zusammen an diesem herrlichen Stück arbeiten, werden wir schon zueinanderfinden. Wir sind doch Profis, und wenn wir etwas haben, dann Teamgeist." Ihre Motivationsrede geht bei mir zum linken Ohr rein und zum rechten wieder raus.

Bröcki seufzt.

Atlason tut so, als merke er nichts. „Sie wurden aufgehalten?", fragt er und grinst maliziös.

„Richtig. Und das tut mir auch sehr leid. Es wird nicht wieder vorkommen", lüge ich und schenke ihm mein unechtestes Lächeln.

Wenn er glaubt, dass ich ihm das so einfach durchgehen lasse, hat er sich geschnitten. Während ich schockverliebt war, hat er nur mit mir gespielt. Er hat die ganze Zeit gewusst, wer ich bin, ohne sich zu erkennen zu geben. Das macht ihn definitiv zum Buhmann.

„Sie sehen Ihren Fotos nicht ähnlich", werfe ich ihm streng vor. „Kein bisschen ähnlich!", setze ich noch eins drauf.

„Ich weiß." Immer noch kein Schuldbewusstsein. „Wo immer es möglich ist, gehe ich den Kameras aus dem Weg. Ich bin nicht fotogen. Und habe auch erst in letzter Zeit zu meinem Stil gefunden." Mit seinen langen Pianistenfingern streicht er sich über das fischgrätige Sakko.

„Sehr schick", wirft Bröcki ein und knufft mich mit dem Ellbogen. Weil sie so klein ist, trifft mich der Knuff im Schritt. Gut, dass ich kein Mann bin.

„Hauptsache, wir haben uns jetzt alle persönlich kennengelernt, nicht wahr?", versucht Kiki Sturzenegger zu schlichten. Wie gut ein Regisseur ist, hängt ja immer auch ganz entscheidend davon ab, ob er (oder sie) ein Händchen für die Mediation hat.

Atlason hätte unsere Begegnung ja ansprechen können, er hätte das Ganze scherzhaft zu einer Anekdote machen können. Wäre es auch bei ihm Liebe auf den ersten Blick gewesen, dann hätte er das getan. Aber er tut es nicht. Weil er nur mit mir gespielt hat.

Finster starre ich ihn an.

Er grinst nur.

Kiki schüttelt mir noch mal die Hand. „Wir freuen uns jedenfalls sehr auf die Zusammenarbeit mit Ihnen", erklärt sie und pumpt meine Hand auf und ab. „Schauen Sie, da draußen sind 7000 Plätze ..."

„6980", unterbricht sie Atlason. Aha, also ein Korinthenkacker.

„6980 Plätze, die für jede unserer Vorstellungen schon so gut wie ausverkauft sind. Nicht zuletzt dank Ihnen, das ist uns klar. Wir werden diesen Menschen ein unvergessliches Opernerlebnis bieten", fährt Kiki fort und lässt meine Hand los, damit sie besser gestikulieren kann. „Schon allein das Bühnenbild wird die

Menge begeistern. 205 Terrakotta-Krieger, von denen jeder fast 500 Kilo wiegt, und ein Turm, der an seiner höchsten Stelle 27 Meter aus dem Wasser aufragt." Sie klingt ehrlich begeistert. Es ist ja auch toll.

Ich schaue hinaus und sehe in der Mitte der Bühne eine kreisrunde, schräg abfallende Fläche und darauf eine kleine Gruppe Menschen, vermutlich meine Kollegen. Einige der Männer haben einen weißen Schal um den Hals geschlungen, das müssen die Tenöre sein. Karl Bussek – Bass und vom Körperbau her ein Ein-Mann-Ozeanriese unter lauter Dinghis – ist ebenfalls leicht zu erkennen. Sie stehen alle dicht an dicht zusammen, als ob ihnen gerade angesichts der Ausmaße der Bühne bewusst würde, auf was sie sich da eingelassen haben, und sie sich gegenseitig Mut zusprechen wollten.

Kiki schwärmt derweil weiter. „Dazu die Bregenz Open Acoustics, das berühmte Bregenzer Richtungshören, wie Dolby Surround Sound im Kino, nur besser ..."

„Ich kann ja mal eine Führung mitmachen, falls ich mich über die technischen Details schlaumachen möchte", brumme ich.

„Meine Tochter interessiert sich nicht für Technik. Nur für Musik." Mein Vater gesellt sich zu uns, mümmelnd und mit dicken Hamsterbacken, was ihn nicht vom Sprechen abhält. Es ist, als wäre alles, was ihn bisher ausgemacht hat, von ihm abfallen – nicht nur die seriöse Kleidung, auch die guten Umgangsformen. Hat er sich all die Jahre meiner Erziehung nur verstellt?

Ich halte Ausschau nach Radames. Der steht auf dem nunmehr leeren Silbertablett und schleckt mit Hingabe die Würstchen-im-Schlafrock-Krümel-Reste auf. Ich nehme mir vor, im Festspielhaus nie etwas zu essen, das auf einem Silbertablett liegt – die Urinspuren von Radames bekommt man da nicht raus, man müsste das Tablett im Sondermüll entsorgen.

Atlason, die Sturzenegger, Bröcki und mein Vater lachen plötzlich. Ich drehe mich wieder zu ihnen um. Da bin ich eine Sekunde lang unaufmerksam gewesen, und schon haben die vier sich fröhlich verbrüdert?

„Was ist?", will ich wissen.

„Ich habe Frau Sturzenegger nur gerade gefragt, ob sie dich für ihre Inszenierung auch in ein Boot setzen wird, das dann kentert wie damals bei der Königin der Nacht", sagt mein Vater und freut sich lächelnd.

„Wie bitte?" Wenn ich entsetzt bin, presse ich mir unwillkürlich theatralisch die Hand auf die Brust. So wie jetzt. „Kentern?"

„Jetzt mal keine Panik", sagt Bröcki, wie immer ungerührt. Sie hat gut reden, sie wird ja auch nicht in den See fallen. „Das war damals bei der ‚Zauberflöte' eine Verkettung unglücklicher Umstände. Die Führungsschiene des Bootes war durch hohen Wellengang verbogen, und deshalb ist es gekentert. Aber es ist niemandem was passiert, die Rettungstaucher waren sofort vor Ort, und Kathryn Lewek hat eine halbe Stunde später schon weitergesungen und für ihre Königin der Nacht rauschenden Applaus eingefahren." Bröcki guckt streng. „Das erwarte ich von dir auch – egal, was passiert, du machst weiter!"

Kiki Sturzenegger nickt. „Die Oper ist eine Schicksalsgemeinschaft. In guten wie in schlechten Zeiten."

„Ich kann aber nicht schwimmen", rufe ich hektisch und schaue hilfesuchend zu meinem Vater. Der hat aber gerade die pfotenförmigen gelben Flecke auf seinem Rüschenhemd entdeckt und spuckt in die Hände, um sie wegzuwischen.

„Ich steige auf gar keinen Fall in ein Boot!", erkläre ich.

„In meiner Inszenierung kommt überhaupt kein Boot vor", beruhigt mich Kiki Sturzenegger.

Atlason schaut auf seine Trend-Schuhe und schüttelt grinsend den Kopf.

„Finden Sie das lustig, wenn man Angst vor dem Ertrinken hat?" Ich baue mich vor ihm auf. Bessere Männer als er haben es schon mit der Angst zu tun bekommen, wenn ich mich in meiner ganzen Pracht vor ihnen aufplustere. Ich bin, wie schon erwähnt, keine zarte Elfe, ich bin eine dralle Powerfrau, der man durchaus zutrauen könnte, dass sie Männer während des Beischlafs allein mit der Kraft ihrer Oberschenkel das Rückgrat bricht. Wozu ich moralisch auch zweifellos im Stande wäre, nur bin ich für derlei Dinge nicht durchtrainiert genug. Es ist also ungefährlich, sich mit mir zu paaren. Nur falls hier ein paar potenzielle Interessenten mitlesen ...

Arnaldur Atlason jedoch gibt sich völlig angstfrei. „Ich staune nur immer wieder über die Egozentrik von Sängerinnen. Noch keine Ahnung von gar nichts, aber schon Forderungen stellen." Meint er das im Scherz?

„Sprechen Sie von mir?", frage ich, obwohl glasklar ist, dass er mich meint.

In mir fängt es an zu brodeln. Und wenn es in mir brodelt, gibt es nur zwei Kräfte, die dann noch auf mich einwirken könnten. Mein Vater könnte mich zurückhalten, aber der ist gerade mehr um sein albernes Rüschenhemd besorgt. Oder Bröcki könnte mich zurückhalten, aber deren Handy klingelt in diesem Moment, darum läuft sie rasch nach draußen, um den Anruf anzunehmen. Und Kiki weiß nicht, mit was für einem Vulkan sie es bei mir zu tun hat, und verspricht daher in völliger Ahnungslosigkeit: „Wirklich, meine Inszenierung ist mit so wenig Risiken wie nur möglich behaftet."

Ich achte gar nicht weiter auf sie. „Sprechen Sie von mir?", wiederhole ich, und sensible Menschen hätten jetzt das unheilschwangere Vibrieren der Luft spüren können.

Atlason ist nicht sensibel. „Ja."

„Das ist unerhört!", erkläre ich mit weithin tragender Stimme. Ich will ihm den Marsch blasen, will ihm seine ungebührliche Ungezogenheit vor Augen führen, mit der er mich bei unserer Erstbegegnung hinters Licht geführt hat, will ihm seine Arroganz um die Ohren hauen wie ein nasses Handtuch, und das, obwohl man es sich mit dem Dirigenten nicht verscherzen darf, weil dessen Taktstock über das Wohl und Wehe des Auftritts entscheidet und er mit seinem Dirigat durchaus dafür sorgen könnte, dass es so aussieht, als könne ich keine Tempi halten, aber das kratzt mich in diesem Moment nicht. Ich will nur meine Wut an ihm auslassen, will ihn zur Schnecke machen und die Schnecke dann unter meinen Armani-Sandalen zertreten, bis nur noch ein Klacks Schneckenschleim auf dem Lounge-Boden pappt, aber da ...

... wird die Tür schwungvoll aufgestoßen, und eine helle Stimme schmettert so laut, dass die Panoramascheibe vibriert: „Es kann losgehen, das Herrmännchen ist da!"

Drüben auf dem Silbertablett kippt mein Radames vor Schreck zur Seite und bleibt reglos liegen.

Wenn die Soubrette zweimal klingelt

„Oh Gott, der Hund ist tot!"

Der junge Servierbursche mit der Schürze und dem Besen, den ich mittlerweile ganz vergessen habe, läuft zum Silbertablett, starrt Radames an und schlägt sich die Hand vor den Mund.

Ich seufze. „Nein, alles gut, er ist nur erschrocken." Ich funkele unseren Neuankömmling an. „Mein Radames ist Narkoleptiker. Wenn er erschrickt – zum Beispiel bei lautem Gegröle –, schläft er abrupt ein." Erschwerend kommt hinzu, dass die Eintretende beide Arme in die Luft gerissen hat, und weil die über und über mit diversen Kettchen behängt waren, klimpert sie wie das außer Rand und Band geratene Glockenspiel eines Spielmannszuges.

„Ach herrje, das wollte ich nicht. Der arme Wauwau." Sie schaut zerknirscht und senkt scheppernd die Arme.

Wer, bitte schön, sagt nach seinem fünften Geburtstag noch Wauwau? Offenbar Silke von Herrmann, die Soubrette, die in der „Turandot" die Sklavin Liù gibt.

Soubrette – darunter versteht man ein Rollenfach, in aller Regel eine Zofe oder Dienerin. Sie ist meist munter, verschmitzt und komisch und steht im Gegensatz zur Primadonna, die einer höheren gesellschaftlichen Schicht angehört.

Da ist es eigentlich pure Ironie, dass ich – die Tochter eines Klavierlehrers und einer Hobbytöpferin – die Prinzessin spiele, während in den Adern von Silke von Herrmann tatsächlich blaues Blut fließt. Sie ist eine waschechte Komtess, also eine unverheiratete Gräfin aus dem norddeutschen Flachland. Ich bin ihr noch nie begegnet, aber sie ist mir von der ersten Sekunde an unsympathisch. Sie hat mir meinen Diven-Auftritt geklaut!

„Herrmännchen", ruft Kiki und freut sich. Die beiden kennen sich offenbar. Sie küssen die Luft neben ihren Wangen links und rechts, und Kiki küsst noch mal links, weil die Schweizer immer drei Luftküsse verteilen.

Ich gehe so lange zum Silbertablett, auf dem mein Hund schläft, streichele ihm das Bäuchlein, das sich rhythmisch hebt und senkt, und stecke dann dem tierlieben Kellner einen Schein zu. Es muss ein üppiger Schein gewesen sein, denn der Kellner sieht aus, als wolle er mich küssen. Trotz all der Zeit, die ich in Europa verbringe, komme ich bei Geldscheinen immer noch durcheinander. Ist das langweilige Braun mehr wert als das feurige Rot? Offenbar. Wer denkt sich so was aus?

Die beiden Frauen haben unterdessen ihre Begrüßung beendet.

Silke schreitet – ja, sie schreitet, sie geht nicht – auf Arnaldur Atlason zu. „Oho, was für eine fesche Erscheinung! Sie müssen unser Dirigent sein."

Mir fällt unterdessen unangenehm auf, dass sich kein Mensch, nicht einmal Bröcki, die fertig telefoniert hat und eben wieder hereinkommt, darüber aufregt, dass die Soubrette sogar noch später als ich eingetroffen ist. Satte zwei Stunden und vierzig Minuten zu spät.

Silke hakt sich mit der Linken bei Atlason unter, streicht ihm mit der Rechten über den Unterarm und drückt ihm einen Kuss auf die Wange über dem Bartansatz. An Zurückhaltung mangelt es ihr jedenfalls nicht. Wenn schon, dann an Pünktlichkeit.

„Und wer ist Herrmännchen?", frage ich, obwohl das natürlich auf der Hand liegt. Spatzenhirne wie sie sprechen von sich selbst ja gern in der dritten Person und geben sich Spitznamen.

„Ach", sagt sie und lacht glockenhell auf, „alle nennen mich immer nur Herrmännchen, deshalb tue ich das auch. Es passt zu mir, nicht wahr?"

Silke von Herrmann ist das, was man in der Damenoberbekleidung *petite* nennt. Ein graziles Geschöpf mit alabasterweißer Haut. Sie ist ein Kanu, ich ein Ozeandampfer. Wenn ich jetzt heftig ausatme, klebt sie an der Wand.

„Hui, da ist ja noch so ein aufregend gut aussehender Mann." Herrmännchen löst sich vom Dirigenten und schüttelt meinem Vater die Hand. „Sie müssen der Ehemann von Pauline sein. Freut mich sehr, Ihre Bekanntschaft zu machen." Sie strahlt.

Mein Vater auch.

Diese blöde Kuh!

Mein Vater geht auf die Siebzig zu – ich bin doch nicht nekrophil! Und selbst wenn ich es wäre, würde ich doch trotzdem nicht mit einem Althippie im fleckigen Rüschenhemd rummachen. Nichts für ungut, Papa.

„Das ist mein Vater", korrigiere ich sie ungnädig.

„Nein!", ruft sie heuchelnd. „Das kann doch unmöglich sein." Sie versetzt meinem Vater einen spielerischen Schubs.

Er grinst von einem Ohr zum anderen. „Ich habe früh angefangen", scherzt er. Und zwinkert ihr tatsächlich zu.

Ich schaue schnaubend zur Decke hoch.

Dann senke ich den Kopf wieder und frage Atlason süffisant: „Wollen Sie unserem ... Herrmännchen ... gar keine Standpauke wegen divenhaftem Zuspätkommen halten?"

Atlason lächelt mich wissend an. Er ahnt, welchen Knopf er drücken muss, um mich auf die Palme zu bringen. „Aber ich bitte Sie, liebe Frau Miller, ich bin ganz sicher, dass Frau von Herrmann einen guten Grund für ihre Verspätung hat."

„Nennen Sie mich Herrmännchen", gurrt sie und hakt sich wieder bei ihm unter. „Ich habe wirklich einen guten Grund." Sie senkt die Stimme und bühnenflüstert ominös: „Ich musste meiner Vermieterin beistehen."

Im Kampf gegen eine Armee von Zombies, Aliens, kettenrasselnden Geistern? Zutreffendes bitte ankreuzen?

Wieso denn bitte schön dieser makabre Tonfall, dem nur noch eine leise Unterlegung mit Hintergrundmusik von John Carpenter gefehlt hätte, um in einen Gruselfilm zu passen?

Innerlich schüttele ich den Kopf. Es muss eine naheliegendere Erklärung geben.

„Haben Sie Ihre Vermieterin auch so angejodelt wie uns eben, und sie ist daraufhin vor Schreck ohnmächtig zusammengesackt?", frage ich hämisch.

Papa guckt streng. „Pauline!"

Bröcki schüttelt missbilligend den Kopf.

„Hach, schon gut, ich verstehe doch Spaß", freut sich das Herrmännchen. Gleich darauf schaut sie wieder ernst. Wie ein Nachrichtensprecher im Privatfernsehen – einfach Schalter umlegen: eben noch heiter die Geburt von Sechslingen verlesen, dann Lächeln ausknipsen und von neuer Zika-Epidemie in Zentralamerika berichten.

„Es ist ja so schrecklich furchtbar. Der Dackel meiner Vermieterin ist spurlos verschwunden!" Herrmännchen reißt die Augen auf und gestikuliert, als würde sie auf einer Pyjama-Party von Vierzehnjährigen eine Schauergeschichte erzählen. „Meine

Vermieterin hat ihn nur kurz vor der Bäckerei Gunz angebunden, und als sie wieder herauskam, war Attila weg. Mitsamt Leine."

Sie verstummt, um ihrer Geschichte mehr Dramatik zu verleihen, und schaut uns der Reihe nach an. Wenn es jetzt nicht mit einem blutrünstigen Zweikampf um Leben und Tod zwischen einer mutierten Stubenfliege und dem Dackel weitergeht, ist das des Guten zu viel.

„Frau Natzler war natürlich am Boden zerstört. Ihr Dackel ist ihr Ein und Alles. Wir haben in der ganzen Nachbarschaft an allen Türen geklingelt. Hätte ja sein können, dass sich Attila losgerissen hat und von allein nach Hause in sein Viertel gelaufen ist und ihn irgendjemand auf der Straße gesehen und bei sich aufgenommen hat. Aber niemand hat ihn gesehen. Frau Natzler war schon ganz bleich und hat am ganzen Körper gezittert, und ich war kurz davor, die Rettung zu rufen, weil es ja hätte sein können, dass ihr der Kreislauf zusammenbricht, aber da ..." Sie verstummt schon wieder, schaut sich im Raum um und zeigt auf eine noch halbvolle Flasche Wasser in der Nähe des Tabletts, auf dem gerade mein Radames wieder zu sich kommt. „Ach, liebe Pauline, wären Sie so nett ...? Ich bin ganz ausgetrocknet."

Ich will mich sträuben, sehe aber den gestrengen Blick meines Vaters. Bei der Gelegenheit kann ich auch gleich nach Radames schauen, der – wie immer nach einem narkoleptischen Anfall – erst mal unsicher gymnastische Übungen mit der Zunge vollführt, um zu ertasten, ob noch alles an ihm dran ist.

Hinter mir erzählt Silke weiter. „Aber gerade, als ich zum Telefon greifen will, klingelt es an der Haustür. Es ist der kleine Junge von nebenan. Er hat eine Suchmeldung gemalt – eine Zeichnung von dem Dackel und die Worte: Attila ist weg, bringt ihn wieder her, bitte. Hier, das ist sie." Sie hebt offenbar ein Blatt Papier hoch. Ich drehe mich nicht um, aber schließe es aus dem Rascheln. „Ist das nicht superlieb?"

„Wirklich sehr lieb", bestätigt mein Vater.

„Total lieb", sagt auch Kiki. „Soooo süß!"

„Entzückend", lispelt Atlason. Der sich an meiner Verärgerung ergötzt, da bin ich mir sicher. Ich kann seinen Blick förmlich auf meinem Rücken spüren. Und zwar nicht auf meinem verlängerten Rücken, wo anständige Männer hinschauen und sich dabei lüsternen Gedanken hingeben. Atlason schaut zweifelsohne auf die Stelle zwischen meinen Schultern, dorthin, wo gemeine Mörder den Dolch hineinrammen.

Abrupt wirbele ich herum, weil ich ihn in flagranti des Dolchstoßblickes überführen will, aber er ist schneller und schaut bereits wieder zu Silke.

Mist!

Am liebsten hätte ich in das Glas gespuckt, in das ich gerade den Inhalt der Wasserflasche gegossen habe, aber ich fürchte, das wäre nicht unbemerkt geblieben. Papa funkelt mich jedenfalls warnend an.

Ich reiche Silke das Glas, gehe zurück zu Radames und nehme ihn auf den Arm. Die Urinspuren sind mir mittlerweile egal – ich brauche Trost durch die Berührung eines geliebten Wesens.

„Wir sind dann in den Copyshop und haben die Zeichnung vervielfältigt, und der Kleine und ich haben die Suchmeldung im ganzen Viertel aufgehängt", erzählt das Herrmännchen weiter. „Die Vorstellung, dass der arme, kleine Attila mutterseelenallein irgendwo da draußen ist, setzt mir arg zu. Da muss man doch helfen, nicht wahr?" Sie presst sich die Hand auf den bebenden Busen. Wenn man bei Körbchengröße A überhaupt von bebendem Busen sprechen kann. „Ich bin jetzt noch ganz durcheinander. Spüren Sie, wie mein Herz pocht?"

Sie greift nach Atlasons Hand und legt sie auf ihre Brust. Auf die falsche Brust. Wobei es theoretisch sein kann, dass sie an Dextrokardie leidet und ihr Herz spiegelverkehrt auf der rechten Seite schlägt. Aber wer das glaubt, glaubt auch, dass sie noch Jungfrau ist.

Ich stoße ein „Hmpf!" aus. Vor allem deswegen, weil Atlason ihr seine Hand nicht entzieht.

„Tiere sind für mich auch Menschen. Wenn sie leiden, leide ich mit", sülzt das Herrmännchen.

Bei so viel zuckersüßer Rührseligkeit könnte man Diabetes bekommen.

„Wieso kauft denn Ihre Vermieterin bei einem Bäcker in Bregenz ein?", frage ich, um auf ganz praktische Erwägungen zu sprechen zu kommen.

Wie in so vielen Festspielstädten wohnen wir Künstler ganz verstreut, einige von uns richtig weit außerhalb. Aus Kostengründen. Im Gegensatz zu dem, was der Laie denkt, müssen wir unseren Aufenthalt selbst finanzieren. Er ist gewissermaßen in der Gage enthalten. Je günstiger die Unterkunft, desto mehr Geld bleibt zum Leben übrig. Und in Bregenz eine adäquate Bleibe zu finden ist ein Ding der Unmöglichkeit. Hat meine Freundin und Agentin Bröcki mir versichert.

„Zu welchem Bäcker soll sie denn sonst gehen, wenn nicht in Bregenz?", fragt Silke und schaut mich verständnislos an. „Wegen einem Brot auf die grüne Wiese fahren? Wenn man direkt um die Ecke einen Bäcker hat?"

Ich hole tief Luft. „Wollen Sie damit sagen, Ihre Vermieterin – und somit auch Sie – wohnen hier in Bregenz? Fußläufig zum Festspielhaus?"

Atlason, der offenbar in mir liest wie in einem Buch, grinst schon wieder.

„Wollen Sie damit sagen, dass Sie nicht fußläufig in Bregenz wohnen?", fragt er, dieser unverschämte Kerl.

Ich ignoriere ihn, hebe nur fragend die Augenbrauen in Richtung Herrmännchen.

Die zuckt mit den Schultern. „Ja klar, wo denn sonst?"

Mein Kopf wirbelt zu Bröcki herum.

„Bröcki??"

Aber bevor Bröcki antworten kann, jodelt Silke von Herrmann: „Ist das Leben nicht schön? Wir werden hier zusammen einen wunderbaren Sommer verleben! Und das Schicksal wird auch Attila zurückbringen – wir wollen alle ganz fest daran glauben, nicht wahr?" Sie reißt wieder die Arme in die Luft, was zu einer neuerlichen Armkettenklimperkakophonie führt.

Bröcki lästert: „Amen."

In meinen Armen sackt Radames schon wieder narkolepsiert zusammen.

Ich möchte es ihm gleichtun.

Blubbblubb forever.
Forever?

Nichts los am Grund des Bodensees.

Kalt, dunkel, nur ein wenig Strömung.

Und die frische Leiche. Die von der Ungemütlichkeit ihrer Lage nichts mitbekommt. Ein Umstand, der zartbesaiteten Seelen an dieser Stelle zum Trost gereichen mag.

Weil es so kalt ist, kommt der Verwesungsprozess schleppend in Gang. Nur die Waschhautbildung setzt bereits ein, will heißen, von den Fingerspitzen und Fußsohlen ausgehend, quillt die Oberhaut auf und runzelt.

Durch den Riss in der Mülltüte ist das Wasser ungehindert eingedrungen.

Hin und wieder macht die horizontal am Grund dümpelnde Leiche einen kleinen Hüpfer. Nicht absichtlich, versteht sich, sondern weil die Strömung am Ruder ruckelt.

Ja, das Ruder steckt immer noch in der Fahrradkette fest. Aber bei jedem Ruckler scheint die Kette ein kleines bisschen lockerer zu werden, als wolle sie das Ruder freigeben.

Und da bewegt sich plötzlich auch das rechte Knie. Unmerklich fast. Nur ein Hundertstel von einem Millimeter schiebt der Auftrieb es nach oben. Aber immerhin. Bald, schon bald, wird das ganze Knie durch das Loch im Müllsack ragen ...

In den See, in den See ... mit Gewichten an den Füßen!

Den türkisfarbenen Pashmina-Schal eng um Nase und Mund geschlungen, die marineblaue Kapuze des Belstaff-Canonbury-Parka tief ins Gesicht gezogen, so sitze ich neben Bröcki im Boot und tuckere über den Bodensee.

„Warum wohne ich nicht in einer Villa mitten in Bregenz?" Wie das blöde Herrmännchen, möchte ich sagen, spreche es aber nicht aus. „Wenn ich jeden Tag übers Wasser zu den Proben muss, werde ich mir den Tod holen!"

Es hat immer noch gut über zwanzig Grad, der laue Fahrtwind spielt sanft mit Bröckis fatzenglatten Haaren. Papa, der hinten sitzt, hat sich das Rüschenhemd aufgeknöpft, damit die Brise auch mit seinen Brusthaaren spielen kann. Radames steht mit den Hinterbeinen auf Papas Schoß, hat die Vorderpfoten auf den Bootsrand gestützt und hechelt begeistert die frühabendliche Luft ein.

Nur ich ähnele einem Antarktisforscher. Das hat einen Grund: Mimi darf nicht auskühlen. Pavarotti hat seinen weißen Schal ja auch nicht als modisches Statement getragen. Wir Sänger müssen wirklich sehr auf uns achten.

„Ach ja?" Bröcki, die auf einem Luftkissen sitzt, damit sie übers Steuer schauen kann, kratzt meine Sorge nicht. „Wovor hast du jetzt mehr Angst – dass du dir durch den Fahrtwind eine Lungenentzündung holst oder dass wir kentern und du elendiglich ertrinkst, du Nichtschwimmerin?"

Also gut, das war vorhin ein wenig übertrieben. Ich kann mich schon über Wasser halten. Den Kopf krampfhaft nach oben gestreckt und mit den Füßen hektisch strampelnd, komme ich im Wasser sogar voran, aber schwimmen kann man das beim besten Willen nicht nennen. Es war also nicht gelogen, als ich Kiki Sturzenegger gegenüber behauptete, nicht schwimmen zu können.

„Es geht jetzt nicht darum, ob ich Angst habe oder nicht. Es geht darum, dass ich die Hauptrolle singe. Ich muss standesgemäß untergebracht sein. Ich bin die Millerin."

Bröcki atmet genervt aus.

Dabei habe ich das Anspruchsdenken von ihr gelernt. Jahrelang war ich das schüchterne Provinz-Ei, das einfach nur singen wollte, mehr nicht. Dann trat die Agentin Bröcki in mein Leben und erklärte mir, dass eine so wunderbare Stimme wie die meine nicht nur ein Geschenk, sondern auch eine Verpflichtung sei. Man müsse sie möglichst vielen Menschen zugänglich machen. Um das zu tun, müsse man Karriere machen. Und Karriere mache man nicht allein mit Talent, sondern nur mit Ausdauer und Zielstrebigkeit. Und indem man den Leuten klarmacht, dass sie es mit einem Star zu tun haben. Deswegen handelt sie bei meinen Verträgen immer Extra-Konditionen aus – nur „Auch-Dabeis" unterschreiben einen Vertrag, wie er ist. Und sie bringt mich immer an Locations unter, die meinem Status angemessen sind – nicht dem Status, den ich gerade habe, sondern dem Status, den wir beide für mich anvisieren: die Erste unter den Ersten.

Also sitze ich jetzt in einem exklusiven Mahagoni-Motorboot, Simmerdingbau 1964, einer rundum erneuerten Antiquität mit weichen Ledersitzen, und tuckere auf eine stattliche Gründerzeit-Villa, beigefarben mit wuchtigen weißen Säulen und privatem Seebad zwischen Lochau und Lindau, zu. Bröcki hat die Villa für den kompletten Sommer gemietet, inklusive Motorboot und schwarzem Mercedes Benz 220 SE, ebenfalls aus dem Jahr 1964. Stilvoller kann man rund um Bregenz weder wohnen noch unterwegs sein.

„Ich weiß echt nicht, was du hast", erklärt Bröcki. „Okay, Silke wohnt in Bregenz, aber doch in einer Etagenwohnung!"

Es nagt dennoch an mir, dass das dämliche Herrmännchen direkt in Bregenz wohnt und nicht jeden Tag pendeln muss. Hier geht es auch irgendwo ums Prinzip.

„Ich finde einfach, es wäre besser ... für mich als Marke ..."

„Pauline, der Zug ist abgefahren, klar? Wir haben ein Vermögen für die Villa bezahlt und werden das Geld nicht zurückbekommen. Wir haben also weder das Geld noch die Zeit, jetzt etwas Neues zu suchen. Und in Bregenz bekommst du so ein Anwesen ohnehin nicht."

„Aber ...", fange ich wieder an.

„Lass uns nicht streiten!", mahnt Bröcki.

„Ich streite nicht – ich will dir nur erklären, warum ich recht habe."

„Also gut, du hast recht. Aber das ändert jetzt auch nichts mehr an den Umständen."

Wir legen an unserem privaten Bootssteg an, und ich schäle mich aus meinem Ganzkörperwindschutz.

Radames wuselt voraus. Er liebt die Villa, hat schon jede der Säulen markiert – und natürlich alle Bäume. Das Grundstück ist engmaschig umzäunt, darum darf er allein in den Garten und kann sich dort nach Herzenslust austoben. Mein Hund ist im Glück.

Ich nicht.

Obwohl ich zugeben muss, dass das Gebäude jetzt – im milden Abendlicht – phantastisch aussieht. Wie aus einem Märchen. Und die Nachbarn sind auch adäquat:

In der supercoolen Villa rechts residiert während der Sommermonate die Familie des zweitreichsten Mannes von England und in der efeuumrankten Villa links eine äußerst menschenscheue, megareiche amerikanische Erbin. Nicht, dass ich einen von denen je gesehen hätte – nur unsere Hunde kennen sich vom Schnüffeln durch die Zäune: mein Boston Terrier, die Französische Bulldogge der Erbin und die gefühlte Million Beagles der Engländer.

„Geh vor und schau nach, ob Yves im Bett liegt oder im Haus herumtigert", sage ich zu meinem Vater. „Und wenn er im Haus unterwegs ist, dann wisch alles mit Desinfektionsmittel ab, was er berührt hat."

Yves ist seit Jahren ein enger Freund und guter Kumpel. Eigentlich ist er Countertenor, also ein Sänger, der so hoch singt wie ein Kastrat, nur ohne kastriert zu sein. Aber Yves ist ohne Engagement. Schon seit langem. Weswegen ich ihn als Privatsekretär eingestellt habe. Pro forma, versteht sich. Yves versteht sich nicht aufs Arbeiten. Wenn er nicht singt, beglückt er Frauen. Mittlerweile hat er vier uneheliche Kinder. Deshalb schenken wir ihm auch zu jedem Fest- und Feiertag Kondome. Momentan leidet er an einer Sommergrippe. Wobei Männer ja nie einfach nur krank sind.

Männer werfen kein Aspirin ein und schwitzen es einfach aus – Männer regeln ihren Nachlass.

So eine Sommergrippe ist natürlich fatal. Ich darf jetzt auf keinen Fall krank werden. Deswegen wird Yves wie ein Unberührbarer behandelt und weggesperrt. Gott sei Dank ist die Villa groß genug – wir haben ihn unterm Dach in einem ehemaligen Kinderzimmer untergebracht. An der Decke baumelt noch ein Dinosaurier-Mobile. Dort kann er im – eigentlich etwas zu kurzen – Bett liegen und den ganzen Tag Fernsehserien streamen. Ich habe allerdings den Verdacht, dass er durchs Haus schleicht, wenn wir nicht da sind, und überall seine Viren verbreitet. Ohne Mundschutz und Gummihandschuhe.

Und ich sollte recht behalten.

„Hallo-o", ruft er vom oberen Treppenansatz, als wir eintreten.

„Bleib, wo du bist!", rufe ich zurück.

„Wer, ich?"

Aus der Küche tritt ein hochgewachsener Holzfällertyp im karierten Hemd.

„Baby!", ruft Bröcki und stürmt auf ihn zu.

Er geht in die Knie und umarmt seine Verlobte.

Laurenz Pittertatscher aus Salzburg ist Kriminalbeamter. Aber wann immer er einen Tag frei hat, verwandelt er sich in einen romantischen Liebhaber und eilt an die Seite seiner Heißgeliebten. Das ist für jemanden, der seit nunmehr fast einem Jahr wie eine Nonne lebt, schwer auszuhalten.

„Was machst du denn hier?", brumme ich.

Radames eilt auf die Liebenden zu, stellt sich auf die Hinterbeine und macht aus dem Duett eine Gruppenumarmung. Er vergöttert Pittertatscher. Was aber im Grunde nichts heißen will: Radames ist ein Männerhund. Er liebt alle Kerle.

„Ich habe doch extra angerufen und mich angekündigt", erklärt der zwischen Küssen (Bröcki) und Schlecken (Radames).

Bröcki lässt ihn los. „Laurenz hat sich vorhin bei mir gemeldet. Er muss Überstunden abfeiern und hat zwei Tage frei, vier mit dem Wochenende."

„Und die verbringt er jetzt hier?"

„Einer mehr fällt dir doch gar nicht auf", erklärt Bröcki.

Da hat sie recht. Außer meinem Vater, Yves und jetzt den beiden Verlobten wohnen noch zwei neue Mitglieder meiner Entourage unter diesem Dach, sehr zum Missfallen von Bröcki.

Doktor Simian und seine „äh ... Schwester", wie er sie immer vorzustellen pflegt. Wegen diesem „äh" denkt man natürlich sofort, sie sei seine Geliebte oder Gott weiß wer, aber – ich habe Referenzen eingeholt – es ist tatsächlich seine Schwester. Mit an Sicherheit grenzender Wahrscheinlichkeit. Also ... äh ... vermutlich.

Und da kommt er auch schon die Treppe herunter. Ich kann ihn noch nicht sehen, ich erkenne es nur an der Reaktion von Yves auf dem Treppenabsatz, der sichtlich zusammenzuckt und sich an die Wand presst. Er hält Simian für den Teufel höchstselbst.

Womöglich hat er damit nicht ganz unrecht – wie Simian jetzt die Treppe herunterschwebt, groß, knochig und in einem schwarzen One-Piece-Jumpsuit, hat er etwas von Max Schreck in Fritz Langs „Nosferatu". Als ob er auf einem unsichtbaren Hoverboard stünde. Dunkel und ein wenig unheimlich, wie der Fürst der Unterwelt.

Direkt hinter ihm, quasi astralsymbiotisch mit ihm verbunden, seine ebenso große, knochige „äh"-Schwester. Und ja, sprechen wir es aus – die beiden lassen einen an Jamie und Cersei Lannister aus „Game of Thrones" denken. Also an eine inzestuöse Geschwisterliebe. Aber wer bin ich, dass ich mich moralisch empöre? Schließlich fällt sehr viel mehr ins Gewicht, dass Simian magische Kräfte hat – seit er meinen Radames betreut, hat mein Kleiner keinen einzigen narkoleptischen Anfall mehr gehabt. Öhm ... mal abgesehen von den beiden vorhin im Festspielhaus ... aber da war Simian ja auch nicht präsent. Vielleicht sollte ich ihn überallhin mitnehmen?

„Darf ich bekannt machen?" Ich schaue von Simian zu Pittertatscher und wieder zurück. „Das ist Laurenz Pittertatscher von der Polizei Salzburg, und das ist Doktor Simian, mein Tierenergetiker."

„Dein was?" Pittertatscher hört auf, Radames zu kraulen, der sich begeistert auf den Rücken geworfen hat, weil es für ihn nichts Schöneres gibt als kräftiges Männerstreicheln.

„Tierenergetiker", sagt Doktor Simian. „Das ist meine ... äh ... Schwester."

„Sehr erfreut", sagt sie, guckt aber aus der Wäsche, als hätte sie eine Kakerlake in ihrem Salat entdeckt. Man könnte ja meinen, sie würde keine Männer mögen oder keine Polizisten, aber sie guckt immer so.

Pittertatscher ist als Vertreter der Exekutive natürlich kein Freund von esoterisch angehauchten Berufen. „Wozu braucht es denn einen Tierenerdingsbums?"

„Tier-e-ner-ge-ti-ker", stellt Fräulein Simian klar, jede Silbe dezidiert betonend.

„Ich fand, dass Radames nach den Ereignissen im letzten Sommer nicht mehr ganz er selbst war, und Doktor Simian ...", fange ich an. Eigentlich muss ich mich ja vor niemandem dafür rechtfertigen, warum ich mein schwer verdientes Geld für jemand ausgebe, der keinen anerkannten Beruf ausübt und trotzdem das Stundenhonorar eines langjährig geschulten Mediziners verlangt.

„Ich bin ausgebildeter Tierenergetiker mit Gewerbeschein, ausgestellt von der österreichischen Wirtschaftskammer. Ich bin hier, um für Radames mit sanften Handauflegungen, Heilkräuterdüften und spezieller Musiktherapie ein glücklicheres Hunde-Seelenleben herbeizuführen." Simian presst die Fingerspitzen aneinander und lächelt milde.

„Aha. Arbeiten Sie auch mit Iris-Analyse und Energieübertragung mittels Orgon-Energie?" Pittertatscher grinst.

Radames spürt, dass man über ihn redet, steht auf und wirft sich in Präsentationspose. Er geht davon aus, dass man nur Gutes über ihn sagt. Ich hebe ihn mit spitzen Fingern hoch.

Simian verzieht die schmalen Lippen zu etwas, das wohl einem Lächeln gleichkommen soll. „Ich erkenne den Zweifler in Ihnen", sagt er zu Pittertatscher, „aber das macht nichts. Meine Heilerfolge sprechen für sich."

„Apropos Radames", sage ich und halte Doktor Simian mit ausgestreckten Armen meinen kleinen Liebling hin. „Wären Sie so gut, ihm gründlich den Urinbauch zu waschen? Lange Geschichte, tun Sie's einfach."

Radames hechelt.

„Mir kommt der Hund unverändert vor", wirft Bröcki ein, schüttelt den Kopf, nimmt ihren Verlobten an der Hand und zieht ihn an den Simians vorbei die Treppe hinauf. Vermutlich in ihr Zimmer, wo die beiden Unaussprechliches tun werden.

„In einer halben Stunde gibt es Essen!", rufe ich ihnen hinterher.

„Was gibt es denn?", erkundigt sich mein Vater.

„Keine Ahnung", sage ich, „was immer du uns Leckeres auf den Tisch zauberst."

Wie sich eine Stunde später herausstellt, gibt es Fondue.
Käsefondue.

Wir sitzen auf der ausladenden Terrasse im ersten Stock mit Blick auf den See, direkt über den vier Säulen der Villa. Ursprünglich war in die Vereinbarung mit dem Besitzer der Villa auch eine Hauswirtschafterin eingeschlossen, aber die ist erkrankt, und nun müssen wir uns selbst versorgen.

Was blöd ist, denn keiner von uns kann kochen. Ich nicht, Bröcki nicht, Pittertatscher nicht. Yves als Franzose hat Grundkenntnisse, darf aber nicht kochen, nicht mal mit Mundschutz, weil ich Angst habe, dass seine Viren auf das Essen überspringen. Und was die Simians unter kochen verstehen, will man gar nicht wissen. Ich würde ja aufgrund ihres vampirösen Aussehens vermuten, sie fangen sich mit der bloßen Hand Stubenfliegen und schieben sie sich in den Mund, wenn sie nicht gerade Jungfrauen und -männern das Blut aussaugen, aber ich weiß, dass die beiden vegan leben.

Papa hat den großen Holztisch auf der Terrasse au naturel gelassen – ohne Tischdecke, ohne jedwede Deko. In einem riesigen Fondue-Topf, der an die Hexen aus „Macbeth" erinnert, blubbert eine undefinierbare, eitergelbe Substanz und schlägt unregelmäßig Blasen.

„Feuer sprühe, Kessel glühe", zitiere ich Shakespeare.

„Was?", ruft Yves.

Weil er zwar wieder Appetit hat, ich aber fürchte, er könnte noch ansteckend sein, sitzt er am anderen Ende der Terrasse. Am Katzentisch.

„Wolfeszahn und Kamm des Drachen,
Hexenmumie, Gaum' und Rachen
Aus des Haifischs scharfem Schlund,
Schierlingswurz aus finsterm Grund."

Mehr kann ich nicht auswendig. Es reicht aber aus, um pures Entsetzen in Yves Gesicht zu zaubern. „Es gibt Wolfwurzsud?", ruft er entgeistert.

„Ja." Ich nicke, schaue in den blubbernden Eiter und beschließe, nur etwas trocken Brot zu essen. Ein

Gutes hat die Versorgungssituation in der Villa: Ich werde diesen Sommer definitiv nicht zunehmen!

Pittertatscher und mein Vater bringen Körbe mit mundfertig geschnittenen Brotstückchen, Bröcki zwei Karaffen Wasser. Gläser und Fondue-Besteck liegen schon bereit.

Simian und seine „äh"-Schwester helfen nie.

Möglicherweise bereue ich es bereits, ihnen angeboten zu haben, den Sommer bei uns zu verbringen und Radames eine Intensivbehandlung angedeihen zu lassen, aber das würde ich nie und nimmer offen zugeben.

Da klingelt mein Handy. Mein Klingelton ist eine Mozart-Arie, die ich selbst eingesungen habe. Alle am Tisch zucken zusammen. Nicht, weil ich so falsch gesungen hätte wie Florence Foster Jenkins, sondern weil ich mein Handy besonders laut gestellt habe.

„Ja?", melde ich mich.

„Pauline."

Mehr muss er gar nicht sagen mit seiner tiefen, melodischen Stimme, die lispelig klingt, auch wenn gar kein s-Laut vorkommt.

„Herr Atlason!", gifte ich.

Das ist die Enttäuschung. Weil ich einen wunderbaren Moment lang gedacht habe ... ist ja egal, was ich gedacht habe. Er hat von Anfang an gewusst, wer ich bin, und er hat nur mit mir gespielt! So etwas verzeihe ich nicht!

„Pauline, wir hatten so einen schönen Anfang miteinander. Ich dachte ... wir könnten vielleicht zusammen etwas trinken gehen." Das muss man diesen Wikingern lassen, ob sie nun aus Norwegen, Dänemark oder Island kommen – die trauen sich was. Jeder andere wäre angesichts meiner arktisch kalten Stimme schockgefroren.

„Etwas trinken?", wiederhole ich. In einer Stimme, die durchblicken lässt, für wie verwerflich, ja, nachgerade abartig ich diesen Vorschlag halte.

„Ich dachte an Champagner", fährt er ungerührt fort. „Aber es kann natürlich gern auch etwas sein, das die Stimme mehr schont. Ein Tee?"

Das meint der ernst, der freche Kerl.

Ich atme tief durch. Soll ich ihm meine Empörung um die Ohren hauen? Oder mich zurückhalten, weil das der Mann ist, von dessen Dirigentenhänden mein Erfolg in Bregenz abhängt? Ich habe mich gerade für Letzteres entschieden, als er mir zuvorkommt.

„Liebe Pauline, ich weiß, Sie schämen sich ..."

Ich schäme mich?

„... weil Sie mich am See nicht gleich erkannt haben. Aber das muss Ihnen doch nicht peinlich sein."

Das ist mir nicht peinlich!, will ich brüllen, aber er redet schon weiter.

„Lassen Sie uns doch noch einmal neu anfangen. Nur wir zwei. Ich fand Ihren kleinen Übergriff vor der Herrentoilette äußerst vielversprechend." Dafür, dass er kein s aussprechen kann, verwendet er es ganz schön oft.

„Glauben Sie mir, das war nicht vielversprechend! Das war eine Verwechslung!", klirre ich. „Das wird nie wieder vorkommen!" Eher springe ich in meiner Untervögelung einen Wildfremden an, als diesem ... diesem ... Wikinger noch eine Chance zu geben!

Das Doofe an einem Handy ist ja, dass man den Hörer nicht auf die Gabel werfen kann. Aber ich klicke ihn besonders nachdrücklich weg. Was denkt der sich, dieser unverschämte Mensch?!

„Alles in Ordnung?", fragt Bröcki misstrauisch, weil sie mich zu gut kennt und den Braten riecht. „Hast du gerade jemand von der Festspielleitung verprellt?"

„Nein!", brumme ich.

Sie seufzt ahnungsvoll, lässt es aber dabei bewenden.

„Wunderschön", sagt Papa und setzt sich neben mich und nimmt meine Hand, was ich sehr tröstlich finde.

Mit wunderschön meint er den See, wenn die Sonne untergeht. Ein zauberhafter Anblick. Man müsste so reich sein wie der englische Immobilienmagnat oder die amerikanische Einsiedlererbin von nebenan und diesen Blick genießen können, wann immer man möchte, nicht nur für ein paar gemietete Wochen.

Und wegen dieses Blicks sitzen wir auch alle wie die Spatzen nebeneinander an diesem Tisch, an dem problemlos Kolumbus und alle drei Besatzungen von Niña, Pinta und Santa Maria Platz gehabt hätten, und schauen auf den funkelnden See und hinüber zur Schweizer Seite.

„Käsefondue ist energetisch ganz schlecht", erklärt die Schwester von Simian in den Sonnenuntergang hinein.

„Sie dürfen sich sehr gern selbst versorgen", sagt Bröcki, der alles an den Simians zuwider ist.

„Wir beklagen uns nicht, wir meinen ja nur", beschwichtigt Doktor Simian.

Bröcki glaubt, dass er seinen Doktortitel gekauft hat. Oder in einem obskuren Nebenfach der Wissenschaft hinterhergeworfen bekam. Mir ist er aber von meiner Kollegin Branwen Lloyd empfohlen worden, an deren Katze er wahre Wunder vollbracht haben soll. Und für meinen geliebten Radames ist mir nichts zu teuer. Und nichts zu abwegig.

„Mir kommt der Hund völlig normal vor", sagt mein Vater, als ob er meine Gedanken lesen könnte.

„Das arme Tier hat einen menschlichen Kopf in einem Topf köchelnd aufgefunden. Radames ist durch und durch traumatisiert, auch wenn er es versteht, seine innere Erschütterung zu überspielen", doziert Doktor Simian.

Radames liegt währenddessen unter dem Tisch, gleich neben Laurenz Pittertatscher, weil er das schwächste Glied der Kette immer sofort erschnuppert und genau weiß, dass Pittertatscher ihm etwas zu fressen zustecken wird. Auch wenn in Käse getunktes Brot nicht gerade die Lieblingsspeise von Radames ist, so ist es doch a) verboten und somit faszinierend und b) Menschenfutter, folglich also quasi der heilige Gral. Nur manchmal hebt er sein Köpfchen in Richtung See, schnuppert in die Luft und wimmert leise und wehmütig. Vermutlich sehnt er sich nach dem Schwan, in den er sich Hals über Kopf verliebt hat. Auch Hunde können unerfüllt lieben.

„Wäre es bitte möglich, nicht von Köpfen in Töpfen zu reden, während wir hier vor einem köchelnden Fondue sitzen?" Das ist keine Bitte, Bröcki versteht sich nicht auf liebenswürdiges Bitten, es ist ein Befehl.

Dabei ist der Fondue-Topf zwar wirklich groß, aber ein Kopf würde nun wirklich nicht hineinpassen. Oder doch?

Während ich das noch innerlich auszumessen versuche, tritt Yves an den Tisch. Er trägt Mundschutz und Gummihandschuhe und stochert mit seinem auf einer Fonduegabel aufgespießten Stück Brot in dem flüssigen Käse.

„Wisst ihr, woran mich das erinnert?", quietscht er hinter dem Mundschutz. „An ‚Astérix chez les Helvètes'. Wie sagt man auf Deutsch?"

„Asterix und Obelix bei den Schweizern"', antwortet Laurenz Pittertatscher fast korrekt, dem ich irgendwie nicht zugetraut habe, dass er liest. Nicht einmal Comics. „Du meinst die Szene im Palast des Feistus Raclettus?"

„Oui, oui ... die Orgie im Palast des römischen Statthalters. Sie spielen ein Spiel. Wer sein Brotstückchen in dem geschmolzenen Käse verliert, bekommt beim ersten Mal fünf Stockhiebe, beim zweiten Mal zwanzig Peitschenhiebe, und beim dritten Mal wird er mit einem Gewicht an den Füßen in den See geworfen."

„Ich erinnere mich." Pittertatscher nickt. „Ein Typ namens Gaius Infarctus verliert es dreimal und wird in den See geworfen. Asterix und Obelix kommen bei der Durchquerung des Gewässers zufällig vorbei und retten ihn. Und er sagt, dass er sich nur schnell was Trockenes anzieht und dann zurück zum Fondue geht, weil das so eine Gaudi ist."

Papa lacht. Er liebt Comics.

„Wer allerdings in den Bodensee geworfen wird, der kommt nie wieder zurück", erklärt Doktor Simian mit dunkler Stimme. So dunkel, dass sich auf einen Schlag eine düstere Schwere über unseren Tisch senkt.

„Nie", bekräftigt seine Schwester ominös. Was noch viel ominöser rüberkommt, weil sie dabei lächelt.

Mir läuft ein kalter Schauder über den Rücken.

„Mist!", schimpft Yves. „Jetzt habe ich mein Brotstück im Fondue verloren."

Blubber

Über Nacht hat es geregnet. Jetzt, in den frühen Morgenstunden, hat der Regen aufgehört, aber die Zuflüsse zum See haben an Tempo zugenommen.

Das merkt auch das in der Leiche verheddert Ruder. Immer weiter rutscht es unter der Fahrradkette hervor.

Und immer weiter quillt auch die Leiche auf.

Nicht nur das linke Knie, auch der linke Fuß ist mittlerweile dem Müllsack entflohen. Das ganze linke Bein vom Knie abwärts schwankt nun in der Strömung wie ein Ast im Wind.

Ein bizarrer Anblick. Aber hier unten guckt ja keiner.

Keiner darf schlafen

Wenn der letzte Strohhalm, an den man sich in seiner Verzweiflung klammert, in einem Cocktail steckt, dann geht's eigentlich. Der erste Probentag hätte schlimmer verlaufen können … aber auch besser. Deutlich besser.

Vor meinem inneren Auge läuft der Tag noch mal ab. Bröcki setzte mich überpünktlich im Yachthafen von Bregenz ab, zwischen der „Schubidu" und der „Lazy Dazy". Wieso hat unser Motorboot eigentlich keinen Namen? Es heißt einfach nur Boot.

„Ruf an, wenn du fertig bist", rief Bröcki mir zu, als ich quasi noch mit einem Bein im Boot stand, dann brauste sie auch schon mit röhrendem Motor zurück zu ihrem geliebten Pittitatschi-Baby. Sie hatte es sogar so eilig, zurück in die Villa und ihr Liebesnest zu kommen, dass sie nicht wartete, bis ich mich aus meiner Antarktisschutzkleidung geschält hatte. Also musste ich mich bei über zwanzig Grad mit Schal und Parka im Arm zum Festspielhaus begeben. Wenigstens hatte ich heute bequeme Schuhe an. Oder das, was eben bei mir so in die Kategorie Bequemschuhe fällt: ein paar schwarze Ankle Boots von Manolo Blahnik. Dazu ein körperbetontes orangefarbenes Slinkykleid. Ich bin keiner der typischen Kleiderbügel, an dem schwule Pariser Modedesigner ihre Entwürfe so gern sehen, aber ein Leben für die Mode gibt es ja auch jenseits einer Kleidergröße 32, sogar jenseits einer 46.

Jedenfalls kam ich überpünktlich zu meiner ersten Probe.

Ich weiß jetzt nicht, wie vertraut sie mit der Oper „Turandot" sind. Mal kurz zusammengefasst: Prinzessin Turandot will nicht zwangsverheiratet werden, deswegen hat sie ihrem Vater das Versprechen abgenommen, dass interessierte Bewerber, die um ihre Hand anhalten, drei Rätsel lösen müssen. Wer scheitert, verliert seinen Kopf. Und alle, alle scheitern. Bis Prinz Calaf kommt, der sich weder durch die vielen toten Vorgänger noch durch die Warnungen von Turandots Vater und dessen Minister abhalten lässt. Er löst die Rätsel souverän, begnügt sich danach aber nicht damit, die Hand der Prinzessin zu bekommen, sondern will auch deren Zuneigung gewinnen. Er bietet ihr einen Deal an: Findet sie bis zum nächsten Morgen heraus, wie er heißt, ist er bereit, zu sterben. Findet sie seinen Namen nicht heraus, muss sie sich ihm willig hingeben. Turandot tut alles, um seine Identität zu erfahren. Die Dienerin Liù kennt Calafs Namen, aber sie nimmt ihr Geheimnis mit in den Tod, weil sie Calaf liebt und ihn glücklich sehen will. Und so muss Turandot den Prinzen heiraten, und überraschenderweise sind dann alle glücklich – Calaf, weil er jetzt als Gatte der Prinzessin König werden kann, Turandot, weil sie einen gewieften Gatten auf Augenhöhe hat. Und vermutlich auch die tote Dienerin, weil sie ja für die Liebe gestorben ist.

Es ist die letzte Oper, die Puccini geschrieben hat, noch dazu unvollendet. Im Grunde ist Turandot eine eiskalte Frau, die den Tod unzähliger Männer zu verantworten hat, aber Calaf ist auch nicht gerade vorbildlich, weil er Turandot um jeden Preis für sich gewinnen will und dafür mal eben lässig den Tod der Dienerin Liù und sogar seines Vaters in Kauf nimmt. Und die Minister des Königs, die Ping, Pang und Pong heißen, sind nichts weiter als politisch unkorrekte Karikaturen.

Doch die Musik ist zum Dahinschmelzen. Die Arie „Nessun Dorma" – keiner schlafe, der Befehl, den die Prinzessin in der Nacht ausgibt, in der sie den Namen

Calafs herausfinden will – verursacht mir jedes Mal aufs Neue Gänsehaut.

Und ein besonderes Kribbeln überkam mich auch, als ich damals in Mailand zum ersten Mal Idris Adoa gegenüberstand, ebenfalls bei einer Produktion der „Turandot". Er teilt mit dem Schauspieler Idris Elba – Elba for Bond! – nicht nur den Namen, sondern auch das gute Aussehen. Woran auch die dicke Hornbrille von Adoa nichts ändert.

Es gibt ja nun nicht so sehr viele international erfolgreiche klassische Tenöre aus Nigeria, darum hatte ich natürlich schon von ihm gehört. Und man muss sagen: Seine Fotos werden ihm nicht gerecht.

Wäre ich Turandot gewesen, hätte ich nicht lange mit den blöden Rätselfragen Zeit vergeudet, ich hätte ihn sofort geheiratet. Groß, breite Schultern, ein wie aus ebenholzfarbenem Marmor gemeißeltes Gesicht, ein absolut unwiderstehliches Lächeln ... Da konnte ich sogar darüber hinwegsehen, dass er sein kleinkariertes Freizeithemd in die beigefarbene Jerseyhose gesteckt hatte und aussah wie ein Grundschullehrer aus den Sechzigerjahren.

Und heute Morgen, vor Beginn der Probe, durfte ich feststellen, dass er sich kein bisschen verändert hat: immer noch ein fast zwei Meter großes Sexpaket ohne jedwedes modisches Empfinden.

„Idris, das ist Pauline Miller. Pauline, das ist Idris Adoa", stellt uns Atlason vor.

Atlason macht heute auf leger. Die Haare hat er zum Pferdeschwanz gebunden. Er trägt ein weit aufgeknöpftes Jeanshemd, dessen Ärmel so weit nach oben gekrempelt sind, dass man das Tattoo auf seinem Unterarm sehen kann. Dazu trägt er diverse Lederketten um Hals und Handgelenke. Und einen lässigen Borsalino auf dem Kopf. Rattenscharf, eigentlich. Aber lieber will ich tot umfallen, als ihn mit Blicken – oder gar einem Kompliment – wissen zu lassen, wie umwerfend er aussieht.

Schon gut, ich weiß, ich achte zu viel auf Äußerlichkeiten. Aber Mode ist mir wichtig. Unser Outfit ist wie ein Charakterzug, den man äußerlich sichtbar trägt. Kleiden wir uns teuer und mainstreamig? Secondhand, aber individuell? Treten wir gepflegt auf? Kombinieren wir mutig völlig unpassende Teile? Wie im Kleinen, so im Großen – wie wir uns kleiden, so sind wir auch sonst. Davon bin ich fest überzeugt.

Wobei ich die Erste bin, die zugibt, dass diese Theorie auch ihre Lücken hat. Idris beispielsweise, immer noch im Grundschullehrer-Basis-Ensemble, ist – da bin ich mir sicher – kein braver Kleingeist ohne Pepp.

„Idris", gurre ich und strecke meine Arme hoch, bis sich meine Hände hinter seinem Kopf befinden – wozu ich mich trotz Zehn-Zentimeter-Absätzen in die Höhe recken muss –, ziehe ihn zu mir herab und küsse ihn mitten auf den Mund.

Nur, um es diesem Fatzke Atlason zu zeigen!

Idris ist nur kurz überrascht, spielt dann aber begeistert mit. Braver Bub!

Ich spüre, wie sich Atlasons Blick auf unsere verschlungenen Münder heftet. Und wie kleine Rauchwölkchen aus seinen Ohren steigen.

Ziel erreicht!

Er dreht sich um und stapft davon.

Ich schiebe Idris von mir. „Komm nicht auf dumme Ideen – das war nur der alten Zeiten wegen", flüstere ich ihm zu.

Er grinst und streicht mir mit der Hand eine Locke aus dem Gesicht. Ich will seine Hand beiseiteschieben, aber er hält mich fest. Ich lasse es geschehen. Die Hand von Idris ist groß und stark. Und ich erinnere mich noch sehr genau an eine rauschende Premierenfeier im Jahr unserer ersten Begegnung und daran, dass man aufgrund der Hand durchaus Rückschlüsse auf seine sonstige Anatomie ziehen darf. Ich schnurre.

Atlason hat sich mitten in dem Stuhlkreis aufgebaut, auf dem wir gleich alle Platz nehmen sollen. „Sobald die anderen da sind, machen wir einen Trockendurchlauf, bei dem Kiki und ich unser Konzept erklären", erzählt er den Anwesenden, aber sein Wortschwall plätschert an mir vorbei. Ich überlege, wie man Idris dazu bringen könnte, sich ordentlich zu kleiden. Damals in Mailand stand er noch am Anfang seiner Karriere und hatte kein Geld, aber mittlerweile müsste er sich ein etwas weniger peinliches Outfit eigentlich locker leisten können.

„Anschließend kommen die Musiker, und wir singen ... hören Sie mir eigentlich zu?" Arnaldur Atlason hat sich – unbemerkt von mir – herangepirscht und schiebt sich jetzt zwischen Idris und mich. Er duftet nach Acqua di Parma, einem Herrenduft, den ich immer geliebt habe, schon als Kind, als ich las, dass Cary Grant ihn bevorzugt auflegte, bis heute. Von nun an werde ich den Duft mit Atlason, dem isländischen Troll, in Verbindung bringen. Es ärgert mich, dass er meine olfaktorische Empfindung gewissermaßen befleckt, und ich will meinen Ärger an ihm auslassen, auch wenn er gar nichts dafür kann. Aber er ist der Dirigent, und mit Dirigenten verscherzt man es sich nicht. Denke ich noch so bei mir, aber da plappert bereits meine Mimi in Eigenregie los.

„Trockner, Durchlauferhitzer, Kontext, Muschelauflauf ... ich habe jedes Wort gehört", purzelt es aus mir heraus. Schon während ich das ausspreche, wird mir klar, dass das ein Fehler ist.

Atlason brummt wie ein pampiger Grizzly: „Ich finde, Ihnen fehlt der nötige Ernst."

Alle drehen sich um. Und mit alle meine ich die komplette Besetzung der „Turandot", die sich drüben an dem Tisch mit dem Heißwasser und den Kräuterteebeuteln (Kaffee ist schlecht für die Stimmbänder) versammelt hat.

„Oh, ich bitte um Entschuldigung", säusele ich windhauchgleich. Aber nicht wie eine leise Frühlingsbrise, mehr wie ein aufziehender Wirbelsturm. Und auch nicht ansatzweise entschuldigend. „Die Probe hat noch nicht offiziell angefangen, noch darf ich Mensch sein."

Diesmal kann ich die Schuld nicht auf Mimi schieben, diesmal spreche ich die Worte ganz bewusst aus – und auch gezielt in diesem herablassenden Tonfall.

Drüben am Heißwassertisch greifen die Mitsänger hastig nach den kostenlosen Keksen und drehen sich rasch wieder um, damit sie auch ja nichts verpassen. Es ist wie im Kino, nur mit Keksen und Kräutertee statt mit Cola und Popcorn.

Was werden Held und Heldin als Nächstes tun?

Gar nichts, wie sich herausstellt, weil in diesem Augenblick die Tür aufgerissen wird und die blaublütige Soubrette hereingetänzelt kommt.

„Da bin ich schon, Ihr Lieben. Es kann losgehen!", jodelt das Herrmännchen.

Ich hätte zu gern irgendwas nach ihr geworfen, aber ich bin zu weit vom Keksteller entfernt. Zumindest lasse ich endlich die Hand von Idris los, weil ich nämlich meine Hände zu Fäusten ballen muss, um die Contenance zu wahren.

„Was habe ich verpasst?", trällert Silke von Herrmann, hakt sich bei Atlason unter und schaut hinüber zu den Sangeskollegen. Ihr Blick gleitet mehr oder weniger desinteressiert über sie hinweg, bleibt nur kurz an Gary Kang hängen, einem der drei Koreaner, die die Minister des Königs singen – er ist zugegebenermaßen auch ein Augenschmaus –, dann schaut sie mich an und lächelt süßlich, ohne etwas zu sagen.

Aber ihr Blick spricht Bände.

Ich kenne diesen Blick. Diesen Blick habe ich selbst jahrelang aufgesetzt und zur Perfektion aufpoliert. Er besagt: Noch singe ich in der zweiten Reihe, aber warte, schon bald bin ich die Nummer eins.

Ich erwidere ihr Lächeln. Wenigstens werden wir uns nicht um denselben Mann streiten. Soll sie ruhig ihre koreanische Leckerschnitte vernaschen, ich habe mir den Nigerianer ausgeguckt.

Mein Lächeln gefriert, als sie mit ihrem freien Arm – den anderen hat sie immer noch bei Atlason untergehakt – nach Idris grabscht.

Wenn ich schon nichts werfen kann, soll ich sie dann treten? Der Absatz meiner Manolo Blahniks durchtrennt bestimmt sauber den Stoff ihrer geblümten Hosenanzugshose – und die Oberhaut gleich mit.

Aber während mein rechtes Bein noch bei dem Gedanken zuckt, erzählt das Herrmännchen der versammelten Menge: „Stellt euch vor, der Dackel meiner Vermieterin ist wieder da! Deswegen bin ich auch einen Tick zu spät. Sorry." Sie formt mit den Lippen einen Entenschnabel und haucht Atlason einen Kuss zu. „Ist das nicht wunderbar? Eine junge Frau stand heute Morgen mit dem Tier vor der Tür!" Sie lässt die beiden Männer los und wirft die Arme in die Luft. „Ist das nicht das perfekte Hollywood-Happy-End? Wie im Märchen, nur in echt!"

Ich ergreife die Gelegenheit, mich nun meinerseits bei Idris unterzuhaken und ihn vom Herrmännchen wegzuziehen, bevor sie die Arme wieder senken kann.

Aber sie ist ohnehin mit Jubilieren beschäftigt. „Attila sieht sogar besser aus als sonst. Er neigt ja immer ein wenig zum Verfilzen, weil meine Vermieterin mit ihren arthritischen Fingern nicht mehr so gut bürsten kann. Und die junge Frau hat ihn glattgebürstet und mit seidenweichem Fell zurückgebracht. Deswegen glaube ich auch, dass die Welt noch nicht verloren ist. Die jungen Menschen von heute haben durchaus noch Herz. Und Mitgefühl. Und Anstand. Jawohl."

Das Herrmännchen reckt das spitze Kinn in die Höhe, nimmt die Schultern zurück und wendet den Blick in eine unbestimmte Ferne. So stellt sie sich vermutlich eine Kämpferin für das Gute in der Welt vor – Johanna von Orléans, Rosa Luxemburg, Coco Chanel.

Wenn Silke von Herrmann, die selbst höchstens gerade mal Mitte zwanzig ist, quasi mütterlich von jungen Menschen spricht, meint sie dann Kleinkinder? Hat eine Dreijährige in der Schokomilchpause des Kindergartens den Dackel gefunden, sich von der Kindergärtnerin die Adresse auf dem Halsband vorlesen lassen und anschließend den Hund vorbeigebracht?

„Und dann bist du durchs Viertel gezogen und hast die Zeichnungen vom Nachbarsjungen wieder von den Bäumen und Schaufenstern entfernt? Deshalb bist du auch zu spät?", lästere ich.

Man soll sich ja nicht auf das Niveau der Nebenrollen herablassen, aber ich kann nicht anders. Herrmännchens bloße Existenz drückt bei mir irgendwelche Knöpfe.

„Aber nein, doch nicht mit meinen frisch manikürten Fingern. Meine Vermieterin hat der jungen Frau einen Finderlohn gegeben, und wir haben alle zusammen Sekt getrunken."

Ich schaue zu Arnaldur Atlason. Wenn es auf dieser Welt fair zuginge, würde er das Herrmännchen zur Schnecke machen. Aber nein. Er klatscht nur in die Hände und ruft: „Wir fangen jetzt an. Würde sich bitte jeder auf einen Stuhl setzen? Frau Miller, Herr Adoa, brauchen Sie beide eine Extra-Einladung?"

Oi, oi, der ist echt sauer.

Ich lächele triumphierend.

Idris jedoch enthakt sich von mir und läuft wie ein verschrecktes Reh, das der Kugel des Jägers entkommen will, im Zickzack an die entgegengesetzte Seite des Raumes zu den drei Koreanern. Offenbar hat er schlagartig erkannt, dass er da in etwas hineingeraten ist, das größer ist als er selbst.

Atlason schiebt mir einen Stuhl hin.

Na gut. Gerade will ich mich setzen, da ruckelt das Herrmännchen ihren Stuhl zwischen meinen und den von Atlason. Sie setzt sich, fasst mich am Handgelenk und erklärt: „Es ist eine so überaus große Freude für mich, mit Ihnen singen zu dürfen."

Ich möchte „Mir aber nicht" sagen, tue es jedoch nicht. Andererseits bedanke ich mich auch nicht für die Huldigung. Das muss als Affront genügen.

Als wir alle in einem mehr oder minder kreisförmigen Rund Platz genommen haben, stellen wir fest, dass Kiki Sturzenegger fehlt.

„Ich hole sie rasch", ruft die zierliche Regieassistentin und wuselt los.

Um nicht mit meiner Nebensitzerin reden zu müssen, ziehe ich mein Handy aus der Tasche. Ich hätte mir keine Mühe geben müssen: Herrmännchen sülzt den Dirigenten an. Pö, mir doch egal.

Der Sänger zu meiner Rechten – ein älterer Herr, der also entweder den Vater der Turandot oder den Vater von Prinz Calaf gibt – justiert sein Hörgerät.

Idris auf der anderen Seite des Stuhlrunds unterhält sich angeregt mit den Koreanern.

Bitte, dann beschäftige ich mich eben mit mir selbst. Mein Handy hat mir nichts Neues mitzuteilen. Ich sehe mich um. Hinter mir liegt die druckfrische Ausgabe der Bregenzer Festspielzeitung auf dem Boden. Ich nehme sie zur Hand. Auf dem Cover sieht man mich mit Radames. Farbkoordiniert. Ich im bauschigen roten Samtkleid von Vivienne Westwood, er mit roter Samtschleife um den Terrierhals. Wir sind ein schönes Paar, wenn ich das sagen darf.

Gleich nach dem Editorial kommt das Zwei-Seiten-Interview mit mir. Es wurde per E-Mail geführt, sechs Wochen, bevor ich angereist bin. Damit die Zeitung zeitgleich mit meinem Eintreffen veröffentlicht werden konnte. Und um ganz genau zu sein, wurde es auch nicht mit mir geführt, weil ich in dem schmalen Zeitfenster zwischen Eingang und Redaktionsschluss ein Gastspiel in Hongkong hatte, weswegen sich meine liebe Bröcki der Fragen annahm. Folglich las ich das Interview ebenso interessiert – und unbeleckt – wie jeder andere auch.

Bregenzfamos!

Die Turandot-Darstellerin Pauline Miller im Interview mit der Festspielzeitung

Sind Sie zum ersten Mal bei den Bregenzer Festspielen? **Pauline Miller:** Ja, und ich bin sehr gespannt. Vor einer solchen Kulisse aufzutreten, das hat man wirklich nicht alle Tage.

Haben Sie schon öfter die Rolle der Turandot gesungen?
Pauline Miller: Oh ja, einmal während meiner Ausbildung an der Juilliard School in New York. Später erneut in Mailand. Und ich finde es fabelhaft, mir die Rolle hier in Bregenz noch einmal völlig neu erschließen zu können. Mich gewissermaßen hineinzubeißen (schmunzelt und drückt ihren Boston Terrier Radames).

Was ist bei dieser Oper die größte Herausforderung für Sie?
Pauline Miller: Jede einzelne Aufführung wird eine Herausforderung sein – 7000 Menschen einen unvergesslichen Abend zu bescheren wird mein Lampenfieber in ungeahnte Höhen treiben.

Es dauert ja, bis man Sie im Stück zum ersten Mal zu sehen bekommt.
Pauline Miller: Stimmt. Ich trete erst im zweiten Akt auf, also fast in der Mitte des Stückes. Als Krönung die Bühne zu betreten stellt natürlich einen besonderen Anspruch dar. Die anderen haben sich alle schon warmgesungen, und ich muss dann – quasi auf ein Fingerschnippen hin – auf Anhieb überzeugen.

Haben Sie eine Lieblingsstelle in der Oper?
Pauline Miller: Definitiv den Schluss. Wenn Prinz und Prinzessin, die ja anfangs nur aus Kalkül handeln, sich am Ende in Liebe einander zuwenden, bekomme ich jedes Mal eine Gänsehaut. Bei aller Tragik sind das doch die Momente, die uns – im Leben wie in der Kunst – alles wertvoll erscheinen lassen.

Wie sind Sie denn zur Oper gekommen?

Pauline Miller: Ich war noch ganz klein, da hat mich meine deutsche Großmutter immer mit in die Oper genommen. Und mein Vater ist Klavierlehrer mit einer Vorliebe für die Klassik. Ich bin da also ganz natürlich hineingewachsen, und als sich später herausstellte, dass ich Talent zum Singen habe, und ich Gesangsunterricht bekam, ging es gleich in die klassische Richtung. Ich konnte mir nie etwas anderes vorstellen.

Welche Rolle haben Sie bis heute am liebsten gesungen?
Pauline Miller: Ach, das ist jetzt aber eine diffizile Frage. Ein bisschen ist das so wie mit Kindern – da hat man ja auch keinen Liebling. Wenn ich auf der Bühne stehen darf, bin ich schon glücklich. Kommen dann noch enthusiastische Kollegen und ein Regisseur mit einer Vision dazu, dann ist das immer wieder ein zutiefst befriedigendes Erlebnis. Ich singe auch zu Hause unter der Dusche – da dann meistens Puccini oder Verdi. Hin und wieder auch Johnny Cash (schmunzelt).

Welche Pläne haben Sie nach den Festspielen?
Pauline Miller: Im September gönne ich mir einen kurzen Urlaub, danach habe ich ein paar Gastspiele in aller Welt, und schon jetzt freue ich mich auf meinen Auftritt nächstes Jahr bei den Bayreuther Wagner-Festspielen.

Aha. Während Atlason neben mir irgendwas vom völlig neuen Konzept der Individualbetreuung murmelt, ergehe ich mich in Erleichterung, dass sich dieser Artikel auf meinen Auftritt in Bregenz beschränkt.

Seit ich in Salzburg den Kopf eines Ex-Liebhabers in einem Topf gefunden habe und ein weiterer Kollege von mir auf dem Eisengitter vor meinem Haus aufgespießt wurde, gab es in der internationalen Presse keinen einzigen Artikel mehr über mich, in dem diese Vorfälle nicht zumindest am Rande erwähnt wurden.

Vermutlich hat Bröcki bei der Formulierung der Antworten durchblicken lassen, dass es nur ums Musikalische gehen sollte.

Neben der Dankbarkeit empfinde ich auch Erstaunen. Das ist ja interessant. Ich soll in Bayreuth auftreten? Das hat Bröcki mir noch gar nicht erzählt. Möglicherweise hat sie sich das aus den Fingern gesogen. Aber es klingt gut.

Und was man ausspricht, das wird auch wahr. Alte Hexenregel: Was man beim Namen ruft, nimmt Gestalt an. Habe ich von meiner Oma.

Das war überhaupt das einzig Wahre in dem kompletten Interview: dass meine Oma die Oper liebte und mich überall mit hinschleppte. Allerdings gegen meinen Willen. Meine eigene Liebe zur Oper erwachte sukzessive und erst Jahre später. Und ich singe auch nicht beim Duschen. Das Singen ist mein Beruf. Wer nimmt denn bitte schön seinen Beruf mit unter die Dusche? Verlegt der Klempner beim Duschen ein Rohr? Addiert der Steuerberater auf einem wasserdichten Rechner zum Vergnügen ein paar Zahlen, während er sich shampooniert? Nein? Eben!

„Sie hören mir schon wieder nicht zu, stimmt's?"

Ein Zipfel meiner Aufmerksamkeit bekommt die Frage mit und leitet an mein Gehirn die Information weiter, dass sie an mich gerichtet sein könnte.

Ich schaue auf.

Alle Kollegen starren mich an. Fragend hebe ich die Augenbrauen. Keiner sagt etwas, aber alle Blicke wandern zum musikalischen Leiter, also zu Arnaldur Atlason.

Ich schaue ihn treuherzig an. Atlason wirkt wie einer der Geysire in seiner isländischen Heimat, kurz bevor die Heißwasserfontäne hervorsprudelt.

„Arnaldur", flöte ich, „selbstverständlich höre ich Ihnen zu. Andächtig sogar."

Seine blauen Augen werden schmal. Sein Bart scheint elektrisch aufgeladen, die Barthärchen vibrieren. „Dann sind Sie also einverstanden?"

„Aber natürlich." Ich schenke ihm mein berückendstes Lächeln, obwohl sonnenklar ist, dass er mich durchschaut hat. Egal. Auch wenn es peinlich ist, muss ich nachher die Kollegen fragen, wozu genau ich soeben leichtfertig meine Zustimmung gegeben habe. Wenn mir dann die Haare zu Berge stehen, kann ich meine Meinung ja immer noch ändern. Das ist das Vorrecht einer Diva.

Am besten höre ich von jetzt an einfach zu, vielleicht erschließt sich mir dann der Zusammenhang.

Doch worum auch immer es geht, ich werde es nicht mehr erfahren. Die Tür wird aufgerissen, und unsere Regisseurin Kiki Sturzenegger stürmt herein. „Sorry, sorry, sorry, ich bin in eine Polizeikontrolle geraten. Offenbar hat man einem hochrangigen Politiker den Schoßhund geklaut, und daraufhin wurde eine Rasterfahndung eingeleitet. Hunde klauen, also echt. Wer macht denn so was?"

„Ha!", kreischt das Herrmännchen und springt auf. „Das kann kein Zufall mehr sein! Immer mehr Hunde verschwinden in Bregenz? Ich wette, da steckt eine organisierte Dognapperbande dahinter!"

Dognapper?

In Bregenz?

Ein kalter Schauder läuft mir über den Rücken.

„Das Leben muss weitergehen", sagt Atlason und dreht sich zu mir. „Was ich gerade von Ihnen wissen wollte ..."

Ich unterbreche ihn schnöde, indem ich ihm die rechte Handfläche aufs Gesicht drücke. Buchstäblich. Eigentlich wollte ich sie ja nur in die Luft halten, ein paar Zentimeter vor seiner Nasenspitze. Aber wenn er sich ausgerechnet in diesem Moment nach vorn beugt, kann ich auch nichts dafür, dass ich seine Adlernase zur Mopsnase plattdrücke.

Mit der Linken drücke ich eine Kurzwahl auf meinem Handy. Mist, Voicemail.

„Ich muss weg", rufe ich und springe meinerseits auf.

„Also, bitte, was soll denn das?", empört sich Atlason. Mir ist nicht ganz klar, ob er sich über meine Hand in seinem Gesicht aufregt oder über die Tatsache, dass ich die Durchlaufprobe verlassen will. Wahrscheinlich über beides.

„Ein Notfall", rufe ich, schon halb an der Tür. „Wird nicht wieder vorkommen!"

Hoffe ich.

Joan Mitchell Abstract Life

Papa wollte während der Probe mit Radames ins Kunsthaus Bregenz, sich eine Ausstellung mit Bildern von Joan Mitchell anschauen. Er hatte extra seine Brille mit den dunklen Gläsern, seinen Teleskopstock, seine Armbinde und seine – hüstel – gefälschte Bescheinigung für Radames als Sehbehinderten-Begleithund dabei. Nur für den Fall, dass Hunde, selbst Kleinsthunde wie Boston Terrier, nicht ins Museum dürfen.

Das Kunsthaus liegt fußläufig zur Festspielhalle. Das ist einer der großen Vorteile von Opernhäusern – sie liegen immer innerstädtisch, nie irgendwo draußen auf der grünen Wiese gleich neben einem Baumarkt und einer Supermarktkettenfiliale.

Auf dem ganzen Weg hierher, also die ganzen elf Minuten, schossen mir schreckliche Ahnungen durch den Kopf. Papa wusste ja nicht, dass organisierte Hundeentführer ihr Unwesen treiben. Womöglich war es in diesem Augenblick schon zu spät – während Papa auf dem Weg zum Kunsthaus war, hat möglicherweise so ein schmieriger, öliger, entsetzlicher Mistkerl meinen kleinen Liebling gepackt, dann hat mit quietschenden Reifen ein Fluchtwagen neben ihm gehalten, der Mistkerl hat meinen Hundeschatz auf den Rücksitz geworfen und ist selbst hinterhergehechtet, und mit noch lauter quietschenden Reifen ist der Wagen dann auf und davon.

Ich kann kaum schlucken, so besorgt bin ich.

Ich betrete den Kubus am Karl-Tizian-Platz. Es ist kühl und dunkel, und ich schnaufe erst mal durch. Schwarzer Boden, graue Betonwände, daran Kunst. Links der Kartenschalter.

In der Begrüßungsmappe gab es diverse Freikarten – für das Kunsthaus, die Pfänderbahn, das Vitalium-Bad. Aber die Mappe habe ich natürlich nicht dabei. Also löse ich eine Karte und eile zur Treppe rechts hinten.

Dann fällt mir ein, dass Papa – wenn er den Sehgeschädigten mimt – sicher den Aufzug nimmt, also tue ich das auch.

Im dritten Stock empfängt mich ein heller Raum. Licht fällt durch die Milchglasscheibe an der Decke. Eine nicht uniformierte Wachfrau lehnt an der Wand und lächelt mir zu. Ein freundliches Erwiderungslächeln bringen meine in Panik verzerrten Gesichtsmuskeln allerdings nicht zustande. Ich bin hier oben die Einzige. Also zurück in den Aufzug und runter in den zweiten Stock. Auch hier nur Kunst und eine Wachfrau. Noch einen Stock tiefer.

Hier sehe ich eine Gruppe von Menschen, die sich um den schwarzen Sitzkubus in der Raummitte geschart haben. Ein älteres Ehepaar in Badeschlappen, eine Familie mit lustlos blickenden Teenagerkindern, zwei farblose, dürre Frauen unbestimmten Alters in schlaff herabhängenden, aber bestimmt ökologisch nachhaltig hergestellten und fair gehandelten Kleidersäcken.

Auf dem Kubus in der Mitte sitzt jemand und doziert. Ich kann ihn wegen der andächtig lauschenden Gruppe nicht gleich erkennen, aber zwischen den Beinen der Leute wuselt plötzlich etwas Braun-Weißes mit roter Schleife hervor.

Radames!

Mein Süßer hat mich erschnuppert und kommt begeistert auf mich zugelaufen. Ich gehe in die Knie und kraule ihn hingebungsvoll durch.

Er ist da. Es geht ihm gut. Endlich kann ich wieder schlucken. Und lächeln.

Und denken.

Ich habe mich wieder einmal hinreißen lassen. Wie eine kapriziöse Diva habe ich die wichtige erste Probe geschmissen, weil ich mir eingeredet habe, meinem Hund könnte etwas zugestoßen sein. Das ist unprofessionell. Ob alle Frauen, denen man Divenhaftigkeit nachsagt, im Grunde hochanständige, mitfühlende Seelen sind, die schlichtweg missverstanden werden und in ihren besonders zickigen Momenten einfach nur ihren Hund retten wollten? Als Naomi Campbell ihr Bügeleisen nach der Haushaltshilfe warf, ging es da in Wahrheit auch um einen geliebten Schoßhund? So was verschweigt die Presse ja gern.

Während ich mir innerlich selbst Absolution erteile, dringen ein leises Rauschen an mein Ohr – es klingt nicht nach Wellen, mehr nach Klimaanlage – sowie die Stimme eines Mannes.

„... sie war leidenschaftlich, exzessiv, launisch, ein Nachtmensch, eine ganz eigene Frau ..."

Diese Stimme würde ich überall wiedererkennen. Sie gehört meinem Vater. Und er klingt, als sei er ein Intimus von Joan Mitchell gewesen.

„... können Sie es vor sich sehen? Mitte der Neunziger, in ihrem Haus in Cannes, Joanie mit einem Drink in der Linken und einer Kippe in der Rechten, über die Kunst sprechend. Dass man bei Kunst immer etwas fühlen muss, wer nicht fühlt, kann auch nicht malen, sagte sie immer ..."

Papa kennt sich mit Gemälden nicht so aus, nur mit Musik. Die Spezialistin für Kunst in unserer Familie ist meine Mutter. Sie hätte meinem Vater auch erklären können, dass Joan Mitchell in Vétheuil lebte und bereits 1992 gestorben ist. Womöglich hat sie ihm das auch mal erklärt, aber er hat wieder nicht richtig zugehört und sich nur die grobe Richtung gemerkt. Aber die Leute um ihn herum haben offenbar selbst keine Ahnung. Ich nehme Radames auf den Arm und gehe auf die Gruppe zu.

„Papa", rufe ich halbherzig hinter den beiden weiblichen Modemuffeln hervor.

„... was Sie da sehen, meine Herrschaften, sind nicht nur Kleckse, das ist Absicht ...", fährt er fort.

Ojemine, er redet sich noch in Teufels Küche. Das muss ich verhindern.

„Papa!", donnere ich mit meiner ausgebildeten Sopranstimme, und die Gruppe vor mir teilt sich wie das rote Meer. Alle schauen mich entgeistert an, und ich fühle mich wie Moses oder, noch besser, weil optisch schnuffiger, wie Charlton Heston in „Die Zehn Gebote".

Endlich sehe ich ihn auch. Und bereue, „Papa" gerufen zu haben. Auf dem Kubus sitzt etwas, das aussieht wie ein indischer Guru. Was trägt er da? Hat er sich etwa die weiße Leinenbettwäsche unserer Sommervilla um den hageren Körper geschlungen? Und wirkt sein Vollbart auf einmal verfilzt? Mit so was will man nicht verwandt sein! Das kommt davon, wenn man seinen alten Herrn nicht im Boot mitnimmt, sondern ihm Taxigeld in die Hand drückt. Man hat keinerlei Einflussnahme auf sein Äußeres. Peinlich!

Ich drehe mich also im Kreis und rufe „Papa, Papa?" und schaue in alle Richtungen, als ob ich meinen Vater suchen würde, aber nicht finden könnte. Verstohlen trete ich den Rückzug an eine der Wände an, beuge mich vor und starre intensiv auf einen besonders knubbeligen gelben Ölfarbenklecks an einem von Joanie Mitchells Gemälden. Als ob der „Papa", den ich suche, mikroskopisch klein wäre und sich in dem Klecks versteckt hätte. Höchst albern, ich weiß, aber auf mich achtet ohnehin keiner mehr, weil mein richtiger Papa inzwischen aufgestanden ist und beide Arme erhoben hat, als wolle er seine Schäfchen segnen.

„Es hat mich sehr gefreut, mit Ihnen über meine alte Freundin Joanie zu plaudern, aber ich muss jetzt los", sagt er, und es klingt so, als wolle er noch hinzufügen: und die Welt retten. Mein Papa, der Gandhi unter den Vätern.

Er schüttelt jedem Einzelnen die Hand, sogar den lustlosen Teenies und der Wachfrau, dann kommt er auf mich zu. Was ich nur geschehen lasse, weil die meisten schon den Raum verlassen haben.

Es ist wohl doch nicht das Laken seines Bettes, sondern einfach eine weiße Leinenhose mit einem übergroßen, bis zum Bauchnabel offenen Hemd. Wenn man eines nicht sehen will, dann die grauen Brusthaarbüschel des eigenen Vaters. Die Kopfhaare trägt er heute nicht offen, sondern mittig auf dem Scheitel hochgebunden. Es sieht ein bisschen so aus, als hätte er sich einen Staubwedel um den Kopf geschnallt. Zu seinem Guru-Outfit passend, geht er barfuß.

Hoffentlich sieht uns keiner, der mich kennt. Und niemand von der Presse.

„Papa!", schimpfe ich verhalten.

„Was denn? Ich bin ihr wirklich einmal begegnet. Während der Flitterwochen mit deiner Mutter. Das war irgendwo in Frankreich, und deine Mutter meinte, die verlebt aussehende Frau in der Galerie sei die Malerin Joan Mitchell. Ich habe ihr zugewunken, und sie hat genickt. So ein Moment verbindet!" Papa winkt dem älteren Ehepaar mit den Badeschlappen nach, das in den Aufzug steigt. „Ich habe nur für ein wenig Entertainment gesorgt. Das tut doch keinem weh."

Ich erinnere mich deutlich an die Geschichte, die meine Mutter jedes Mal erzählt, wenn das Gespräch auf Frankreich oder Flitterwochen oder Malerei im Allgemeinen kommt. Dass sie kurz nach der Heirat mit meinem Vater, das war Mitte der Achtziger, zusammen durch Frankreich radelten und die berühmte Allround-Künstlerin Meret Oppenheim in einer Pariser Galerie sahen. Meret, nicht Joan. Zwischen einer Oppenheim und einer Mitchell liegen Welten, um nicht zu sagen Universen, aber für meinen Vater ist alles eins. Vor allem, wenn es abstrakt wird. Farbkleckse auf Leinwand.

Jetzt tritt er neben mich, legt mir den Arm um die Schultern und schaut das große, überwiegend gelbe Gemälde kritisch an. „Das hier könnte mir sogar gefallen – es erinnert mich an Schuberts ‚Forelle' –, aber wer hat schon eine ausreichend große Wohnzimmerwand, um sich etwas in dieser Größe aufzuhängen?" Er fuchtelt mit der Hand vor dem Bild herum.

„Nicht so nah rangehen, Papa!", mahne ich.

„Weiß ich doch", sagt er. Aber er hat seine Brille nicht aufgesetzt, und ich weiß ganz genau, dass er ohne sie nur ein beschränktes räumliches Vorstellungsvermögen genießt, weil er Abstände nicht einschätzen kann.

„Es muss dringend wieder mehr Maler geben, die für die Menschen malen, und weniger Maler, die nur überdimensionierte Museumskunstwerke erschaffen", sagt Papa und fuchtelt erneut ... ich will ihn noch an seiner weißen Bettlakentunika packen, aber da ist es auch schon zu spät.

Und falls es Sie interessiert – bei Berührung der Gemälde wird ein stiller Alarm ausgelöst ...

Die Welt ist schlecht und riecht bedenklich

Es plätschert.

Drüben, im Brunnen des Poseidon. Ich sitze auf einer Installation aus einander überlappenden Holzstühlen in der Nähe der Kunsthalle und produziere mit dem Strohhalm Sauggeräusche, als ich die letzten Saftreste aus dem To-go-Becher schlürfe.

Eine Frau auf einem Fahrrad mit Kleinkind-Anhänger radelt vorbei. Direkt hinter ihr auf dem Rad sitzt ein Krokodil. Also eigentlich eine Luftmatratze in Krokodilform. Bestimmt war sie am See schwimmen.

Ich werfe den leeren Saftbecher in den gefräßigen Schlund des Mülleimers direkt neben der Stuhlinstallation, auf dem „Sub'r blieben" geschrieben steht. Dann ziehe ich ein Feuchttuch aus meiner Handtasche, einer dunkelroten Birkin Bag, und wische mir den Kleb von den Fingern und – mit der letzten sauberen Ecke – noch den Schweiß von der Stirn.

Drüben auf den Sitzen vor dem Café fächeln sich einige Frauen mit Fächern Luft zu. Fächermacher, auch so ein hierzulande ausgestorbener Beruf. Die Dinger werden mittlerweile bestimmt maschinell in Taiwan gefertigt. Oder von nepalesischen Kleinkindern mundgeklöppelt. Aber sie sind echt nützlich, und ich wünschte, ich hätte auch einen.

Die Luft steht. Und sie steht heiß. Und ich merke, dass mein panischer Galopp vorhin vom Festspielhausprobensaal zur Kunsthalle – zusammen mit der Angst, meinen Radames an böse Dognapper verloren zu haben – für ein ungutes Mikroklima in meinen Achselhöhlen gesorgt hat. Angstschweiß und Hitzeschweiß verleihen mir das Aroma eines reifen Münsterländer Käses. So will man nicht riechen. Ich brauche dringend eine Dusche! Stattdessen ziehe ich einen Flakon aus meiner Handtasche und sprühe mich ausgiebig mit meinem derzeitigen Lieblingsduft ein, Nero Assoluto von Cavalli.

Links von mir geben zwei Straßenmusiker unter einem Baum wirklich alles. Der mit den O-Beinen spielt Gitarre, der andere Klarinette. Letzterer ist wirklich gut, obwohl er noch sehr jung ist. Bestimmt handelt es sich um zwei Maturanten, die sich ihr Taschengeld aufbessern wollen. Wenn es nicht so heiß wäre, würde ich aufstehen und ihnen etwas in den offenen Gitarrenkasten werfen.

Auf der anderen Seite kühlen sich Kinder am Wasserspender die Füße.

Es ist herrlich idyllisch. Das Leben könnte so schön sein.

Es geht zwar schon auf den Abend zu, aber ich habe das Gefühl, dass es immer heißer wird. Fast schon hochsommerlich heiß.

Das ist aber nicht der Grund, warum Bröcki neben mir kocht. Und zwar auf Stufe drei.

„Was fällt dir ein?", zischt sie. „Du musst von allen guten Geistern verlassen worden sein!"

Bröcki, offiziell Marie-Luise Bröckinger, mag vom Storch nicht in der üblichen Größe für Humanoide ausgeliefert worden sein, aber – meine Güte! – Feuer besitzt sie für zehn ausgewachsene Baseballspieler.

„Wozu reiße ich mir für dich den Arsch auf, wenn du hingehst und mal eben alles sabotierst, was ich in den letzten Jahren für dich erreicht habe?!"

Bröcki in ihrem maßgeschneiderten Businesskostüm wirkt wie ein Engel des Zorns. Ihre mausbraunen Haare stehen wie elektrisiert ab – ich lehne mich mal vermutend ganz weit aus dem Fenster und deduziere, dass sie nach dem Liebesspiel mit ihrem Pittitatschi nicht zum Kämmen gekommen ist –, und sie wippt ärgerlich mit den kurzen Beinen.

Drüben beim Brunnen sitzen die Leute auf Bistrostühlen, reden und lachen und trinken Kaltgetränke.

Ein Teil von mir schämt sich. Nicht der Teil, der genau weiß, warum Bröckis Haare so abstehen. Ich kann sehr gut damit leben, dass sie von der Polizei schnöde aus ihrem Liebesnest geklingelt worden ist, um für ihre des versuchten Kunstraubs bezichtigte Sängerin ein Leumundszeugnis abzulegen. Aber der Teil von mir, der weiß, wie sehr ich mit meinem Verhalten meinen Ruf und damit meine Karriere gefährdet habe, ja, der Teil schämt sich.

„Es tut mir leid", flüstere ich.

„Wie bitte?" Sie hält sich die Hand ans Ohr.

„Es tut mir leid", wiederhole ich etwas lauter.

„Schon gut." Bröcki tätschelt mir die Hand. Sie schämt sich auch. Weil sie so glücklich ist, und ich es nicht bin. Echte Freundinnen wollen ihr Glück immer miteinander teilen, und wenn das nicht geht, ist ihr Glück nicht vollkommen. Ich wette, sie hat mir heimlich ein Profil bei Parship angelegt, damit auch ich mich in spätestens elf Sekunden neu verlieben kann ...

Die Liebe tut meiner Bröcki gut. Laurenz Pittertatscher tut ihr gut. Und mir in diesem Moment auch, befindet er sich doch immer noch plaudernd mit seinem Vorarlberger Kollegen drüben im Kunsthaus. Hoffentlich sprechen sie nicht nur über Dienstzeiten und die Qualität des Kantinenessens in ihren jeweiligen Bundesländern, sondern auch darüber, dass ich nicht der Kopf einer internationalen Kunsträuberbande bin, der sich nur der Tarnung wegen als Opernsängerin ausgibt, um weltweit Kunstschätze zu plündern.

Wenn die Vorarlberger Exekutive ein Bauernopfer braucht, darf sie sich gern an meinem Vater-Schrägstrich-Hippieguru bedienen – der hat schließlich einen gefälschten Begleithunde-Ausweis vorgelegt, um das Museum betreten zu dürfen. Wo hat er den überhaupt her? Seit wann pflegt mein Papa Kontakt zur Unterwelt?

Jedenfalls ist es ein großer Vorteil, einen echten Kriminaloberkommissär in der Familie zu haben, der gegebenenfalls ein gutes Wort einlegen kann. Und ich erachte es als echtes Entgegenkommen des Schicksals, dass Pittertatscher selbstlos und in Höchstgeschwindigkeit zu Hilfe eilte, denn die Polizei war – angesichts der Rasterfahndung wegen des Politikerhundes – verdammt schnell vor Ort.

„Du weißt aber schon, dass ein einfaches ‚Tut mir leid' hier nicht genügt!", brummt Bröcki, schon etwas versöhnlicher. Ich entschuldige mich sonst nie.

Das hätte sie jetzt aber nicht sagen sollen, das drückt schon wieder einige meiner Knöpfe. Also hmpfe ich.

Wir wollen doch, bitte schön, auf dem Teppich bleiben. Was habe ich schon groß verbrochen? Ich habe eine Probe geschmissen, in der ich ohnehin nur peripher vonnöten war. Der Anruf von der Festspielleitung, der gleich nach dem Anruf der Polizei bei Bröcki einging, erfolgte bestimmt auf eine Beschwerde von Atlason hin! Bei Kiki Sturzenegger hätte ich es ja noch verstanden, wenn sie als Regisseurin sich so ein Verhalten nicht gefallen lassen will, aber beim Dirigenten? Und wie viele meiner berühmten Kolleginnen nehmen überhaupt an jeder Probe teil, sogar am ersten Textdurchlauf? Keine. Eben!

Berühmt zu werden ist eine unerträgliche Gratwanderung, ehrlich. Man will ja normal bleiben, was immer das ist, man will pflegeleicht sein. Aber die Anforderungen werden zunehmend größer, die Erwartungen an einen auch. Um das auszuhalten, um auf der Bühne dann jedes Mal 150 Prozent zu geben, braucht man als Diva ein Gegengewicht, etwas, das einen erdet. Bei mir ist das Radames.

Der gerade seinen Nachmittagsschlaf auf meinem Schoß hält. Leise schnarchend. Mit bebendem Bäuchlein. Wenn ich ihn nicht in Sicherheit weiß, wie soll ich da proben können? Das kann doch sicher jeder verstehen, oder? Also, auf jeden Fall jeder mit einem Hund.

Zum Beispiel die Frau dort drüben. Die würde mich verstehen. Das bin ich. In ungefähr hundert Jahren. Sie hat flott frisierte, kurze graue Haare, sitzt an einem der Tische neben dem Poseidon-Brunnen und nippt an ihrem Prosecco. Ihr zu Füßen liegt ein undefinierbares Etwas mit vier Beinen. Vermutlich hat irgendwann einmal ein Windhund verzückt einen Dalmatiner besprungen, und deren Kind der Liebe hat sich wiederum mit einem Mops gepaart. Jedenfalls ist der Hund sehr schmal, sehr gepunktet und hat eine extrem platte Schnauze. Schön geht anders, aber Schönheit liegt ja ohnehin im Auge der Betrachterin. Frauchen winkt plötzlich einer Passantin zu, die bleibt stehen, Frauchen springt auf und läuft zu ihr. Umarmungen, Küsschen links und rechts, Plausch. Frauchen zeigt auf ihren Tisch, die Passantin schüttelt den Kopf, sie plauschen im Stehen weiter, treten aber einige Schritte zur Seite, um dem Touristenstrom nicht im Weg zu sein.

„Hörst du mir zu?", fragt Bröcki neben mir. „Ein ‚Tut mir leid' genügt nicht. Im Übrigen nicht nur mir gegenüber, sondern auch gegenüber deinen Kollegen. Und von jetzt an musst du dich verdammt noch eins zusammenreißen. Ist mir schon klar, dass du dich mittlerweile zu Höherem berufen fühlst, aber Bregenz …"

„Also ehrlich, du solltest mich besser kennen!", empöre ich mich, weil Angriff immer die beste Verteidigung ist. „Du weißt, dass ich mich über jedes Engagement freue. Als ich sagte, dass die Bregenzer Festspiele die Olympischen Spiele der Opernwelt sind, meinte ich nur, dass ich Angst habe, nicht fit genug für die Bühne hier zu sein."

„Ha, ich kenne doch deine Einstellung zu Sport", lästert Bröcki. „Hör zu, wir wissen beide, dass nach oben hin noch Luft ist. Ich bin ja dabei, dich an die besten Bühnen der Welt zu vermitteln, aber jetzt sind wir hier, und ..."

„Stimmt es wirklich, dass ich in Bayreuth singen werde?", unterbreche ich sie, weil mir das Interview wieder einfällt, das sie in meinem Namen mit der Festspielzeitung geführt hat.

Bröcki schnaubt. „Meinst du, die Bayreuther werden dich noch wollen, wenn sie erfahren, wie unzuverlässig und kapriziös du bist?"

Das sitzt. Mist!

Und dieser Atlason ist bestimmt eine doofe Petze und feilt in diesem Moment schon an seiner Klage- und Jammerschrift an die Nachfahrinnen von Richard Wagner, die in Bayreuth walkürig über die Besetzungslisten wachen.

Seufzend atme ich aus und will gerade von ganzem Herzen Besserung geloben, als ich sehe, wie eine junge Frau in Latzhose und mit Zöpfen vor der Windhund-Dalmatiner-Mops-Mischung in die Knie geht und dem Hund die Hand vor die Schnauze hält. Wie man das so macht, wenn man sich als Zweibeiner einem Vierbeiner vorstellt. Damit der erst mal Witterung aufnehmen kann. Ob ein Mensch gut oder böse ist, das entscheiden Hunde nach dem Geruch.

Eigentlich nicht nur Hunde. Ich kann manche Menschen auch nicht riechen und halte Abstand. Ich könnte wetten, der ungeduschte, nicht mit Männerparfüm eingesprühte Arnaldur Atlason wäre mir olfaktorisch unangenehm! Nicht, dass ich ihn ungeduscht und unbeduftet erleben wollte ... Ehrlicherweise muss ich allerdings zugeben, dass ich mich in diesem Moment auch nicht riechen kann. Mein Lieblingsduft hat den Achselgestank nicht überlagert, sondern intensiviert ...

Und während meine Gedanken geruchstechnisch abschweifen, muss ich fassungslos mit ansehen, wie die Latzhosenfrau aufsteht, sich umsieht, sich bückt, die Leine des Hundes packt und zügig mit ihm davonschreitet.

„He!", rufe ich und will aufspringen, aber zum Glück fällt mir noch rechtzeitig ein, dass mein kleiner Radames auf meinem Schoß liegt.

„Was ist jetzt wieder?" Bröcki folgt meinem Blick.

Ich drücke ihr Radames in die Arme. Der schnauft ungnädig, weil ich ihn so unsanft aus dem Schlummer gerissen habe.

„He!", brülle ich erneut, und wenn ich brülle, dann hört man mich auch. Das ist der große Vorteil, wenn man ausgebildete Opernsängerin ist. So gut wie jeder auf dem Platz dreht sich zu mir um.

Auch die Latzhosenfrau. Und die Hundebesitzerin, die mit ihrer Freundin etwas abseits angeregt geplaudert hat.

Ich zeigefingere auf die Mischlingstöle, rufe „Dognapping!" und laufe los.

Ja, ich bin bereit, mich der Hundekidnapperin in den Weg zu stellen!

Im Kampf Frau gegen Frau. Die Welt mag insgesamt schlechter werden, aber nicht in meinem direkten Umfeld. Das lasse ich nicht zu. Wo ich bin, triumphiert das Gute! Mit unsichtbarem Superwoman-Umhang marschiere ich zielstrebig hinter der Unholdin her.

„Lassen Sie den Hund los!", rufe ich.

Die Frau bekommt große Augen, weicht ein paar Schritte zurück, dann dreht sie sich um und läuft los.

„Haltet die Frau auf!", brülle ich. Schneller werden kann ich aber nicht – meine Manolo Blahniks sind zwar bequem, aber definitiv nicht fürs Joggen gemacht. Nicht, dass ich joggen könnte.

Ich habe nur noch Augen für die Latzhose. Sie biegt nach links, in Richtung See. Dort wird sie gleich auf die Seestraße treffen. Hoffentlich tut sie nichts, was den Hund gefährden könnte – sich in den Verkehr stürzen oder so.

„Haltet die Frau auf!", intoniere ich lauthals und biege ebenfalls um die Ecke und lande auf einem kleinen Parkplatz.

Erst kann ich sie nicht sehen und fürchte, sie aus den Augen verloren zu haben, dann entdecke ich sie geduckt hinter einem geparkten VW Kombi.

„Lassen Sie den Hund los!", gelle ich.

Eine Touristengruppe – lauter Senioren, mehrheitlich beige gekleidet – bleibt erschrocken stehen. Gut so, es wird also Zeugen geben!

Die Latzhosenfrau öffnet die Kofferraumtür und scheucht den Hund hinein. Noch bevor ich den Wagen erreiche, wirft sie die Kofferraumtür wieder zu und verriegelt sie.

Ich versperre ihr den Weg zur Fahrertür. „Ich habe alles gesehen", keuche ich, weil mir die Aufregung den Atem nimmt. Und das schnelle Gehen. „Geben Sie den Hund her!"

Auf der anderen Seite des überschaubaren Parkplatzes erkenne ich neben einem Volvo die Familie mit den lustlosen Teenagern, die ich vorhin im Kunsthaus gesehen habe. Die Teenager halten ihre Handys hoch. Ich hoffe, sie nehmen alles auf Video auf. Das wird man später vor Gericht gegen die Dognapperin verwenden können.

„Liefern Sie sofort den Hund aus!", verlange ich erneut.

Sie weicht einen Schritt zurück und schüttelt den Kopf, dass ihre Zöpfe fliegen. „Was wollen Sie von mir?"

Ich schaue über die Schulter und sehe Pittertatscher, den Bregenzer Kommissär und Bröcki um die Ecke biegen. Hinter ihnen auch die Besitzerin des Hundes. Sie lassen sich allerdings, im Gegensatz zu mir, enorm viel Zeit bei der Verfolgung.

„Er ist da drin!", rufe ich ihnen zu und zeige auf den VW Kombi. „Ich habe alles gesehen."

Die Latzhosenfrau hört auf, die Unschuldige zu mimen, und starrt mich böse an. „Kommen Sie ja nicht näher!", droht sie.

Ha, was will mir diese halbe Person schon anhaben. Die pack ich doch mühelos an den Zöpfen, wirbele sie im Kreis und schleudere sie wie eine Diskusscheibe bis rüber in den Bodensee!

Denke ich, trete auf sie zu und strecke beide Arme aus. Wobei ich sie natürlich nicht an den Haaren packen will, nur an den Latzhosenträgern, um ihr den Autoschlüssel zu entreißen und den Hund zu befreien.

Der Windhund-Dalmatiner-Mops-Mischling presst seine platte Schnauze gegen die Wagenscheibe. Um diesen grottenhässlichen Schnuckel wieder mit seinem Frauchen zu vereinen, würde ich alles tun.

„Geben Sie den Hund her!", verlange ich also wieder und bekomme mit der Linken einen Träger zu fassen.

„Niemals", keift die Bezopfte und hebt ihren Autoschlüssel mitsamt länglichem Schlüsselanhänger. „Lassen Sie mich los!"

Ich schaue zu den Senioren, aber die werden mir keine Hilfe sein.

Die alten Männer gucken lüstern, als ob sie eine Art Schlammcatchen zwischen zwei Models erwarten würden, nur eben nicht im Schlamm, sondern in der Trockenversion. Aber auch gut. Im Alter wird man ja generell etwas anspruchsloser.

Die alten Frauen gucken dagegen, als ob sie gerade denken würden, dass es so etwas zu ihrer Zeit nicht in der Öffentlichkeit gegeben hätte. Damals wusste man noch um Anstand und Schicklichkeit und prügelte sich nur privat. Die Teenager drüben vor dem Volvo gucken gar nicht mehr gelangweilt lustlos, sondern höchst interessiert.

„Ich. Will. Den. Hund." Keuche ich. Da glaube ich nämlich noch, dass mich die Bezopfte wegschubsen und in den Wagen springen will, um sich mit dem Hund als Geisel aus dem Staub zu machen.

Was sich gleich darauf als bedauerliche Fehlinterpretation der Lage erweist.

Während ich sie noch am Latzhosenträger schüttele, hält sie mir ihren Schlüsselanhänger vor das Gesicht. Will sie mir damit die Nase brechen?

Da betätigt sie schon den Auslöser.

Wie sich hinterher herausstellt, ist die Bezopfte die Tochter von Frauchen, die gesehen hat, dass sich ihre

Mutter unterhielt, und den Hund schon mal mit den Einkäufen zum Wagen bringen wollte, wo es kühler war. Sie hatten sich offenbar zugenickt, aber dieses Nicken hatte ich nicht mitbekommen, weil ich ja eigentlich mit Bröcki im Gespräch gewesen war.

Jedenfalls glaubte die Bezopfte, die – wie ich – von der organisierten Dognapperbande gehört hatte, die in Bregenz ihr Unwesen treibt, ich wolle Voldemort (ja, nur wenige nennen ihren Hundeliebling nach Harry-Potter-Bösewichtern, aber die Ähnlichkeit war zugegeben frappierend) entführen. Und natürlich wollte sie daraufhin Voldemort in Sicherheit bringen und alles tun, um meinen Zugriff zu verhindern.

Deswegen aktivierte sie auch ihren Schlüsselanhänger.

Ich wusste gar nicht, dass es so etwas gibt: Schlüsselanhänger mit integrierter Pfeffersprayose, die einen Nebel von zwei Millionen Scoville Heat Units versprühen können.

Um es kurz zu machen: Sie hat mich voll erwischt.

Jaulend und schreiend ging ich in die Knie, vorübergehend erblindet.

Ich hörte Bröcki noch sagen: „Was hast du jetzt wieder angestellt?"

Und vernahm ein Klicken, als ob jemand mit einer Handykamera ein Foto geschossen hätte.

Natürlich war es das Teenie-Girl der Volvo-Familie. Und natürlich stellte sie das Foto umgehend auf Twitter ein.

Hashtag *#DivaDrehtDurch*.

Zweiter Akt

Die Leiche ist voll schlecht drauf

Es gibt Zufälle. Und dumme Zufälle.

Und bescheuerte Zufälle. Mit denen niemand rechnen kann.

Vermutlich hatten die alten Griechen doch recht, und es gibt ein ganzes Pantheon durchgeknallter Unsterblicher, die sich in die Geschicke der Menschen mit mehr oder weniger Häme einmischen, weil es ihnen sonst langweilig werden würde.

In diesem speziellen Fall mit sehr viel Häme.

Zum Glück bekam die Leiche davon nichts mehr mit. Sonst wäre sie definitiv voll schlecht drauf gewesen. Regelrecht angefressen. Auch eine leblose Hülle hat ja noch einen Rest Eitelkeit.

Jedenfalls war es entweder einem wirklich blöden Zufall oder aber dem perfiden Eingreifen eines Olympiers zu verdanken, dass die Müllsackleiche an einer Stelle des Bodenseegrundes aufgeschlagen war, die mitten in einem Unterwasserströmungsbereich lag.

Am späten Nachmittag war es dann so weit. Durch die beständige Bewegung löste sich das verkeilte Ruder und sank zu Boden, während die Leiche – weil die Strömung nun ungehindert den aufgeblähten Müllsack ergreifen konnte – einen Hopser machte, dann noch einen, dann wurden die Beine angehoben, und die Leiche vollzog einen Purzelbaum nach hinten, wobei sie vollends aus dem Müllsack glitt.

Der nunmehr leere Müllsack wurde von der Strömung sofort mitgerissen.

Erschwerend – oder in diesem speziellen Fall erleichternd – kam hinzu, dass die Leiche ein weißes Nachthemd trug, das unter Wasser ballonartig aufgeblasen wurde.

Und langsam, ganz langsam – mit weit aufgeblähtem Stoffschirm wie eine Qualle – stieg sie nach oben ...

Bregenzaströs!

Der Tag danach.

Man glaubt ja gar nicht, wie sehr einem eine Pfeffersprayattacke zusetzen kann. Ich konnte nichts sehen und bekam nur schwer Luft. Selbstverständlich haben mich Bröcki und Pittertatscher sofort ins Landeskrankenhaus gefahren, wo mir – auf Drängen von Bröcki – ein leitender Chef-Mediziner höchstpersönlich die Augen ausspülte und die besprühten Hautstellen erst einölte, dann abwusch und anschließend erklärte, es sei halb so wild, das würde schon wieder.

Ha!

Er versprach, dass die Symptome spätestens nach einer Stunde abklingen würden. Im unwahrscheinlichen Fall, dass ich im Laufe der Nacht Schmerzen in den Augen bekäme, könnte eine Hornhautverletzung vorliegen, und ich sollte mich wieder bei ihm melden. Ansonsten sei es bis morgen überstanden.

Behauptete er.

Woraufhin ich natürlich die ganze Nacht wach blieb und auf einsetzende Augenschmerzen wartete.

Die nicht kamen.

Als der Morgen graut – na ja, das ist mehr bildlich gemeint, es ist neun Uhr, aber für mich ist das extrem früh –, liege ich wie hingegossen in meinem zartrosa Chantilly-Satinnegligé auf meinem Himmelbett mit Blick auf den Bodensee, die dunkelbraunen Locken wie ein Fächer über das Spitzenkissen drapiert, einen feuchten Waschlappen auf den Augen, und empfange huldvoll die Krankenbesuche meiner Mitbewohner.

Yves, der immer noch Mundschutz und Gummihandschuhe trägt, ruft mir von der Tür aus zu: „Ich bin in Gedanken bei dir, Chérie!" Dann dreht er sich um und flüstert: „O Gott, sie wird doch nicht für immer entstellt bleiben?"

„Ich kann dich hören", rufe ich. „Und ich bin nicht entstellt!" Ich zögere und taste panisch mein Gesicht ab. „Oder doch? Bin ich entstellt?"

„Natürlich nicht, Chérie", flötet er. Man hört die Unaufrichtigkeit in seiner Stimme.

Mich packt das kalte Grausen. Was, wenn doch etwas zurückbleibt? Ein auf ewig knallrotes Feuermal? Werde ich zum Phantom der Oper und muss von nun an eine Maske tragen?

Ich halte mein Gesicht mit beiden Händen. Es fühlt sich heiß an. Die Haut brennt immer noch. Zwar nur ein wenig, aber für eine Hypochonderin wie mich reicht das.

„Bröcki", rufe ich verzweifelt und fuchtele hektisch durch die Luft.

„Ich bin ja da. Du weißt schon, dass wir dir den Waschlappen nicht mit Sekundenkleber aufs Gesicht geleimt haben, oder? Nimm ihn einfach ab, wenn du was sehen willst." Bröcki klettert neben mich auf das Bett und hält meine Hand. „Und außerdem bist du nicht entstellt, und alles wird gut. Hör nicht auf den Idioten."

„Ich will doch nur helfen", schmollt Yves.

„Hör auf zu helfen, das ist kontraproduktiv", sagt Bröcki.

„Na gut, dann lese ich jetzt weiter den Twitter-Feed. Das ist witzig, und ..."

„Bist du wohl still!", pflaumt Bröcki ihn an.

„Twitter?", hauche ich.

„Du bist viral geworden, Schätzchen", freut sich Yves.

„Yves, ich schwöre, wenn du jetzt nicht sofort den Mund hältst und auf dein Zimmer gehst, rufe ich deine Eltern an und sage ihnen, dass du mittlerweile vier uneheliche Kinder hast!"

„Es sind erst drei", korrigiert Yves eingeschnappt.

„Wem werden deine Eltern wohl glauben? Mir ... oder dem notorisch kondomlosen Frauenverführer?"

Woraufhin Yves beweist, dass es doch etwas Schnelleres als die Lichtgeschwindigkeit gibt. Zack – ist er weg.

Bröcki kichert. „Hoffentlich leben seine Eltern noch ganz lange. Es bereitet mir eine diebische Freude, ihn zu erpressen."

Yves stammt aus einem begüterten, aber streng katholischen Elternhaus. Er fürchtet, er könnte für immer verstoßen und enterbt werden, wenn seine Eskapaden ans Licht kämen. In dem Winkel Frankreichs, aus dem er stammt, ist das 21. Jahrhundert noch nicht angekommen. Und als Countertenor wird er nie genug verdienen, um den Unterhalt für seine wachsende Kinderzahl aufbringen zu können.

Ich stöhne. Laut. Es ist mir nicht recht, wenn sich die Konzentration meiner persönlichen Händchenhalterin auf jemand anderes richtet.

Radames gelingt es – nach mehreren vergeblichen Anläufen, wie ich aus den dumpfen Plopp-Geräuschen auf dem Läufer schließe – endlich, auf mein Bett zu springen.

„Mein Kleiner", hauche ich. Es gibt Momente im Leben eines Menschen, da kann eine feuchte Hundezunge Wunder wirken. Ich ziehe ihn zu mir, und er spürt sofort, dass ich seinen Trost brauche. Hingebungsvoll schleckt er mir über die Wange ...

... und zieht seine Zunge aber so was von sofort wieder ein, schüttelt sich angewidert, dreht sich um und springt wieder vom Bett.

Offenbar schmecke ich noch pfeffrig. Ich schmolle.

Bröcki kichert erneut. „Laurenz, Schatz", brüllt sie, „holst du uns bitte eine Flasche Taittinger aus dem Kühlschrank?"

„Champagner? Vor dem Frühstück?" Ich tue nur entsetzt. In Wirklichkeit kann ich – wie Madame Bollinger 1961 in einem Interview mit der „Daily Mail" verkündete – jederzeit Champagner trinken: „Ich trinke Champagner, wenn ich froh bin und wenn ich traurig bin. Manchmal trinke ich davon, wenn ich allein bin; und wenn ich Gesellschaft habe, dann darf er nicht fehlen. Wenn ich keinen Hunger habe, mache ich mir mit ihm Appetit, und wenn ich hungrig bin, lasse ich ihn mir schmecken. Sonst aber rühre ich ihn nicht an – außer natürlich, wenn ich Durst habe."

Eigentlich ist Alkohol während der gesamten Probenzeit verboten. Der wirkt sich nämlich nachteilig auf Mimi aus, also besonders auf die Stimmbänder. Aber selbst die gestrenge Bröcki weiß, dass nach einer Pfeffersprayattacke ein kleiner Schluck Champagner wiederbelebend auf die geschundene Seele wirkt.

„Willst du mir jetzt sagen, was Yves mit Twitter und viral gemeint hat?"

„Nein."

Ich kann es mir denken. Das Handyfoto von mir, wie ich mich mit irrem Blick in die Latzhose einer Bregenzerin verkralle, geht in diesem Augenblick um die Welt.

Na ja. Hauptsache, sie schreiben meinen Namen richtig. So etwas wie schlechte Werbung gibt es nicht. Rede ich mir jedenfalls ein.

Gleich darauf höre ich Schritte und jubiliere innerlich. Hurra, der Champagner kommt.

Es ist aber nur Doktor Simian.

„Ich habe hier ein paar Globuli für Sie. Aconitum in D12-Potenz. Das ist nach einem schweren Schock das Beste." Er nimmt meine Hand und gibt ein paar Kügelchen auf die Handfläche. „Unter der Zunge zergehen lassen."

Nachdem ich mir die Kügelchen eingeworfen habe, nimmt er Radames auf den Arm. „Ich kümmere mich um Ihren Hund. Eine Klangmassage mit Kristallschalen wird verhindern, dass er ein weiteres Trauma entwickelt. Nein, das geht jetzt gar nicht."

Ich linse unter dem Waschlappen hervor. Letzteres hat er nicht zu mir gesagt, sondern zu Pittertatscher, der mit einer Flasche Taittinger und zwei Gläsern in der Tür steht. „Alkohol macht die Wirkung der Globuli zunichte. Frau Miller braucht jetzt Ruhe und eine Duftlampe mit Lavendel." Er nimmt Pittertatscher die Flasche ab und verschwindet in Richtung der Räume, die er und seine ... äh ... Schwester bewohnen.

„Das war die letzte Flasche im Kühlschrank", sagt Pittertatscher.

Ich ziehe mir den Waschlappen wieder über die Augen und stoße einen gequälten Laut aus.

Wenn es kommt, dann kommt es immer ganz dicke.

„Du trinkst eh zu viel", befindet Bröcki. „In gut eineinhalb Stunden kommt die Kostümbildnerin zum Anpassen. Warum machst du bist dahin nicht ein Nickerchen?"

„Ich kann nicht schlafen", jammere ich wie ein verzogenes Kind. „Wo ist mein Vater? Ich brauche meinen Vater." So muss sich Ludwig der Dreizehnte angehört haben, wenn er faul und fett in seinem Himmelbett lag und seine Diener anwies, stante pede Kardinal Richelieu herbeizuschaffen.

Nur, dass Bröcki keine Dienstbotin ist. Eher schon Königinmutter Maria de' Medici.

Folglich rutscht sie auch nur vom Bett und sagt: „Keine Ahnung. Ich geh jetzt mit Pitti frühstücken."

Ich liege da und will mich ärgern, aber die Müdigkeit der schlaflosen Nacht holt mich ein, und ich nicke weg ...

Ein Nickerchen zu machen ist eine riskante Sache. Wer weiß schon, wann man wieder aufwacht? In dreißig Minuten? In drei Stunden? In neun Jahren? Da kann man doch nie ganz sicher sein.

Ich wache nach einer gefühlten Ewigkeit mit einer dunklen Vorahnung auf. Man kennt das. Dieser Druck auf der Brust. Es liegt nicht daran, dass man schlecht geträumt hat. Man schlägt die Augen auf und weiß einfach, heute wird einem etwas Schlimmes widerfahren.

Ich liege immer noch im Queensizebett. Der Waschlappen ist verrutscht, darum schaue ich hinaus ins Blau. In mir drin ist dagegen alles grau und elend.

Warum? Hat mich das Schicksal nicht schon genug gequält? Ich habe einen Ex-Liebhaber geköpft gesehen, wäre beinahe ertrunken, stand kurz davor, von einem Verrückten gehäutet zu werden – irgendwann muss es doch auch mal gut sein, oder nicht? Von nun an sollte ich ein eintöniges, gleichförmiges, ereignisloses Leben führen. Es gibt doch sieben Milliarden andere Menschen, die auch mal was erleben wollen ... Aber wenn sich das Schicksal erst einmal auf dich eingeschossen hat, dann war es das – plötzlich hast du ein Abonnement auf Schicksalsschläge aller Art.

„Sie dürfen Ihre Ängste nicht auf den Hund übertragen. Lächeln Sie!", rät Doktor Simian jedes Mal, wenn meine sensible Künstlerseele unter einer dunklen Wolke verschwindet. Und dann nehme ich immer Radames auf den Schoß und zwinge mir ein Lächeln ins Gesicht, woraufhin Bröcki zu konstatieren pflegt: „Das merkt selbst die Töle, dass dein Lächeln nicht echt ist."

Apropos Radames. Ich hole tief Luft. „Wo ist mein kleiner Hundeschatz?", rufe ich und klopfe neben mir aufs Bett. Das reicht für gewöhnlich aus, dass er angelaufen kommt und sich in meine Arme wirft.

Heute nicht.

„Radames", rufe ich, schon etwas lauter. Lässt Doktor Simian ihm immer noch eine enttraumatisierende Klangschalenmassage angedeihen?

Vielleicht liegt er gerade an seiner sommerlichen Lieblingsstelle – auf den kalten Badezimmerfliesen – in einer Tiefschlafphase?

Oder schmeißt Yves in der Küche eine All-you-can-eat-Fleischbuffetparty – Hunde willkommen?

Im Haus ist es still.

Ich hole tief Luft.

„Radames!"

Das ist jetzt mein Schlachtruf, den man von der Bühne bis in den Keller in jedem Winkel hört.

Aber Radames kommt nicht. Und ich höre auch kein entschuldigendes Jaulen, wie er es manchmal ausstößt, wenn ich ihn rufe, er aber aufgrund höherer Gewalt nicht kommen kann – weil er gerade ein dampfendes Häufchen macht oder weil er von einem besonders begnadeten Krauler rundumverwöhnt wird.

Eine kalte Hand scheint nach meinem Herzen zu greifen.

Ich reiße die Schlafzimmertür auf und gelle: „Radames!"

Aus allen Zimmern kommen sie gelaufen – Papa, die Simians, Yves, Bröcki. Nur ihr Pittitatschi nicht, der ist einkaufen gefahren, um unsere Champagnervorräte aufzustocken.

Aber sonst kommen alle.

Nur mein Radames nicht.

Mein Radames ist weg!

Diese Lücke, diese horrende Lücke

Abgrundtiefes, bodenloses Entsetzen macht sich in mir breit.

„Was haben Sie mit meinem Hund gemacht?", verlange ich von Simian zu wissen.

„Nichts." Er wirkt fast ebenso erschrocken wie ich. Ihm dämmert wohl, dass er mit dem Hund auch sein fettes Honorar verliert. „Ich habe ihn unten in der Eingangshalle abgesetzt und seitdem nicht mehr gesehen."

Wir suchen das gesamte Haus ab, aber nirgends eine Spur von Radames. Die Tür zum Garten steht tagsüber offen, darum kämmen wir gleich darauf auch den Garten durch.

Jetzt rächt sich, dass das Grundstück so groß ist. Gefühlte Stunden laufe ich die gesamte Fläche ab und rufe den Namen meines kleinen Lieblings. Nichts.

Erst, als ich auf der Eingangstreppe heulend in mich zusammensinke, merke ich, dass ich die ganze Zeit geweint haben muss. Mein Gesicht ist nass und geschwollen.

Papa kommt angelaufen. „Das Tor war nur angelehnt!"

„Aber Radames ist zu klein, um das Tor allein aufzudrücken", ruft Yves hinter seinem Mundschutz.

„Sehr richtig." Bedeutungsschwer schaut Papa zu Bröcki. Sie erwidert seinen Blick und schüttelt leicht den Kopf.

„Ganz ruhig, alles wird gut", sagt Bröcki zu mir, setzt sich neben mich auf die kalte Steinstufe und ruft die Polizei an.

Ich kann die Stimme am anderen Ende nicht hören, nur Bröcki.

„Unser Hund ist weg. Bin ich da bei Ihnen richtig?"

„Nein, wir vermuten eine Entführung."

„Wie? Diebstahl?"

„Also gut, ich möchte den Diebstahl eines Hundes melden. Ein Boston Terrier."

„Klein. Fleckig. Große Ohren. Googeln Sie es."

„Ja, wertvoll. Ein Rassehund!"

„Aha."

„Aha."

Sie nennt unsere Kontaktdaten und legt auf.

„Die kümmern sich drum", sagt sie, und ich finde, es klingt wenig überzeugend.

„Die behandeln das als profanen Diebstahl, oder? Als ob man mir einen Laptop geklaut hätte. Ein Hund zählt für die nicht als Familienmitglied." Meine Stimme ist wieder da, aber ich erkenne sie selbst nicht. „Vielleicht wird mein kleiner Schatz in diesem Moment schon an den Meistbietenden verkauft? Oder für Zuchtzwecke missbraucht? Oder er wird bei der Ausbildung von Kampfhunden als Aggressionsfutter verheizt? Ist doch alles möglich, oder? Oh Gott!"

Bröcki sagt nichts. Sie nimmt mich in die Arme. Ganz rum kommt sie mit ihren Ärmchen um meine ausladende Gestalt natürlich nicht, aber in den Arm nehmen heißt ja nur: Arme weit auf und ans Herz ziehen.

Papa setzt sich auf meine andere Seite.

„Was ist mit dem Tierheim?", fragt er. „Es besteht immer noch die Chance, dass er irgendwie doch allein vom Grundstück gelangt ist – war nicht der Postbote vorhin da? – und man ihn auf der Straße gefunden und ins Tierheim gebracht hat. Habt ihr da schon angerufen?"

Wir schütteln die Köpfe.

Jetzt könnte man ja denken, Papa würde männlich-markig zum Handy greifen und das selbst erledigen.

Aber mein Vater besitzt kein Handy. Erwähnte ich das schon? Ich glaube, er glaubt, dass die Handystrahlen unsere Gehirne zu Brei werden lassen. Oder etwas ähnlich Verschwörungstheoretisches. Wenn er könnte, würde er womöglich auch einen strahlenabweisenden, selbstgebastelten Hut aus Alufolie tragen. Aber vermutlich findet er auch Alufolie politisch und ökologisch nicht korrekt.

Bröcki googelt auf ihrem Handy, wo sich das nächste Tierheim befindet. Es gibt das Vorarlberger Tierschutzheim in Dornbirn und den Tierschutzverein Lindau. Sie ruft beide an.

Keine Neuzugänge.

Mir kommen schon wieder die Tränen.

Bröcki sagt der Kostümbildnerin ab. „Frau Miller ist indisponiert. Ein Unglück in der Familie", erklärt sie. Jetzt heule ich haltlos.

„Na, na, na", sagt Papa, der für einen Alt-Hippie erstaunlich verklemmt ist, was das Zeigen von Gefühlen angeht. „Was hältst du davon, wenn ich dir eine heiße Schokolade mache?"

Er springt auf und eilt in die Küche, noch bevor ich darauf antworten kann.

Heiße Schokolade war seit jeher sein Allheilmittel für alles: aufgeschlagene Knie, Liebeskummer, schlechte Noten, Opas Ableben. Immer gab es heiße Schokolade. Es hat – neben den Genen – einen Grund, warum ich keine Size Zero bin …

Plötzlich klingelt Bröckis Handy.

„Jaaaaa", schluchze ich auf. „Sie haben ihn gefunden!"

Mein Vertrauen in die österreichische Bundespolizei ist auf einen Schlag nicht nur wiederhergestellt, sondern explosionsartig ins Unermessliche gestiegen.

„Bröckinger", meldet sich die beste Agentin-Freundin-Stütze. „Ah, Sie sind es."

„Die Polizei?", rufe ich. „Gibt es schon eine erste Spur?"

Bröcki schiebt mich zur Seite. „Nein, ich denke, das ist zu voreilig gedacht. Sie fängt sich schon wieder. Ja, ganz sicher."

„Was ist?", will ich ungeduldig wissen.

„Sehr nett von Ihnen, vielen Dank. Ich lasse es Sie umgehend wissen, wenn der Fall eintreten sollte", sagt Bröcki und beendet das Gespräch.

„Und?" Ich möchte sie packen und schütteln. Muss man ihr denn jedes Wort aus der Nase ziehen?

„Das war nur Silke von Herrmann", sagt Bröcki.

„Das Herrmännchen?" Ich staune. „Wissen schon alle, dass Radames weg ist? Wollte sie mir ihr Mitgefühl aussprechen?" Habe ich die Frau falsch eingeschätzt?

„Äh ..." Bröcki überlegt kurz, dann sagt sie: „Eher nicht. Sie wollte wissen, ob du ausfällst und sie die Rolle der Turandot übernehmen soll. Die Partitur hat sie schon drauf. Sie ist gerade bei der Kostümbildnerin, und da könnte man die Kostüme für sie gleich enger machen."

Ist das zu fassen? Ich will wütend werden, mich ärgern, aber in diesem Moment ist es mir egal. Soll sie doch. Für mich ist nur wichtig, dass ich meinen Radames zurückbekomme.

Bröcki nimmt mich wieder in den Arm.

Und ihr Handy klingelt erneut. Silke, die wissen will, ob sie auch die Einzelgarderobe mit dem Stern auf der Tür bekommen kann?

Bröcki nimmt das Gespräch an.

Gleich darauf legt sie die Stirn in Falten. „Wer spricht denn da?"

Bröcki schaut mich an, ich schaue Bröcki an. Dann reicht sie mir ihr Handy. Meine private Nummer findet man natürlich nirgends, die ist geheim. Aber auf meiner Homepage und allen Social-Media-Seiten ist als Kontakt meine Agentin Bröcki genannt.

„Ja?", melde ich mich ein wenig atemlos.

„Wir haben Ihren Hund", sagt jemand mit leiser Stimme.

„Gott sei Dank!" Meine Erleichterung ist greifbar. Ein ehrlicher, hundelieber Finder.

Die Welt ist gut, das Leben ist schön.

„Sie bekommen ihn unversehrt zurück. Für 10.000 Euro. Keine Polizei."

Die Welt ist nicht gut, das Leben kann so scheiße sein.

„Wie bitte?"

„10.000 Euro." Die Stimme klingt seltsam geschlechtslos. „Und wenn Sie sich an unsere Anweisungen halten, wird dem Kleinen nichts passieren."

„Wie lauten Ihre Anweisungen?" Auf einmal bin ich ganz ruhig.

„Wir treffen uns an einem Ort, an dem wir beide sicher sein können, dass es kein Foul Play gibt."

„Ist gut. Woran haben Sie gedacht?"

Es tritt eine Pause ein. Möglicherweise hat sich mein Gegenüber am anderen Ende der Leitung gar nichts gedacht. Handelt es sich doch nicht um eine professionelle Dognapperbande, sondern um dilettierende Amateure?

„Verlang, dass du mit ihm sprechen darfst", meldet sich Bröcki zu Wort.

„Pst!" Ich halte ihr die Handfläche vors Gesicht.

„Vielleicht der Marktplatz?", schlage ich vor. Man hat ja genug Krimis im Fernsehen gesehen, um zu wissen, wie so was läuft.

„Nein, Sie könnten Abhörgeräte am Körper tragen." Die Hundeentführer schauen dieselben Krimis wie ich.

„Das werde ich nicht. Sie können mich ja abtasten. Ich werde das Leben meines kleinen Lieblings nicht gefährden."

„Also echt jetzt, wir tun doch dem Hund nichts, wofür halten Sie uns?" Die Empörung ist echt.

„Lass nicht durchblicken, wie sehr du an Radames hängst, sonst erhöhen sie den Preis", zischelt Bröcki. „Und wenn du schon nicht mit ihm sprechen darfst, dann sollen sie dir wenigstens ein Handyfoto schicken! Radames und die aktuelle Tageszeitung."

Ich drehe ihr den Rücken zu.

Der-die-das Entführer – wirklich ätzend, wenn man Leute aufgrund mangelnder Indizien in keine Schublade stecken kann – haben sich zwischenzeitlich einen Ort ausgesucht. „In der Sauna im Vitalium."

„Äh ... wie bitte?"

„Um 15 Uhr. Kommen Sie allein. Mit dem Geld."

Sie legen auf.

Wer schwitzt, sündigt nicht

Ich kann nicht allein kommen. Ich habe keinen Führerschein. Außerdem will ich nicht allein kommen.

Also kommen wir alle.

Yves sitzt am Steuer, weil er immer fährt, schließlich hat er sich – als mein „Mann für alle Fälle" – sogar extra auf meine Kosten eine elegante hellgraue Chauffeuruniform schneidern lassen, die er jetzt trägt. Farblich passend zum Mundschutz.

Bröcki und Papa sitzen hinten, zwischen ihnen Doktor Simian mit seinem Arztköfferchen voller Globuli-Phiolen, um an dem traumatisierten Radames erste Hilfe zu leisten.

Pittertatscher ist Gott sei Dank noch beim Champagnerholen, der hätte sonst zweifellos darauf bestanden, seine Kollegen zu informieren. Nur die Schwester von Simian fehlt unentschuldigt.

Röhrend flitzt der alte Mercedes nach Bregenz ins Vitalium.

Ich sitze vorn neben Yves, die Finger quasi ins Armaturenbrett verkrallt. Wie verzweifelt ich bin, sieht man mir an. Nicht unbedingt meinem Gesicht, aber meinem Outfit. „Wer Jogginghosen trägt, hat sich aufgegeben." Das Zitat ist von Karl Lagerfeld. Der pinke Jogginganzug, den ich gerade trage, übrigens auch. Deswegen verbindet Karli und mich auch eine oberflächliche, aber sympathische Freundschaft: Uns ist beiden egal, was wir gestern gesagt haben. Heute ist heute, und wir entscheiden über unsere Meinung immer tagesaktuell.

Aber ganz ehrlich, dieser Jogginganzug kleidet mich nicht und sitzt zudem viel zu eng. Es fehlt eigentlich nur noch der Schriftzug *Rügenwalder Teewurst* auf meinem Rücken.

Aber ich konnte mich in meinem Zustand nicht aufraffen, im begehbaren Kleiderschrank nach dem passenden Outfit für eine Geldübergabe zu suchen.

Was trägt das It-Girl zur Erstbegegnung mit dem Entführer? Mir wurscht – ich will nur meinen Radames wieder. So verzweifelt bin ich!

„Ihr bleibt alle im Wagen sitzen!", ordne ich an, als Yves auf einem günstig gelegenen Behindertenparkplatz in der Nähe des Eingangs zum Stehen kommt. „Wehe, einer von euch steigt aus und gefährdet damit das Leben von Radames!" Ich wende mich an Bröcki. „Gib mir dein Handy!"

„Warum?" Sie guckt empört.

„Falls die Entführer mir kurzfristig Anweisungen per SMS geben wollen – die haben nur deine Nummer." Unter Druck kann ich glasklar denken.

Bröcki fügt sich.

Ich nehme die Schultern zurück und marschiere wild entschlossen vom Parkplatz zum Eingang, wo ich 17 Euro löhne und mich dem ersten Problem gegenübersehe: Es gibt mehrere Saunarien. Und angezogen darf ich in keines davon.

Lösungsorientiert denken, sage ich mir wie ein Mantra vor. Ich kaufe also ein Saunatuch mit der Aufschrift *Schwoißtröpfle*, ziehe mich in der Umkleide aus und hülle meine rubenesken Rundungen in das übergroße Badetuch, das jene superweiche Softheit besitzt, die vielen ungewaschenen Flauschehandtüchern eigen ist, und folglich nicht halten will, wenn ich die rechte Ecke über meinem Busen in die linke Ecke stopfe.

Barfuß, mit der rechten Hand das Badetuch zuhaltend, den Umschlag mit dem Geld in die linke Achselhöhle geklemmt und in der Linken Bröckis Handy haltend, falls die Entführer noch einmal anrufen, schlappe ich daraufhin den Saunabereich ab.

In der ersten Sauna, einer finnischen, befindet sich eine fröhlich plaudernde Frauengruppe. In der zweiten, der Panoramasauna mit Seeblick, liegt ein Mann – mit voluminösem Bierbauch, aber ansonsten hageren Gliedmaßen – wie tot auf der mittleren Bank. In der dritten Sauna, eigentlich einem Dampfbad, sitzt eine verhuschte Gestalt im Flucht-Modus auf der untersten Bank.

Das muss der Entführer sein!

Ich trete ein. Beim Öffnen der Tür fluppt der Umschlag aus meiner Achselhöhle. Gott sei Dank klappt er nicht auf und entlässt seinen Inhalt in die brütende Hitze. Mit der Hand, in der ich das Handy von Bröcki halte, hebe ich den Umschlag auf – erstaunlich, wie dünn so ein Umschlag mit zwanzig 500-Euro-Scheinen ist – und setze mich neben die Gestalt, die ebenfalls in ein Badetuch gehüllt ist, allerdings ein buntes mit psychedelisch anmutendem Muster.

Die Person wirkt seltsam geschlechtslos. Das passt ja haargenau.

Der Entführer.

Oder die Entführerin.

Oder ein *das*. Wie gesagt habe ich keine Ahnung, wie man das politisch korrekt formuliert.

„Hier ist das Geld", sage ich und hebe die Hand mit dem Umschlag.

Die Gestalt sieht mich aus wässrig blauen Augen an. Sie schluckt schwer, und jetzt sieht man einen hüpfenden Adamsapfel. Schön. Jetzt weiß ich zumindest, in welche Schublade ich ihn stecken kann. Den Entführer.

„Äh ...", sagt er unsicher.

Ich wedele mit dem Umschlag vor seiner Nase. „Der ist für Sie. Da ist das Geld drin."

Stumm schaut er mich weiter aus seinen großen Wasseraugen an.

„Umschlag. Geld", wiederhole ich. „Ich will ihn aber sehen, bevor ich Ihnen das Geld gebe, damit das klar ist!"

Das Männchen schluckt erneut. Mehrmals. Es scheint fast so, als würde sein Adamsapfel den Jitterbug tanzen.

„Okay", sagt er und steht auf.

Okay? Wie jetzt? Ich schaue mich um. Hat er etwa Radames mit in die Sauna gebracht? Hier ist es doch viel zu heiß für meinen kleinen Liebling. Oder steht draußen ein Komplize mit einer Badetasche, in der mein Radames steckt und womöglich keine Luft bekommt? Ich stehe ebenfalls auf und stelle mich auf die Zehenspitzen, damit ich aus dem kleinen Fenster in der Saunatür nach draußen sehen kann.

„Hier ist er", sagt der Mann, und ich wirbele freudig zu ihm herum.

Radames? Da ist aber kein Radames.

Vor mir steht immer noch nur dieser Typ ... allerdings hat er jetzt die Zipfel seines Badetuches gepackt und streckt sie nach beiden Seiten aus, was den ungehindert freien Blick auf seinen eigenen Zipfel ermöglicht.

Nicht, dass sich der Blick lohnen würde. Ebenso dünn und mickrig wie der ganze Kerl.

„Was soll denn das?", empöre ich mich. Wobei mich Exhibitionismus nicht wirklich moralisch empört. Ich bin vielmehr sauer, weil ich mit einem Hund gerechnet habe, nicht mit einem Würstchen.

„Sie wollten ihn doch sehen", sagt der Mann.

„Bäh, doch nicht den", ich zeige auf seinen Schniedelwutz. „Ich will meinen Hund sehen!"

„Ihren Hund? Wie kommen Sie denn auf die Idee, ich hätte Ihren Hund unter meinem Badetuch versteckt?"

Stimmt eigentlich, unter seinem Badetuch hätte selbst ein Chihuahua eine verräterische Wölbung verursacht.

Aha! Mir kommt ein Gedanke. Ich bin in der falschen Sauna.

Ich stecke den Umschlag wieder in meine Achselhöhle und laufe zur Tür. Der Hagere nölt mir hinterher: „Was ist jetzt mit meinem Geld? Ich habe Ihnen die Ware gezeigt, jetzt will ich die Knete."

„Man muss nur kaufen, was man angefasst hat", röhre ich. „Und, glauben Sie mir, dieses Dingeling fasse ich nicht an."

Er schmollt beleidigt.

Da bin ich aber schon in der Panoramasauna, in der ich die Bierwampe gesehen habe. Vielleicht war das gar kein Bauch unter dem Badetuch, sondern mein Boston Terrier?

Die Hitze in diesem Raum ist unerträglich. Ich sauniere nicht gern. Wenn ich schwitzen will, brauche ich nur voll angezogen zügig spazieren zu gehen. Da muss ich mich nicht nackt vor lauter Fremden präsentieren.

Und außerdem weicht der Umschlag in meiner Achselhöhle langsam durch.

Dieses Mal will ich deshalb kein Risiko eingehen.

„Sind Sie der Hundeentführer?", frage ich einleitungslos.

Der Mann hebt erst den Kopf, dann den ganzen Oberkörper. Das Badetuch über seinem Bauch verrutscht, und es zeigt sich, dass sich darunter kein Hund verbirgt, sondern nur eine Wampe.

Seine mangelnde Empörung werte ich als gutes Zeichen. Ich setze mich in angemessener Entfernung neben ihn und warte, bis er das Badetuch wieder halbwegs anständig drapiert hat.

Von Nahem sieht er viel jünger aus. Es muss ein Fluch sein, in so jungen Jahren schon so einen Mittvierzigerbierbauch herumtragen zu müssen. Aber vielleicht ist es ja auch Absicht. Intensives Biertrinktraining seit frühester Kindheit für die Herausbildung der vollkommen runden Körpermitte.

„Ich soll hier nur einen Umschlag abholen", sagt er mit einer volltönenden, tiefen Bassstimme. Das kann unmöglich der Anrufer von vorhin sein. Nicht einmal flüsternd würde der hier geschlechtslos klingen.

„Ich will erst meinen Hund sehen!"

„Erst das Geld, dann der Hund", erklärt er ungerührt, der gefühllose Wicht.

„Ich will erst wissen, dass es meinem Radames gut geht."

„Es geht ihm gut. Her mit dem Geld."

„Ohne Hund kein Geld." Ich verschränke die Arme über der Brust.

Er entdeckt den Umschlag in meiner Achselhöhle und bekommt einen gierigen Blick.

„Sie geben mir das Geld, ich übergebe das Geld, Sie kriegen den Hund", sagt er. „So lautet der Deal."

„Nicht mein Deal."

„Aber meiner, Gnädigste."

Er sieht aus wie ein Insekt mit kugelrundem Körper und Tentakelarmen und -beinen. Ein gefühlloser, kaltherziger Käfer.

Vielleicht wäre alles anders gekommen, wenn er bei seiner Forderung nicht mit einem seiner Tentakelarme nach dem Umschlag gegrabscht hätte.

Denn da holt meine Rechte Schwung und wird gleich darauf klatschend eins mit seiner Wange.

Wow, das saß!

Er reißt die Augen auf, während meine Finger sich glutrot auf seinem Gesicht abzuzeichnen beginnen.

Ich grinse. Vermutlich teuflisch, aber auf jeden Fall böse. Mit mir legt man sich nicht an – ich bin eine Diva!

Allerdings habe ich wirklich nicht mit dem gerechnet, was dann passiert. Einer brutalen Gegenattacke hätte ich trotzig entgegengesehen – frei nach dem Motto: „Schlag mich doch, wenn du dich traust." Es ist ja heutzutage kein Thema mehr, als Mann eine Frau zu schlagen. Wir Frauen sind längst nicht mehr das schwache Geschlecht. Wir können austeilen und einstecken.

Aber er schlägt nicht.

Er heult.

Ja, tatsächlich, er flennt wie ein Kleinkind.

Ich will ihn mit „Ah ... nicht doch" oder etwas ähnlich Belanglosem trösten, aber dann fällt mir wieder ein, dass dieser weinerliche Verbrecher sich meinen Radames geschnappt hat. Und wenn nicht er persönlich, so doch seine fiesen Komplizen. Jedenfalls ist er ein verkommenes Subjekt und hat mein Mitleid nicht verdient.

„Wo ist mein Hund?", verlange ich zu wissen.

„Keine Ahnung, ich soll nur das Geld überbringen", schnieft er kleinlaut.

„Wem?"

Mit dem Handrücken wischt er sich über die Augen. Als er damit fertig ist, guckt er wieder widerlich, was es mir enorm erleichtert, mit meinem Bedauern über den körperlichen Angriff klarzukommen.

„Das werden Sie noch bereuen", droht er und funkelt mich böse an.

Ich erwidere seinen Blick ungerührt.

Eine Patt-Situation.

Die ich länger aushalte als er. Erneut versucht er, nach dem Umschlag zu greifen.

Das war's.

Diese Schweine haben mir das Liebste auf der Welt genommen – sorry, Papa, sorry, Mama, sorry, Freunde, aber Radames ist mir von allen der Liebste –, und jetzt wollen sie grausame Spielchen mit mir spielen?

Ohne mich!

Ich hebe die Hand, und der Wampenmann zuckt ängstlich zurück, aber ich zücke nur Bröckis Handy, tippe die PIN ein und rufe die Kamera-App auf.

Weil ich dafür kurz nach unten schauen muss, gelingt es dem widerwärtigen Insekt, mir den Umschlag zu entreißen. Er versucht, an mir vorbei in Richtung Tür zu stürmen.

So ja nicht. Nicht mit mir!

Mit der nunmehr freien Linken nehme ich den Wicht von hinten in den Schwitzkasten, mit der Rechten schieße ich wild drauflos. Ein Foto nach dem anderen. Auch wenn ich vermute, dass die Fotos verwackelt sein werden. Aber wenn er sich aus dem Staub machen will, habe ich zumindest das Beweisfoto seiner Verbrechervisage.

Je mehr er stöhnt und brummt, umso fester drücke ich mit dem linken Arm zu. Weil er schon geraume Weile vor mir in der Sauna war, ist sein Körper eine einzige glitschige Masse. Ich schlittere seitlich an ihm entlang nach vorn und schaue nun in sein Insektengesicht. Er – gar nicht dumm – will sich nach unten fallen lassen, um sich aus meinem Griff zu befreien, aber ich umschlinge ihn in einer blitzschnellen Gegenmaßnahme mit meinem rechten Bein.

Es versteht sich wohl von selbst, dass dabei sein Badetuch verrutscht. Meins übrigens auch. Vom Nabel aufwärts stehe ich im Freien.

„Ich will meinen Radames wiederhaben!", gelle ich wie die Furie, in die ich mich per Metamorphose verwandelt habe.

Er kann nicht antworten, dafür sitzt mein Arm zu eng um seinen Hals.

Schwer stürzen wir beide zu Boden, durch seinen Bauch werde ich allerdings weich abgefedert. Für ihn ist es nicht ganz so angenehm, das schließe ich zumindest aus der Tatsache, dass ihm die Augäpfel fast aus den Höhlen springen. Weil ich nämlich den Griff um seinen Hals im Fallen nicht gelockert habe. Langsam läuft er blau an. Und strampelt wie blöde. Was leider dazu führt, dass ich jetzt doch von ihm gleite.

Schwupps, hievt er sich keuchend auf die dürren Beine, schnappt sich sein Badetuch vom Boden und will zur Tür laufen. Ich kicke ihm – noch im Liegen – mit aller Kraft in die Kniekehle. Er wird nach vorn katapultiert und stürzt, wobei er mit der Stirn unsanft gegen die Tür prallt. Dünne, blutige Rinnsale ziehen sich gleich darauf an ihr entlang nach unten.

Ich robbe zu ihm, knie mich auf seinen Rücken und entreiße ihm den Umschlag, in dem ich das Handy verstaue. Aber nur, um den Wicht mit der nun freien Hand an den schütteren Haaren zu packen und seine ohnehin malträtierte Stirn auf den Boden zu knallen.

„Wo? Ist? Radames?", brülle ich im Takt.

Urteilen Sie nicht zu streng über mich. Sie wissen nicht, wozu Sie fähig wären, wenn man Ihnen das Liebste nähme.

„Ich! Will! Meinen! Hund!"

„Aua, aua, aua", heult er, die Memme.

In diesem Augenblick reißt der Bademeister die Tür auf. „Was ist denn hier los?"

Ich schaue auf.

Ein Fehler.

Der kafkaeske Insektenmann krabbelt unter mir hervor.

Und ich rutsche angesichts der plötzlichen Masse-Verteilung unwillkürlich auf seinem glitschigen Körper nach hinten und plumpse auf den Boden.

Der Entführergehilfe springt auf und läuft los. Sein Badetuch lässt er zurück. Man muss Prioritäten setzen.

Mit blutender Stirn wuselt er am Bademeister vorbei und hinaus in Richtung Ausgang.

Ich rapple mich hoch und nehme die Verfolgung auf.

„Haltet den Mann!", gelle ich.

„He, nicht so schnell, hier geblieben", ruft der Bademeister, aber er ruft nur und handelt nicht – vermutlich überlegt er, ob er mit einer Klage wegen sexueller Belästigung rechnen muss, wenn er sich in meinen nackten Oberkörper krallt –, und folglich kratzt mich seine Aufforderung auch nicht weiter.

„Entführer!", gelle ich laut, wie eine Bravour-Arie mit zweifellos nicht weniger als achtundneunzig Dezibel.

Die Vitalium-Besucher, es werden zusehends mehr, schrecken zusammen, starren erst mich an, dann folgen ihre Blicke meinem ausgestreckten Zeigefinger und schauen dem nackten Insektenmann hinterher. Zu irgendeiner Form der Verfolgung fühlt sich keiner veranlasst.

Nur ich renne.

Und der Bademeister hinter mir her.

„He!", ruft er, vergleichsweise leise, aber mindestens ebenso wild entschlossen. „So geht das nicht. Es sind Kinder anwesend!"

Kinder, pah. Die können mich mal. Wäre ich eine griechische Statue, dürften sie mich auch obenrum nackt sehen, und der Lehrer würde erklären, dass das Kunst sei. Außerdem bin ich absolut ästhetisch anzuschauen, da wird kein Kind traumatisiert.

Ich laufe folglich weiter, mit der Rechten dem Insekt hinterherfingernd, mit der Linken den Umschlag und das Badetuch in Hüfthöhe umklammernd.

Aber der Bademeister lässt sich nicht so leicht abschütteln. Vermutlich spielt er in seiner Freizeit auch American Football, so, wie er gebaut ist. Jedenfalls wirft er sich jetzt nach vorn und will mich packen ...

... und erwischt mich auch, aber ich bin ja total verschwitzt und folglich glitschig, und er rutscht mit seinen Händen von meinen Schultern bis zu meinen Hüften, wo er mein Badetuch zu fassen bekommt.

Und so stehe ich gleich darauf nackt, wie die Göttin mich schuf, mitten im Vitalium zu Bregenz.

Und das wird – muss ich es in Worte fassen, versteht es sich bei meinem Glück nicht eigentlich von selbst? – von einer Saunabesucherin mit dem Handy festgehalten und noch am selben Tag, ach, was sage ich, zur selben Stunde, auf Twitter eingestellt.

Hashtag #*DivaMachtSichNackich*

On the road again

„Kannst du mir verraten, wie ich das ausbügeln soll?"

Es ist eng im Mercedes. Zu Verteidigung des Wagens muss gesagt werden, dass er nicht als Stretchlimousine konzipiert wurde.

Yves sitzt wieder am Steuer, ich daneben, hinten Papa und Bröcki und Doktor Simian. Und Doktor Simians ... äh ... Schwester, die er – „Ich war so frei" – offenbar per SMS auf unseren Aufenthaltsort aufmerksam gemacht hat, was ich überhaupt nicht nachvollziehen kann. Wozu denn, bitte schön? Andererseits, warum nicht? So symbiotisch, wie die beiden sind, sollte ich mich eher darüber wundern, dass sie auch getrennt unterwegs sein können.

„Und? Möchtest du mir darauf nicht antworten? Was soll ich in die Presseerklärung schreiben? Dass du aus ethischen Gründen Nudistin geworden bist?" Bröcki wirft mir ihr Handy in den Schoß. Im Sekundentakt tauchen neue Miller-Tweets, also Twitter-Meldungen mit meinem Hashtag, auf. Ist mir egal. Hauptsache, die Leute reden über mich. Die Welt außerhalb der Oper kennt Maria Callas auch nicht wegen ihrer Sangeskunst, sondern wegen ihrer Affäre mit dem griechischen Reeder Ari Onassis, der dann doch lieber Präsidentenwitwe Jackie Kennedy heiratete. Wer Ruhm will, muss zweigleisig fahren: Können und Klatsch!

Bröcki sitzt, weil es hinten viel zu eng ist, halb auf dem Schoß meines Vaters und halb auf dem knochigen Oberschenkel von Schwester Simian. Das kann unmöglich bequem sein. Vermutlich ist sie deswegen so verstimmt.

„Willst du mir allen Ernstes eine Standpauke halten, obwohl die Entführer entkommen sind?", frage ich, und ich frage es dermaßen untheatralisch, dass Bröcki – sie ist schließlich nicht nur meine Agentin, sondern auch meine beste Freundin – sichtlich die Luft entweicht.

Sie sagt nichts, schüttelt nur den Kopf.

„Immerhin haben Sie das Geld noch", meldet sich Fräulein Simian von hinten. Auf der nicht von Bröcki belegten Hälfte ihres Schoßes thront ein Benjamini, zu dem sie sich nicht weiter geäußert hat. „Das ist doch wenigstens etwas."

Diese Gefühllosigkeit!

Soll Geld etwa mehr wert sein als ein lebendes Wesen?

Ich drehe mich auf meinem Sitz um. „Wie können Sie das sagen? Mein kleiner Liebling ist immer noch in der Gewalt dieser ... dieser ..."

„Häscher?" Sie lächelt maliziös.

„Perversen Schweine!", brülle ich, leider zu abrupt. Yves bekommt einen Schreck und fährt einen Schlenker.

Er kutschiert uns gerade durch Bregenz, genauer gesagt: entlang der Seestraße, noch genauer gesagt: auf Höhe der Ampel an der Kreuzung zur Nepomukgasse. Im Vorbeifahren – wir fahren ja wegen des Verkehrs nur gemächlich – erhasche ich einen Blick auf die Gruppe der Fußgänger, die darauf warten, dass die Ampel auf Grün schaltet.

Zwei davon erkenne ich auf den ersten Blick: Arnaldur Atlason und Idris Adoa. Beide starren ungläubig ins Innere des Mercedes.

Mir fällt wieder ein, dass wir die Scheiben nach unten gekurbelt haben, damit wir sechs in der Enge des Wagens genügend Fahrtwindsauerstoff abbekommen. Haben Atlason und Adoa mein Perverse-Schweine-Gebrüll gehört? Womöglich beziehen sie meinen Ausruf auf sich und fragen sich, warum ich sie nach so kurzer, wenig aussagekräftiger Bekanntschaft schon öffentlich bezichtige, abartig veranlagte Nutztiere zu sein. Aber darum kümmere ich mich später. Zuerst muss ich meinen Radames wiederbekommen.

Was, wenn die Entführer durch die verpatzte Geldübergabe in Angst und Schrecken versetzt wurden und auf Nimmerwiedersehen untertauchen? Was, wenn sie meinem Liebling vor dem Untertauchen noch etwas antun?

Nicht auszudenken!

Ich fange an zu weinen.

„Na, na, na", sagt Papa, „wer wird denn gleich weinen." Für einen Hippie ist er emotional erstaunlich robust.

„Hier, da habe ich genau das Richtige für Sie." Doktor Simian streckt seine hagere Hand nach vorn, in der er eine Phiole hält. „Aconitum napellus, in der D12-Potenz. Nehmen Sie fünf davon."

Ich möchte seine Hand wegschlagen, aber noch habe ich einen letzten Rest Contenance. Deswegen wende ich einfach nur den Kopf zur Seite.

„Ich habe Mozartkugeln im Handschuhfach. Die liebst du doch", sagt Yves, der es gut mit mir meint.

„Schokolade ist in diesem Zustand völlig falsch", doziert Doktor Simian. „Was Sie jetzt brauchen, liebe Frau Miller, ist ein dunkler Raum, völlige Ruhe und Wärme. Und natürlich die richtigen Globuli." Er wackelt mit der Phiole.

„Ich glaube nicht, dass man Pauline mit Hunde-Globuli helfen kann", lästert Bröcki.

„Die Globuli meines Bruders helfen allem, was lebt!", zischt Schwester Simian.

„Gummibäumen offenbar nicht." Bröcki lächelt maliziös. Sie zeigt auf den tatsächlich etwas mager aussehenden Benjamini auf dem Schoß von Fräulein Simian.

Einen Moment lang hat es den Anschein, als wolle die Simian meine Bröcki mit dem Baum erschlagen. Möglicherweise hätte sie das auch getan, hätte nicht ihr Bruder eingegriffen.

„Meine Damen, bitte. Gehen wir doch alle einen Moment in uns und machen uns klar, dass in angespannten Situationen wie dieser die Nerven blank liegen. Da sagt man Dinge, die man nicht so meint."

„Ich sage nie, was ich nicht meine", erklärt Bröcki dezidiert, und ich kann bestätigen, dass dem wirklich so ist.

„Pft", macht Schwester Simian nur. „Die Zweifler und Nihilisten dieser Welt", sie schaut Bröcki an, „werden schon sehen, was sie davon haben."

„Fegefeuer?", höhnt Bröcki.

„Ich wollte den Benjamini in die Freiheit entlassen und im Mehrerauer Wald einpflanzen. Aber Mitleid mit der Kreatur ist Ihnen ja offenbar fremd." Abschätzig spitzt Fräulein Simian die Lippen.

Bröcki lacht schnaubend. „Dann hätten sie ihn auch gleich lebendig begraben können. Ein Benjamini überlebt im Wald nicht."

„Und das wissen Sie woher?", nölt die Simian.

„Interessanter Gedanke – freilaufende Gummibäume", sinniert Papa, der sich grundsätzlich leicht vom Wesentlichen ablenken lässt.

„Meine Damen", interveniert Simian erneut.

Mich kratzt das alles nicht, weil ich mir nämlich längst eine Mozartkugel aus dem Handschuhfach geholt habe, die ich genüsslich vom Stanniolpapier lecke. Beißen geht nicht mehr, dazu ist sie zu flüssig. Im

Wageninneren ist es gefühlt so heiß wie vorhin in der Sauna, und im Handschuhfach ist zweifellos bereits der Siedepunkt erreicht. Aber jedenfalls hat der Serotonin-Ausstoß in meinem Körper begonnen. Ich kann nicht behaupten, dass ich glücklich bin, dazu mache ich mir viel zu viele Sorgen um Radames, aber ich kann wieder etwas klarer denken.

Wie sollten die nächsten Schritte aussehen? Doch zur Polizei gehen?

„Das ertrage ich nicht länger", keift die Simian. „Herr DuBois, lassen Sie mich aussteigen!"

Wir sind irgendwo zwischen Bregenz und Lochau. Im Nichts.

„Sofort!", herrscht Fräulein Simian.

Yves fährt rechts ran. Hinter uns hupt es. Um gefahrlos am Straßenrand auszusteigen, müsste sie den Wagen eigentlich auf der Seite von Papa und Bröcki verlassen, aber Bröcki verschränkt bockig die Arme und rührt sich keinen Millimeter. Also schubst die Simian ihren Bruder auf die Straße.

Es hupt neuerlich.

Abschiedslos klettert die Simian mitsamt Benjamini aus dem Mercedes. Was mich weniger wundert als die Tatsache, dass ihr Bruder gleich darauf wieder einsteigt.

„Wollen Sie nicht bei Ihrer Schwester bleiben?", fragt Papa. „Sie benötigt doch sicher Ihren Beistand."

„Die Seelenpein von Frau Miller ist größer. Zudem könnten sich die Entführer gleich wieder melden, und dann muss ich für Radames zur Verfügung stehen." Dafür, dass er mit seiner Schwester an der Hüfte verwachsen zu sein scheint, verkraftet er ziemlich gut, dass wir sie nun allein in der Einöde zurücklassen.

Nun ja, nicht ganz allein. Sie hat ja ihren Benjamini.

Yves fädelt sich wieder in den Verkehr ein. Bröcki macht es sich auf der Rückbank bequem, Papa guckt aus dem Wagenfenster und erinnert an einen Afghanen – den Hund, nicht den Landsmann –, dessen Haare im Fahrtwind flattern. Ich schlecke meine Mozartkugel.

In diesem Moment vibriert mein Schoß.

Das werden nur die Älteren von Ihnen falsch verstehen und unzüchtig deuten, den Jüngeren ist klar, dass auf Bröckis Handy, das ich requiriert habe und das immer noch in meinem Schoß liegt, ein Anruf eingeht. Von einer unterdrückten Rufnummer.

Die Entführer!

Als ob Simian es im Urin gehabt hätte.

Hm, muss mir das zu denken geben?

„*Ruhe*", brülle ich und werfe die Mozartkugelreste aus dem Wagenfenster. Meine Hände sind schokoladenverklebt, mit denen kann ich unmöglich das Smartphone einsauen. Das hat unter meinem Achselhöhlenschweiß in der Sauna schon genug gelitten und darf nicht kaputtgehen, solange ich Radames nicht in Sicherheit weiß.

„Yves!"

Yves greift mit der Rechten nach dem Handy und hält es mir ans Ohr, während er mit links immer noch steuert. Wir fahren Schlangenlinien, aber das ist mir egal.

„Ja?", melde ich mich.

Wieder diese seltsam geschlechtslose Stimme. „Das war sehr unklug von Ihnen", nölt die Person. „Wir sind verärgert."

Genau so hätte sich die Schwester von Simian ausgedrückt.

In mir keimt ein Verdacht. Sie war bei der Geldübergabe zufällig in der Nähe des Vitaliums, und jetzt rufen die Entführer zufällig just in dem Moment an, in dem sie den Wagen verlassen hat?

Ich drehe mich zu Simian um. Das ist jedoch fatal, weil ich dadurch mit dem Kinn das Handy aus der Hand von Yves schlage. Polternd fällt es in den Fußraum. Und bringen tut es rein gar nichts, weil Simian nämlich völlig harmlos aus der Wäsche schaut.

„Passt doch auf!", schimpft Bröcki.

Yves beugt sich seitwärts nach hinten, um das Handy aufzuheben, und knallt mit dem Kopf gegen meinen Vater, der, sich seinerseits nach vorn beugend, ebenfalls versucht, das Handy aufzuheben.

Woraufhin Yves natürlich das Steuer verreißt. Dass der Sensenmann in diesem Moment darauf verzichtet, eine weltberühmte Sopranistin, deren Vater, deren Agentin, deren Hausdiener und deren Hundehomöopathen abzuholen und über den Styx zu rudern, kann nur daran liegen, dass sich Gevatter Tod gerade bei Kaffee und Kuchen eine Pause gönnt.

Und natürlich an der hocheffizienten Reaktion des Opel-Fahrers, der uns entgegenkommt.

Wir landen auf der anderen Straßenseite im Grünstreifen.

Das Hupkonzert der anderen Verkehrsteilnehmer erreicht das Ausmaß eines Symphonieorchesters in voller Besetzung.

„Das Handy, das Handy!", kreische ich, weil ich die Verbindung zum Entführer nicht verlieren will.

Das Leben von Radames steht auf dem Spiel!

Bröcki schubst die Männer beiseite und erledigt das Aufheben mal eben selbst. Aber anstatt mir das Handy ans Ohr zu halten, übernimmt sie die Gesprächsleitung.

„Hallo? Ja ... das war dann wohl nichts. Warum schicken Sie auch einen so inkompetenten Boten zur Geldübergabe? Und glauben Sie wirklich, dass wir Ihnen auch nur einen einzigen Euro geben, wenn wir nicht im Gegenzug den Hund bekommen? ... Was? ... Wer ich bin, tut nichts zur Sache ... Nein, Sie verhandeln jetzt mit mir und damit basta. Also? Wie gehen wir weiter vor?"

Die ganze Zeit rufe ich besorgt: „Bröcki, lass mich!", aber sie beachtet mich gar nicht weiter. Ich fürchte, dass sie die Entführer verprellt. Bröcki ist nicht gerade für ihre sanfte Art bekannt. Andererseits ist sie eine begnadet gute Agentin, die immer aus jeder Verhandlung das Beste herausholt. Mein „Bröcki, lass mich!" tönt dementsprechend zunehmend halbherziger, während meine Hoffnung, dass sie das tatsächlich regeln kann, wächst.

„Aha", sagt sie jetzt und guckt stur geradeaus.

„Aha."

„Aha."

„Nein, kommt nicht in Frage. Nur im Austausch gegen den Hund."

„Aha."

„Aha."

„Ist gut."

Das Gespräch scheint zu Ende. Sie steckt ihr Handy weg.

Wir halten alle gespannt den Atem an. Ich kralle mich mit schokoladenverschmierten Händen in den hellbeigen Ledersitz.

„Und?", fragt Papa.

„Wir haben einen neuen Übergabeort ausgemacht. Hund gegen Geld."

„Aber? Ich höre doch ein Aber heraus." Mir schnürt es die Brust zu. Ich kann kaum atmen.

Bröcki seufzt schwer. „Sie wollen jetzt die doppelte Summe. 20.000 Euro."

Doktor Simian kichert nervös. „Das muss die Gewohnheit sein. Sie als Agentin wollen die Summe eben immer erhöhen, nicht wahr?"

Was er in diesem Augenblick schmerzlich lernt, ist, dass man Kleinwüchsige nicht vor den Kopf stößt. Dazu sind sie mit ihren Armen viel zu nah an den Weichteilen ihres Gegenübers.

Der sterbende Schwan

Meine Handtasche ist mein Leben. Jemand, der so viel reist wie ich, hat kein stationäres Zuhause – der muss sein Zuhause überallhin mitnehmen können. Verstehen Sie mich nicht miss. Ich bin nicht Jeannie, der Dschinn aus der Flasche. Ich schrumpfe nicht auf ein Augenzwinkern hin auf Daumengröße und krabbele anschließend in meine Birkin Bag. Aber in meiner Tasche ist alles, was ich zum Leben brauche:

Mein Handy.

Das portable Ladegerät für mein Handy, weil mir alles ausgehen darf, nur nicht der Saft für mein Smartphone.

Ein Flakon mit meinem Lieblingsparfüm, das ich auf mich sprühe, um meine Lebensgeister zu wecken, oder wahlweise auf Reisegefährten mit mangelhafter Körperhygiene.

Ein Beutel mit Kacktüten – in erster Linie für den Hund.

Ein Reisenecessaire.

Tampons. Immer die falsche Saugstärke, aber man fühlt sich allzeit bereit.

Eine Packung Halspastillen.

Eine Feuchtigkeitsmaske. Weil ich es mir wert bin.

Ein Visitenkartenhalter. Leer.

Diverse Münzen und Scheine aus aller Herren Länder, die ich im Zweifelsfall nicht mehr zuordnen kann.

Ein Kugelschreiber. Der nicht mehr funktioniert.

Also im Grunde nichts, was mir das Überleben sichern könnte. Aber es geht ja auch nur um den Gedanken dahinter. Mit meiner Handtasche fühle ich mich sicher.

Obwohl ich mich schon zum zweiten Mal innerhalb eines Tages auf den Weg zu einer Lösegeldübergabe mache.

„Du sollst dir ein Tretboot mieten und zu der Absperrung hinter den Kulissen der Seebühne kommen", hat Bröcki ausgerichtet. „Man wird an dich herantreten. Mit dem Hund."

„Wann?"

„Jetzt."

„Dann auf. Zum See!", habe ich gerufen.

„Ich hoffe, der Entführer hat sein Kreditkartenlesegerät dabei", erwiderte Bröcki lapidar.

„Was?"

„Du brauchst Bargeld."

Ich hasse es, wenn sie mich so dumm dastehen lässt.

Wir brettern mit dem Mercedes zurück nach Bregenz. Unterwegs google ich die nächste Bank und werde in Seenähe fündig. 20.000 Euro. Zu Beginn meiner Sängerinnenlaufbahn habe ich so viel Geld nicht einmal im Laufe eines ganzen Jahres verdient. Und auch jetzt trage ich solche Summen nicht einfach im Portemonnaie mit mir herum. Aber sie sind kein Problem mehr für mich. Und Radames ist mir jede Summe wert.

Es dauert nur knapp eine Viertelstunde, dann stehe ich vor der Bootsvermietung Bregenz.

Ich starre die Tretboote an. Und denke an meine untrainierte Oberschenkelmuskulatur. „Kann ich kein kleines Motorboot mieten?", sage ich zu Bröcki.

Bröcki schnauft. In meiner Panik bin ich verdammt schnell von der Bank zum See gelaufen, und ihre Beine sind einfach kürzer. Sie hatte quasi die doppelte Arbeit. „Nein." Keuch, keuch. „Das verschreckt die Entführer." Keuch. „Sie wollen sicherstellen, dass du ihnen nicht folgen kannst."

Das leuchtet mir ein. Widerstrebend.

„Ihr wartet alle da drüben", befehle ich und zeige auf den weißen Champagner-Pavillon.

In dem Moment, in dem ich den Arm hebe, heben die beiden Männer vor der Champagner-Theke wie auf ein unsichtbares Signal hin den Kopf. Mist. Es sind Idris und Arnaldur.

Rasch drehe ich mich um und betrete die Holzbretter, die zum Bootsverleih hinunterführen. „Wünscht mir Glück", sage ich.

„Du gehst mir nicht mehr allein zu einer Geldübergabe", meldet sich Papa zu Wort. Seine Stimme klingt besorgt.

„Genau meine Meinung", gibt ihm Bröcki recht. Ihre Stimme klingt skeptisch. „Du verbockst das nur wieder."

„Ich würde ja mitkommen, aber ich werde so schnell seekrank. Die anderen sollten jedoch wirklich ...", fängt Doktor Simian an, aber ich unterbreche ihn barsch.

„Ihr habt mich doch gehört: Das regele ich allein!"
Ich stapfe los.

Die anderen stapfen mir hinterher.

Wie sich gleich darauf herausstellt, kommen auch noch Idris und Arnaldur über die Seepromenade angelaufen. Wahrscheinlich verlangen sie Satisfaktion wegen der „perversen Schweine". Oder sie wollen mir einen unzüchtigen Dreier vorschlagen. Beides passt mir jetzt nicht in den Kram. Ich winke die Verleiherin zu mir.

„Welches Tretboot hätten S' denn gern?", fragt die junge Frau.

Die Boote sind mehrheitlich einheitlich – gelb, mit je zwei rot-gelb gestreiften Liegesitzen. Für das entspannte Treten auf dem See. Mich allerdings lacht das

Ausnahme-Tretboot an, das Sun King heißt. Es hat aufgemalte Augen mit blauen Wimpern und ein goldenes Nasenkrönchen. Das einzige seiner Art. Ein Boot, das meiner würdig ist.

„Ich will das da", sage ich und drücke ihr einen Schein in die Hand. „Der Rest ist für Sie." Vermutlich fällt der Schein – wie üblich – zu üppig aus, denn ihr freundliches Servicelächeln wird zu einem glücklichen Grinsegesicht. Auch gut. Das gibt positives Karma, und ich brauche positives Karma jetzt mehr denn je.

Das Entern des Sonnenkönigs fällt etwas wackelig aus. Papa will mir Hilfestellung geben, aber ich schlage seine Hand weg.

„Lass mich!", herrsche ich ihn an. Und zur Verleiherin sage ich: „Leinen los!"

Bröcki will mir nachspringen, aber da habe ich mich auch schon schwer auf den linken Sitz plumpsen lassen und trete in die Pedale. Das Boot ruckelt und stößt gegen die Kaimauer, aber dann setzt es sich Bewegung.

Lebensmüde ist Bröcki nicht, darum entscheidet sie sich dann doch gegen den Sprung. Aber ich höre sie sagen: „Wir nehmen das Tretboot dort drüben."

Während ich den umfriedeten Bereich, wie wild tretend, verlasse und dabei meinen Rhythmus suche, aber nicht finde, erklimmen – das sehe ich aus den Augenwinkeln – Papa und Bröcki ein blaues Tretboot, das an einen VW Käfer erinnert und vier Hartschalensitzplätze bietet.

Sie verlieren Zeit, weil Bröcki treten will, die Sitze sich aber nicht verstellen lassen und ihre Beine natürlich für die Normalo-Position zu kurz sind, was sie maßlos ärgert. Sie kneift Papa in den Unterarm, aber der muss sich erst mühsam orientieren. Er ist Grobmotoriker und versucht wahrscheinlich gerade, in die falsche Richtung zu treten. Wie gut, dass Yves nicht da ist, weil er für den Mercedes einen Parkplatz suchen wollte, aber offenbar nicht gefunden hat. Oder er hat einen gefunden und sich dann von einer Eisdiele ablenken lassen. Yves besitzt eben das Konzentrationsvermögen einer Fruchtfliege.

Und Simian schrumpeln ja bei der Vorstellung von Kontakt mit Gewässern die Kronjuwelen. Ich frage mich, ob er Wannenbäder nehmen kann.

Bröcki und Papa müssen also allein klarkommen. Was sie nicht schaffen werden.

Mir ist das nur recht. Ich werde die Übergabe alleine regeln, wie ich es geplant habe.

Doch da höre ich, wie mein Name gerufen wird. „Pauline!"

Es ist Arnaldur Atlason. Er winkt mir so zackig zu, wie er sonst einen flotten Bläser-Einsatz andirigiert. Es macht den Anschein, als wollten er und Idris Adoa gerade in eins der Nullachtfuffzehn-Tretboote in Rot-Gelb steigen. Was soll das denn jetzt?

Ich tue, als könnte ich weder sehen noch hören, noch reden. Wie die drei Äffchen. Nur eben in einem, wie eine übergroße Äffin in einem neonpinken Jogginganzug von Karl Lagerfeld.

Wenn ich mich beeile, ist alles vorbei, bis mich die anderen eingeholt haben. Denn so schnell holen die mich nicht ein. Ich kenne doch meine Pappenheimer.

Ich höre ein lautes Rums, und ein rascher Blick über meine Schulter zeigt, dass Papa auf Atlason und Adoa aufgefahren ist. Adoa hängt mit einem Bein im Wasser und schaut schmerzverzerrt.

Perfekt!

Ich trete weiter.

Es ist nicht weit bis zur Seebühne. Aber selbst die paar Meter fallen mir schwer. Dabei macht es mir der See leicht: so gut wie kein Wellengang.

Nach der Hälfte der Strecke bekomme ich Muskelkater in den Beinen.

Radames, spreche ich mir innerlich Mut zu, Radames, mein Liebling, ich komme.

Der Gedanke an meinen Hundeschatz gibt mir Kraft. Vielleicht nicht die übermenschliche Kraft von Müttern, deren Baby unter ein Auto geraten ist und die dann fast mühelos den Wagen anheben und mit einer Hand oben halten, während sie mit der anderen ihren Nachwuchs in Sicherheit zerren. Aber genug Kraft, um zu dieser verdammten Geldübergabe zu treten. Wäre doch gelacht!

Der Bereich direkt neben den Kulissen der Seebühne ist für die Schifffahrt gesperrt. Mehrere Schilder warnen eindringlich davor, sich der Bühne zu nähern.

Und dann sehe ich es.

Eigentlich hatte ich ein megacooles Schnellboot erwartet. In einem Bond-Film hätten die bösen Dognapper so ein Teil gehabt.

Aber es ist nur ein weißes Tretboot. Die Gestalt darin trägt Schwarz – sie ist vermummt.

Natürlich nicht mit einer Skimaske. Wer trägt im Sommer auf dem Bodensee schon eine Skimaske? Eben. Damit macht man sich ja hochgradig verdächtig. Nein, sie – oder er – hat die Herausforderung, sich unkenntlich zu machen, nachgerade genial gelöst.

Mit einer Burka.

Was sich darunter verbirgt, ist völlig schleierhaft. Eine Frau, ein Mann, ein Orang-Utan, ein Alien aus dem Andromedanebel – alles ist denkbar.

Ich tretboote näher.

Die Gestalt hebt einen Sack hoch, in dem etwas strampelt.

„Radames!", rufe ich. Außer dem Pochen meines Herzens höre ich erst mal nichts.

„Wo ist das Geld?", will die Gestalt wissen. Zwar mit heiser verstellter Stimme, aber ohne Stimm-Verzerrer. Ich tippe auf weiblich, bin aber gleich darauf wieder total unsicher. Der Entführer könnte eine Frau sein. Oder aber eine Drag Queen. Oder ein sprechender Orang-Utan. Im Grunde ist mir das auch völlig egal, ich will nur meinen Radames wieder.

„Hier." Ich ziehe die beiden Umschläge aus meiner Handtasche, schlage die Laschen zurück und zeige das Geld.

„Her damit."

„Erst der Hund."

Ich sehe zwei fies funkelnde Augen im Sehschlitz der Burka.

Die Gestalt hebt den strampelnden Sack über den Bootsrand.

Das soll mir Angst machen, schon klar. Und es macht mir auch Angst. Entsetzliche Angst. Dennoch reagiere ich ganz lässig und hebe die Umschläge ebenfalls über den Bootsrand – und zwar mit dem offenen Ende nach unten. Nur mein Daumen hindert die Scheine am Herausflattern.

Schachmatt.

Man kann förmlich hören, wie wir beide krampfhaft nachdenken.

Wer lenkt zuerst ein? Wer macht einen Vorschlag zur Güte?

Aber unsere lautlosen Gedanken werden gnadenlos übertönt vom Hämmern und Bohren der Arbeiter, die hoch über uns auf den Kulissen einen chinesischen Drachen installieren.

Keinen Drachen, wie man ihn bei uns im Herbst steigen lässt, sondern einen Drachenkopf mit überlangem Stoffbahnenkörper, wie ihn Dutzende Männer zum chinesischen Neujahrsfest durch die Straßen tragen. Schließlich spielt „Turandot" in China, da muss so ein bisschen Lokalkolorit schon sein.

Und auch hinter mir hört man Geräusche. Sich nähernde Geräusche.

„Hallo-o!", ruft Atlason. Er ruft es ungnädig. Er und der immer noch schmerzverzerrt dreinschauende Idris haben ordentlich aufgeholt.

Papa und Bröcki sind dagegen zurückgefallen.

„Sie sollten doch allein kommen!", herrscht mich der-die-das Entführer an.

„Ich bin allein, die gehören nicht zu mir", brumme ich.

„Pauline!", ruft Atlason, was meiner Argumentation nicht gerade zuträglich ist.

„Das Geld her, aber sofort. Ich mache sonst ernst!", droht das Entführerschwein und senkt den Sack, dessen Boden mit dem Seewasser in Kontakt kommt. Das Strampeln wird stärker, man hört jetzt auch ein Wimmern.

Mir schnürt es das Herz zu, aber ich bleibe hart.

„Ich will den Hund sehen!"

„Erst das Geld."

„Ich kaufe doch nicht den Hund im Sack."

„Das werden Sie wohl müssen."

„Geben Sie mir den Hund!"

„Geben Sie mir erst das Geld!"

Etwas weiter draußen fährt überraschend plötzlich und überraschend schnell eins der großen, bewimpelten Ausflugsschiffe vorbei. „Alpenstadt Bludenz" steht auf dem Bug.

Das Kielwasser der schippernden Alpenstadt treibt mein Tretboot auf das Boot meines Gegenübers zu. Mit einem unschönen Knacken stoßen die Boote aneinander und geraten heftig ins Schaukeln.

Ich rudere mit der freien Hand, um das Gleichgewicht nicht zu verlieren. Das nutzt der Entführer schamlos aus, um mir die Umschläge aus der anderen Hand zu reißen.

Man hört ein diabolisches Kichern. Unsere Tretboote schaukeln noch mehr. Und dann – mir stockt der Atem – lässt der Unhold den Sack mit Radames fallen.

In den See!

„Nein!", gelle ich. Mit all dem Volumen, zu dem mein Brustkorb fähig ist.

„Nein!", gellt auch der Entführer, sehr viel leiser, aber fast ebenso erschüttert, und angelt mit der freien Hand nach dem Sack.

Nanu? Gewissensbisse?

Weil ich mehr Kraft ins Gellen als ins Nach-vorn-Beugen gelegt habe, ist der Entführer schneller. Ratzfatz zieht er den Sack aus dem See und presst den strampelnden Inhalt an seine Brust.

Im Sack jault und wimmert es, aber das ist ein gutes Zeichen: Er lebt! Es ist ihm nichts passiert!

Erleichtert atme ich auf.

In diesem Moment hätte mich etwas Bestimmtes stutzig machen müssen, sehr stutzig sogar, aber der Schock hat meinen Denkapparat einfrieren lassen.

„Alles in Ordnung da unten?"

Einer der Arbeiter hat mitbekommen, dass es hier einen Tretbootkampf auf Leben und Tod gibt.

„Rufen Sie die Polizei!", brülle ich und stehe unwillkürlich auf, um den Zeigefinger anklagend auf das Entführertretboot zu richten. „Er hat mein Baby!"

Diese J'accuse-Haltung spricht zwar sehr für mein theatralisches Talent, lässt gleichzeitig aber auch tief blicken, was meinen gesunden Menschenverstand angeht.

In einem Tretboot steht man nicht abrupt auf.

Das Boot gerät ins Schwanken, und ich schwanke mit.

Der Entführer stößt sich von meinem Boot ab und tritt in die Pedale.

„Mein Baby!", wiederhole ich kreischend und lasse mich schwer zurück auf den harten Sitz fallen. Mein Steißbein setzt Notrufe ans Schmerzzentrum im Gehirn ab.

„Ihr Baby?", ruft der Arbeiter von oben. In seiner Stimme liegt auf einmal so viel Erschütterung, dass ich vermute, der Mann ist entweder gerade schwanger (also ... nicht er, sondern seine Frau) oder aber vor kurzem Vater geworden. Jedenfalls trifft es ihn hart.

Ich hätte natürlich klarstellen können, dass mein Baby nicht mein richtiges Baby ist, sondern mein geliebter Schoßhund. Manche Menschen machen da ja tatsächlich einen Unterschied. Aber dazu ist keine Zeit.

Wie eine Berserkerin trete ich in die Pedale.

Ich drehe mich nicht um und schaue auch nicht nach oben, und deswegen bekomme ich auch nicht mit, wie der entsetzte Arbeiter offenbar alles, was er in Händen hält, fallen lässt, um mit dem Handy die Polizei zu verständigen.

Ich höre noch Männerstimmen rufen, aber ich muss mich darauf konzentrieren, dem weißen Tretboot des

Entführers in der schwarzen Burka zu folgen. Im neonpinken Jogginganzug.

Hinter uns holen Atlason und Adoa auf, farblich vergleichsweise unbeeindruckend.

Sehr viel beeindruckender sind gleich dahinter Papa und Bröcki. Papa hat seinen Rhythmus gefunden und phantastisch aufgeholt. Weil der Arbeiter oben auf der Seebühne, der mein Dilemma mitbekommen hat, gerade mit seinem Handy zugange ist, lässt er den Drachenkopf los, was eine Kette unglückseliger Ereignisse nach sich zieht. Ein Kollege will nach dem Kopf greifen, kriegt ihn nicht mehr richtig zu fassen, stößt aber dabei den telefonierenden Arbeiter an, dem der Kopf nun vollends entgleitet. Ein weiterer Arbeiter, der den Drachenkörper – also die Stoffbahn – mit einer Nagelpistole fixieren wollte, packt zwar noch das Ende des Stoffes, aber der bläht sich da bereits auf, weil der nach unten fallende Kopf thermophysikalisch für Aufwind sorgt. Daraufhin reißt sich die Stoffbahn von den wenigen Nägeln, die sie festhalten sollen, los, und der Kopf segelt mitsamt verkürztem, aber immer noch langem Leib nach unten in Richtung See ...

... und landet exakt auf Papa und Bröcki.

Keine Sorge – es ist ein sehr großer, aber kein sehr schwerer Kopf. Er stülpt sich millimetergenau über die beiden Sitze des Tretboots. Papa und Bröcki, die jetzt unter dem Kopf sitzen, ist dabei nichts passiert.

Das bekomme ich vorn, in der Pole-Position der Verfolgungsjagd, natürlich nicht mit.

Ich habe nur Augen für den Entführer, der nicht nur mein Geld hat, sondern auch meinen Radames hat.

Wie eine Wahnsinnige trete ich hinterher, Mordlust blitzt in meinen Augen auf.

Ich schwöre, wenn ich dieses Schwein erwische, bringe ich es zum Quieken! Das wird ein Schlachtfest sondergleichen!

Auf einmal steckt in meinen Beinen doch die Kraft jener Mütter, deren Baby unter einem Auto liegt.

Ich nähere mich unaufhaltsam und stetig, obwohl mein Tretboot kräftig in den Wellen schaukelt.

Was ich nicht sehe: Hinter dem Entführer und mir setzen auch Atlason und Adoa die Verfolgung fort, und eben der bunte, chinesische Drache alias Papa und Bröcki. Der Drachenschwanz flattert fröhlich im Wind, und ich wette, die Touristen halten das für eine Werbemaßnahme der Festspielleitung.

Der Entführer wird schneller. Er hält auf den See zu, nicht aufs Ufer.

In mir steigt die Angst auf, da draußen könnte ein Motorboot auf ihn warten. Dann hätte ich keine Chance mehr.

Ich muss also schneller werden.

Und ich werde schneller!

Atlason und Adoa fallen zurück, Papa und Bröcki holen auf, und, ja, ja, jetzt überholen sie Atlason und Adoa.

Papa und Bröcki auf Platz drei, ich immer noch auf Platz zwei, aber im Kampf-Modus.

Burka, Sonnenkönig, Drache, Tretboot.

Ein Bild für Götter.

Ich hole unaufhaltsam auf.

Drache und Tretboot jetzt auf Platz drei und vier, Burka und Sonnenkönig fast gleichauf.

Die Spannung steigt!

Jetzt kann ich das Keuchen des Entführers hören. Offenbar ist er-sie-es auch kein versierter Sportler.

Der Wind nimmt zu.

Es ist aber nicht nur der Fahrtwind, sondern auch eine frische Bodenseebrise.

Die an mir vorbeiweht und hinter mir unter den Drachen schlüpft und Kopf und Schwanz anhebt. Man soll ja die Kraft des Windes niemals unterschätzen. Wenn der Drache wollte, er hätte jetzt zum Flugdrachen mutieren können – frei wie der Wind. Aber er will nicht, sondern klammert sich am Tretboot von Papa und Bröcki fest. Der Wind lässt aber nicht locker und bläst kräftiger, und es kommt, wie es kommen muss, das Tretboot kriegt Schlagseite.

Ich höre Papa noch „F**k!" rufen, da macht es auch schon Platsch.

Ein Dilemma vom Ausmaß einer griechischen Tragödie – trete ich weiter in die Pedale, um Radames zu retten, oder kehre ich um und rette Papa und Bröcki?

Da beide schwimmen können, wie ich weiß ...

... tretboote ich weiter.

Atlason und Adoa springen als Retter ein. Ein kurzer Blick über meine Schulter verrät mir, dass sie angehalten haben, um meinen Vater und meine Agentenfreundin aus dem Bodensee zu fischen.

Gute Männer!

Und während dem Entführer unter der Burka – es muss tierisch heiß darunter sein – langsam die Puste ausgeht, lege ich noch mal einen Zahn zu.

Und ...

... hole ihn ein.

Jaaaa!

Mein Sonnenkönig liegt jetzt gleichauf mit dem weißen Tretboot. Der Entführer presst die Geldumschläge an die Brust, der Sack mit Radames liegt auf dem Beifahrersitz.

Ich beuge mich zur Seite, um mich in das Holz des gegnerischen Tretboot-Bootsrandes zu krallen. Aus meinen manikürten Diven-Händen sind Raubtierpranken geworden.

Der Entführer schlägt halbherzig nach mir.

Ich schubse zurück.

Das ist keine knallharte Kampfszene wie aus einem James-Bond-Film. Wir sind wie zwei Vierjährige im Kindergarten, die mit den Ärmchen nacheinander schlagen und dabei ganz laut brüllen und hoffen, dass gleich die Kindergärtnerin kommt und eine salomonische Lösung umsetzt.

Mittlerweile bin ich mir sicher, dass sich unter der Burka eine Frau verbirgt. Eine Frau von maximal der Hälfte meines Kalibers. Das verschafft mir sowohl physisch als auch in meiner Selbstsicherheit einen Vorteil.

Ich bekomme ihren Arm zu fassen und ziehe sie zu mir. Sie läutet die Phase ein, in der es unter die Gürtellinie geht, will heißen, sie tritt mit ihren anorektischen Beinchen nach mir.

Wir rangeln und ...

... gehen beide über Bord.

Prustend tauchen wir wieder auf. Mein neonpinker Jogginganzug hat sich schlagartig vollgesogen und scheint plötzlich eine Tonne zu wiegen. Die Burka der Entführerin ist verrutscht, und sie kann nichts mehr sehen und kreischt daher wie am Spieß. Ich kriege sie zu fassen und ziehe sie zum Tretboot, an das sie sich – ebenso wie ich – ängstlich klammert.

Um uns herum verlaufen in konzentrischen Kreise kleine Wellen. Auf denen Geldscheine dümpeln. Die Entführerin hat bei der unfreiwilligen Wasserung die Umschläge losgelassen.

Im Tretboot jault es noch immer. Gott sei Dank – wenigstens Radames geht es gut. Körperlich gut, seine arme Terrierseele hat zweifellos schwere Schäden davongetragen. Doktor Simian wird sein ganzes Können einsetzen müssen, um ...

... und in diesem Moment dämmert mir, was mich vorhin schon hätte stutzig machen sollen.

Mein kleiner Liebling ist Narkoleptiker. Früher fiel er schon ins Schlafkoma, wenn ihn fremde Leute hinter den Öhrchen kraulten. Und jetzt soll er hellwach das Drama seiner Übergabe überstanden haben? Ist Simian wirklich so gut?

Hm ...

Statt der Kindergärtnerin kommt in diesem Moment die Polizei. Im Großaufgebot. Wenn der Verdacht einer Kindesentführung besteht, wird nicht lange gefackelt.

Die Wasserschutzpolizei hat gleich drei Motorboote entsandt, und über uns kreist ein Hubschrauber.

Ich schaue zu den anderen Tretbooten.

Das Drachentretboot treibt kieloben im Wasser. Papa und Bröcki sitzen klatschnass im Boot von Atlason und Adoa.

Obwohl ich momentan nichts weiter bin als ein tonnenschwerer, klatschnasser neonpinker Jogginganzug, versuche ich, mich in das weiße Tretboot zu hieven, um endlich Radames in den Arm nehmen zu können.

Das klappt natürlich nicht.

Neben mir kreischt die Entführerin, weil die Burka schon wieder verrutscht ist und sie Panik schiebt. Es muss ja auch furchtbar sein, in einem See zu dümpeln, ohne etwas sehen zu können, und jede Sekunde damit zu rechnen, von dem schwankenden Boot – oder einer zornentbrannten Hundebesitzerin – unter Wasser gedrückt zu werden.

Aber ich habe null Mitleid mit ihr. Sie hat mir meinen Radames genommen!

Der immer noch jault. Warum jault er und narkolepsiert nicht?

Noch mehr Misstrauen keimt in meiner Brust. Bei Menschen, die er kennt, fällt er nicht so leicht in Koma-Schlaf. Kannte er die Entführerin? Ist es womöglich ...

... die Schwester von Simian?

Ha!

Mit der freien Hand packe ich in Scheitelhöhe die Burka und zerre daran. Offenbar bekomme ich auch Haare zu fassen, denn ihr Kreischen geht abrupt in wildes Schmerzgeheul über.

Ich zerre, sie schreit, ein paarmal knallt ihr Kopf gegen das Tretboot, Radames jault.

Die Wellen schlagen jetzt höher, weil sich eins der Polizeiboote nähert.

Man muss den Polizisten zugute halten, dass ihnen wirklich an der Rettung der Menschen gelegen ist. Jeder andere hätte zuerst die 500-Euro-Scheine aus dem Wasser gefischt.

Gegen die Polizisten spricht allerdings, dass sie mich – mich! – für die Täterin halten, nur weil ich die tatsächliche Täterin körperlich malträtiere.

Starke Arme ziehen mich roh nach oben.

Die Entführerin wird ebenfalls gepackt, jemand schält sie – während sie noch im Wasser ist – aus der Burka.

Es ist ... nicht Simians Schwester, sondern eine junge, mir gänzlich unbekannte Frau mit langen mausbraunen Haaren und blutigen Schrammen an der Stirn.

Ähem.

Mittlerweile heult sie Rotz und Wasser und stottert, weil sie sich wohl im Angesicht des Todes wähnte –

durch Unterkühlung, Wasser in der Lunge oder Polizeigewalt –, ihre Lebensbeichte heraus.

„W-wir haben dem Hund nichts g-getan ... i-ich könnte *nie* einem Hund etwas a-antun ... w-wir nehmen auch nur Hunde von reichen Leuten ... w-wir haben Ihren Hund an der roten Fliege erkannt, a-auf dem Coverfoto von der Festspielz-z-zeitung ..."

Mein Hund trug auf dem Coverfoto keine Fliege, sondern eine Schleife. Aber von Mode versteht sie offenbar nichts.

„W-wir schaden keinem, der eh nichts hat, ehrlich nicht! I-ich ... so bin ich nicht ... ich l-liebe Hunde!" Sie schnieft. „Wir haben Ihren Hund gefüttert und gestriegelt, er sieht jetzt besser aus als vorher!"

Frechheit. Mein Radames ist der gepflegteste, geliebteste Hund der ganzen Welt.

„Dieser Bierwampentyp ist also doch Ihr Komplize", rufe ich anklagend.

Sie schluchzt immer noch, aber jetzt einen Tick empört. „N-nein! Den haben wir in einer K-kneipe angeheuert."

„Wer ist wir?", will ich wissen. „Mit wem machen Sie gemeinsame Sache?"

Sie spuckt Wasser.

„Wer ist wir?", wiederhole ich.

Sie will etwas sagen, aber in diesem Moment will ein Wasserpolizist sie aus dem Wasser ziehen.

Plötzlich bekommt sie tellergroße Augen, schaut nach unten auf die Wasseroberfläche, schaut wieder hoch und fängt an zu schreien, wie ich meinen Lebtag noch keine Schreie gehört habe. Sie gehen allen durch und durch, auch den Wasserpolizisten.

„Mich hat was am Bein gepackt!", brüllt die Entführerin und strampelt wie mein Radames im Sack.

Apropos Radames.

Während das zweite Wasserpolizeimotorboot ans Erste andockt und sich ein Polizeitaucher rücklings in den See fallen lässt, hänge ich mich an den Arm des Polizisten, der mir eine Wärmedecke um die nassen Schultern legt, und sage: „In dem Sack im Tretboot ist mein Hund. Er wurde von dieser Frau da entführt. Bitte, Sie müssen ihn mir geben."

Etwas an meinem Blick überzeugt ihn offenbar.

Im Wasser legt der Taucher gerade beruhigend die Hand auf die Schulter der Entführerin und sagt etwas zu ihr, das ich wegen des Hubschraubers, der jetzt direkt über uns in der Luft steht, nicht hören kann, und sinkt dann nach unten.

Mein Polizist holt mit etwas, das an einen Enterhaken erinnert, den Sack mit Radames ein und überreicht ihn mir.

Der Hubschrauber über uns dreht ab.

Das dritte Polizeiboot sammelt Papa, Bröcki, Atlason und Adoa ein.

Und dann ist es so weit.

Der Polizist öffnet den Sack auf meinem Schoß – meine Finger sind ganz klamm, ich schaffe das nicht –, schaut hinein, sieht den Hund und zieht ihn aus dem Sack.

Der Hund hört auf zu kläffen und schleckt mir die Finger ab.

Das ist der Moment, in dem zwei Dinge sonnenklar werden.

Erstens: Was der Taucher vom Bein der Entführerin löst, ist kein Bodenseeungeheuer à la Nessie, es ein Müllsack, aus dessen unterem Ende zwei Frauenbeine ragen.

Eine Wasserleiche!

Zweitens: Der Hund in dem Jutesack trägt keine Schleife, sondern eine Fliege. Und es ist auch kein Boston Terrier, sondern eine Französische Bulldogge.

Der Hund ist nicht Radames!

Dritter Akt

Eines Tages schwimmt die Wahrheit doch nach oben. Als Wasserleiche.

Leichen-Dumping.

So nennt man die Beseitigung von Leichen, also das Verbringen eines Verstorbenen an einen anderen Ort als den Sterbeort. Um beispielsweise ein Tötungsdelikt zu vertuschen.

Da gibt es zahlreiche Möglichkeiten: Tiefkühltruhen, Steinbrüche, Müllhalden ... oder ein Gewässer.

Wer schon öfter mit Wasserleichen zu tun hatte, weiß, wie fulminant die Fäulnis nach der Bergung aus dem Wasser fortschreitet. Das ist nicht nur olfaktorisch bedenklich, das erschwert auch die Identifikation.

Aber im Fall der Bodenseeleiche im Müllsack konnte man der Leiche schon einen Namen zuweisen, da war sie noch gar nicht wieder am Ufer.

Zum einen, weil sie in dem kühlen Wasser trotz mehrtägigen Aufenthalts kaum aufgedunsen war. Zum anderen, weil sie ein Silberkettchen mit der kalligrafierten Gravur „From Ari to his kittycatty Tilla" trug. Und auch in ihr Nachthemd war der Name Tilla eingestickt.

Bei der Toten handelte es sich folglich um die erst kürzlich von ihrem Hauspersonal als vermisst gemeldete, megareiche amerikanische Erbin Tilla van Dusen.

Die zufällig die Villa neben meiner besaß. Die sie angeblich nie verließ, weil sie eine menschenscheue Einsiedlerin war.

Die aber am Tag nach meinem Einzug in die Nachbarvilla spurlos verschwand.

Und die eine Französische Bulldogge besaß.

Der Fremdhund aus dem Sack war gar nicht so fremd – er war der Nachbarshund. Auch daran zu erkennen, dass er wie sein Frauchen eine Kette mit Gravur um den Hals trug, und zwar unter der Fliege. „Pogo van Dusen", stand auf der Innenseite der kleinen Verschlussschnalle. Die Kette selbst bestand aus hochkarätigen Diamanten. Ich besitze eine ganz ähnliche Kette, allerdings aus Strasssteinen. So erfolgreich kann man als Operndiva gar nicht sein, um sich so was in echt leisten zu können. Dafür muss man nämlich locker eine Summe in Millionenhöhe löhnen.

Und dieser Hund mit der millionenschweren Kette befindet sich nun in meiner Obhut. Während mein Radames immer noch irgendwo da draußen ist, offensichtlich aber nicht in den Händen der Entführerbande.

Seufz.

Meine kleinen grauen Zellen laufen auf Hochtouren. Einen Boston Terrier und eine Französische Bulldogge kann ein Laie problemlos verwechseln – googeln Sie das ruhig, wenn Sie mir nicht glauben. Zumal, wenn beide etwas Rotes um den Hals gebunden haben. Beide sind klein und gestreift, aber die Bulldogge ist etwas gedrungener, und der Terrier hat spitzere Ohren.

Die Grundstücke meiner Mietvilla und der Villa der reichen Einsiedlererbin haben beide einen Seezugang. Die einzige Möglichkeit für Unbefugte, sich Zugang zum Gelände zu verschaffen, ist von der Seeseite her. Und genau dort, am Ufer, endet auch der Zaun zwischen beiden Grundstücken, was es Radames und Pogo – zwar mit nassen Pfötchen, aber immerhin – ermöglicht haben wird, um die Zaungrenze herumzulaufen, sich zu beschnüffeln und spielerisch zu raufen. Kamen die Dognapper mit dem Boot, als die Hunde gerade zusammen spielten? Haben sie sich deshalb einfach vertan? War es womöglich ein Versehen – nichts weiter als ein dummer Zufall?

Hm.

Sagte ich schon, dass ich nicht an Zufälle glaube?

Inquisition mit Charmefolter

Es ist ja nicht so, dass ich zum ersten Mal in einem Verhörzimmer sitze.

Ich erinnere mich gut an die dunkle Stube in Salzburg mit dem depressiven Gummibaum und dem noch viel depressiver machenden Ausblick auf eine Ziegelmauer. Damals, als Kommissar Pittertatscher noch eine Respektsperson war und nicht Bröckis Pittitatschi-Toyboy.

Im Vergleich dazu ist es hier hell und freundlich, und man schaut auf den Bodensee.

Wir sind zu siebt und tropfen den Boden voll.

Ich tropfe am meisten. Mein neonpinker Jogginganzug scheint den halben See aufgesogen zu haben und gibt ihn nun langsam wieder ab. Die karierte Decke, die die Wasserschutzpolizei mir gegeben hat, ist längst durchgeweicht und hat vor den Wassermassen kapituliert.

Papa ist dagegen schon fast wieder trocken, und auch Bröcki sieht man kaum noch was an. Es ist ja auch heiß.

Bröcki steht an der Tür und hämmert dagegen. Nicht aus Klaustrophobie, sondern aus purer Empörung. „He … geht's jetzt bald weiter? Wir haben hier zwei Opernsänger, die sich nicht verkühlen dürfen!"

Die Tür ist nicht abgeschlossen. Wir befinden uns schließlich nicht in einem mittelalterlichen Kellerverlies, sondern in einem modernen Konferenzzimmer der Landespolizeidirektion, in dem neben Verhören vermutlich auch Pressegespräche und Mitarbeitergeburtstagsfeiern stattfinden. Bröcki hätte einfach ganz zivilisiert die Tür öffnen und einen der Beamten draußen freundlich bitten können, doch entgegenkommenderweise die selbstverständlich notwendige Befragung zu beginnen. Aber zivilisierte, freundliche Menschen werden nicht Künstleragenten.

„Wenn die Sänger hier ihre Stimme verlieren und deswegen die Premiere der ‚Turandot' ins Wasser fällt, wird das disziplinarische Maßnahmen zur Folge haben!", röhrt Bröcki.

Idris Adoa hebt beschwichtigend die Arme. „Mir geht's gut", sagt er. Er ist ja auch nicht ins Wasser gefallen.

Genauso wenig wie Atlason. Der wirkt, als amüsiere er sich prächtig. Mir ist allerdings aufgefallen, dass er sich ganz gezielt zwischen mich und Adoa gesetzt hat.

So richtig schlecht geht es – mal abgesehen von mir Wassermonster – nur der Hundeentführerin mit den Schnittlauchhaaren. Die sitzt mir gegenüber und tropft vergleichsweise wenig, aber dafür blutet sie. Nicht wirklich schlimm, so doll habe ich sie nun auch wieder nicht mit der Stirn gegen das Tretboot geknallt, aber immerhin: Blutstropfen.

Mit kühlem Blick mustere ich die mausbraune Gestalt und beschließe, aktiv zu werden.

„Pauline Miller", stelle ich mich ihr jetzt offiziell vor, reiche ihr aber nicht die Hand. „Sie haben meinen Hund entführt."

In diesem Moment ist nicht wichtig, dass es gar nicht mein Hund ist, der da auf meinem Schoß fröhlich mit dem Schwänzchen wedelt. Noch habe ich keinem gesagt, dass es sich um Pogo van Dusen und nicht um Radames Miller handelt. Was anfänglich schockbedingt war, jetzt aber Absicht ist – bestimmt ist es ermittlungstechnisch von Vorteil, wenn die Entführerin nicht erfährt, dass sie danebengelangt hat.

Schuldbewusst und mit hängendem Kopf schaut mich die Dognapperin an. Das personifizierte schlechte Gewissen.

„Gertrud Haselbach", sagt sie und schnieft. „Es tut mir leid, aber es hat ihm wirklich an nichts gefehlt."

Wie zum Beweis stützt sich Pogo auf dem Tisch zwischen uns ab, reckt den Kopf weit nach vorn und versucht, ihr liebevoll über die Hand zu schlecken. Dass er sich dabei in der Entfernung völlig verschätzt und seine Zunge nur die Luft schleckt, lässt es nur umso zutraulicher wirken.

„Warum tun Sie so was? Warum nehmen Sie Menschen das Liebste, was sie haben?" Ich klinge so vorwurfsvoll, wie ich mich fühle.

Jetzt fängt Gertrud an zu heulen.

„Na, na, na", sagt mein Vater und tätschelt ihr unbeholfen die Schulter.

Bei mir stoßen ihre Tränen allerdings auf Granit. Auch wenn sie nicht so wirkt, als wäre es nur eine Masche, scheint mir ihr Heulsusentum doch eine bewusste Lebensentscheidung zu sein. Lieber die inneren Schleusen öffnen, als in die Hände zu spucken und aktiv zu werden.

„Hunde entführen, das kommt doch gleich nach Kinder entführen", herrsche ich sie an, obwohl ich persönlich ja finde, dass beide Verbrechen auf einer Stufe stehen. „Und dann auch noch für Geld!"

Gertrud heult heftiger.

Papa macht „Ts, ts, ts" und schaut mich an, als würde ich schlimmste Foltermethoden anwenden, die die Genfer Konventionen schändlich verhöhnten.

„I-ich h-hab doch anfangs nur genommen, w-was mir die Leute freiwillig gaben", schluchzt Gertrud. „I-ich bin doch so arm." Sie jault auf.

Wenn eine junge Frau gequält jault, setzt bei Männern der Beschützerinstinkt ein. Das hat die Natur so vorgesehen, dafür kann keiner was. Aber ärgern tut es mich trotzdem.

Atlason, Adoa und Papa überschlagen sich förmlich, der flennenden Gertrud Taschentücher zu reichen und ihr gut zuzureden.

„Beim allerersten Mal war es auch gar nicht geplant. Ich habe einen Labrador ganz verloren in der Nähe vom Sutterlüty-Ländlmarkt herumsitzen sehen und auf seinem Halsband seine Adresse gefunden und ihn nach Hause gebracht. Seine Familie hat mir fünfzig Euro gegeben. Fünfzig Euro!" Angesichts der Erinnerung wird sie fast andächtig. Ich muss mir große Mühe geben, mich an die Zeit zu erinnern, als fünfzig Euro noch richtig viel Geld waren.

„Und dann ..." Sie schnieft, aber schon etwas gefasster. „Und dann habe ich gedacht, dass ich doch niemandem wirklich schade. Ich habe kein Geld verlangt, ich hab's nur nicht abgelehnt, wenn die Leute es von sich aus angeboten haben."

„Aber irgendwann wurden Sie gierig", unterstelle ich ihr, weil es ja praktisch auf der Hand liegt.

Sie schüttelt den Kopf. „Nein, so war das nicht."

Der Wille zur Beichte liegt in der Luft. Selbst Bröcki hört auf zu krakeelen. Das könnte jetzt interessant werden.

„Schon beim dritten Hund ... wurde ich beobachtet", erzählt Gertrud stockend und pustet sich eine noch klamme mausbraune Strähne aus dem Gesicht. Eine süße Geste. Ich kann förmlich hören, wie Idris Adoa dahinschmilzt. Gertrud redet sich in Fahrt. „Die Frau ... sprach mich an ... und ich dachte, jetzt ist alles aus, jetzt muss ich ins Gefängnis ... aber sie hat mir vorgeschlagen, aktiv einen Hund von richtig reichen Leuten zu …" Ihr bricht die Stimme.

„Zu was? Zu zwangsadoptieren?", lästere ich.

Papa schüttelt vorwurfsvoll den Kopf.

„Vorübergehend aufzunehmen und zu verhätscheln und im Gegenzug einen angemessenen Betrag einzufordern." Jetzt stottert Gertrud nicht mehr. Was man vor sich selbst rechtfertigt, geht flüssig vonstatten. „Das ist wie damals bei Robin Hood. Von den Reichen nehmen, um selbst überleben zu können."

Der Satz hätte enden müssen mit: um es den Armen zu geben. Aber ich will jetzt nicht die Oberlehrerin heraushängen lassen. Mich interessiert viel mehr, wer das fiese Verbrecherhirn hinter diesem schurkischen Plan ist.

„Und wer ist diese Frau?", frage ich folglich.

Gertrud schaut auf.

Trommelwirbel. Natürlich nur innerlich, dafür umso lauter.

Bröcki, Papa, Atlason, Adoa und ich halten die Luft an. Nur die kleine Bulldogge hechelt wie blöd, weil Hunde über die Zunge schwitzen und es in diesem Zimmer mit Aussicht nicht nur heiß ist, sondern schwülheiß und tropisch, was unter anderem auch daran liegt, dass das viele Wasser in meinem Jogginganzug zügig verdampft.

„Ich kenne sie nicht näher. Sie heißt Nele, und sie ist …"

Da geht die Tür auf. „Sie da", sagt der Polizist und zeigt auf Gertrud, die Dognapperin. „Mitkommen."

„Jetzt nicht!", pampe ich den kernigen Vertreter der Obrigkeit an, der völlig ungerührt erwidert: „Doch, jetzt! Und zwar sofort!"

Die Nebel verdichten sich

Mein Radames ist ja ein großer Schweiger vor dem Herrn. Schon deshalb, weil er sehr viel Zeit damit verbringt, narkoleptisch herumzuliegen.

Pogo, die Französische Bulldogge aus dem Jutesack, ist das genaue Gegenteil. Ein großer Kläffer vor dem Herrn.

Wir sitzen wieder auf der Terrasse meiner Leih-Villa. Ohne Fondue, welches Yves schmerzlich vermisst hätte, aber seit der mit den Worten „Ich parke den Mercedes" davonfuhr, hat ihn keine Menschenseele mehr gesehen. Den Mercedes allerdings schon, der steht in der Garage neben der Villa, wo er hingehört. Theoretisch kann Yves also nicht weit sein. Aber zwischen Theorie und Praxis klafft ja oft ein Grand Canyon.

Statt der Schweizer Leibspeise steht eine ganze Batterie an Weinflaschen auf dem langen Holztisch. Einigen von ihnen ging es schon an den Korken.

Wir benötigen alle den Trost gegorener Getränke. Nur die Simians trinken nichts.

Ich trinke viel und schnell, weil es mich maßlos ärgert, dass man diese Gertrud weggeführt hat, bevor sie Details zu dem kriminellen Hirn hinter den Hundeentführungen preisgeben konnte. Selbst auf mein Insistieren hin bekam ich von den ermittelnden Beamten keine weiteren Auskünfte.

„Um die Hundeentführung kümmern wir uns später – Sie sehen doch sicher ein, dass der Mord Vorrang hat", wurde mir erklärt.

Das wäre der Moment gewesen, wo ich darauf hätte hinweisen müssen, dass es womöglich einen Zusammenhang zwischen der Hundeentführung und dem Mord gab – schließlich handelte es sich bei dem

Tötungsdeliktopfer um das Frauchen der entführten Bulldogge. Aber ich war so empört darüber, dass man Dognapping offenbar als Kavaliersdelikt betrachtet, dass ich mich trotzig in Schweigen hüllte.

Wegen der Hitze fächele ich mir jetzt mit einem Fächer im chinesischen Stil, den man im Festspielhausshop kaufen kann, Luft zu. Mittlerweile habe ich mich natürlich umgezogen und bin in ein Pucci-Sommerkleid in psychedelischen Farben geschlüpft.

„Un-ver-ant-wort-lich!", schimpft Laurenz Pittertatscher und lässt den nüchternen und ernüchternden Kriminaler heraushängen, obwohl er in der Linken einen Gespritzten hält. „Ihr hättet mich von der Entführung in Kenntnis setzen sollen. Wie konntet ihr nur auf die bescheuerte Idee kommen, die Geldübergabe allein durchzuziehen?"

Er wirkt wie ein schlaksiger kanadischer Holzfäller in einem der blau karierten Hemden, die er so liebt. Aber er ist nichtsdestotrotz ein gestandener Inspektor der Bundespolizei und hat uns – kaum dass man Gertrud weggebracht hatte – schon nach kurzer Befragung durch den kernigen Vertreter der Obrigkeit wieder nach Hause bringen können, weil er bei seinem Kollegen, mit dem er – wie sich herausstellte – seinerzeit zusammen die Berufsreifeprüfung abgelegt hat, ein gutes Wort zu unserem Leumund und unserem Charakter einlegte.

„Das hätte auch ganz furchtbar schiefgehen können!", ruft er uns nachgerade kassandrisch ins Gedächtnis.

„Das ist ganz furchtbar schiefgegangen", hält Bröcki dagegen. Sie hält zudem Pittertatschers freie Hand. Vor unser aller Augen. Ein deutliches Zeichen dafür, dass unser Abenteuer auch an ihrem Nervenkostüm nicht spurlos vorübergegangen ist. Ich sage ja immer, dass in dieser kleinen Person nicht nur ein Kern aus Granit steckt, sondern auch eine mikroskopisch kleine Gelee-Kapsel – dort, wo bei anderen Menschen das Herz sitzt.

„Ich kann nur wiederholen, dass ich keine Ahnung habe, wie ich das wieder geradebiegen soll, weder bei der Bregenzer Festspielleitung noch in der Öffentlichkeit." Sie funkelt mich böse an. Als ob alles meine Schuld sei.

Ich fächele ungerührt mit dem Fächer. Im selben Rhythmus, wie Pogo hechelt. Und kläfft.

Atlason und Adoa sind nach der Befragung ebenfalls mit zur Villa gekommen.

Der Isländer, dessen lange Haare frizzelig getrocknet sind und wie ein Afro in alle Richtungen abstehen, sitzt mir gegenüber. Auch sein Bart kräuselt sich wild. Er sieht aus wie ein Fellball auf einem Männerkörper. Wie Tier, der durchgeknallte, zottelhaarige Schlagzeuger aus dem Ensemble der Muppets. Nur noch zottelhaariger. Und durchgeknallter. Das muss an der jahrhundertelangen Inselisolation der Isländer liegen.

Adoa neben ihm, der als Nigerianer das Erstrecht auf einen Afro hätte, hat keinen, weil er die Haare rappelkurz trägt. Dafür ist seine dicke Hornbrille angelaufen. Zusammen wirken die beiden wie Charaktere aus einem Comicstrip.

Atlason schenkt Bröcki ein Lächeln. Insoweit man das durch die frizzeligen Barthaare sehen kann. Vielleicht fletscht er auch die Zähne. „Zerbrechen Sie sich wegen der Festspielleitung nicht den Kopf", sagt er. „Der Drache ist versichert. Und die Einzelprobe mit Frau Miller holen wir nach."

„Was für eine Einzelprobe?", fragen Bröcki und ich unisono. Die Zahl der Proben ist im Vertrag minutiös aufgelistet, und eine Einzelprobe war nicht dabei. Da bin ich mir sicher. Relativ sicher. Also schön, keine Ahnung, ich kann mich nicht erinnern.

„Die Einzelprobe mit mir, zu der Sie Ihre Zustimmung gegeben haben", sagt die Fellkugel.

„Ich habe zu keinem Zeitpunkt ...", fange ich herablassend an, aber dann fällt mir wieder ein, wie ich das Interview in der Festspielzeitung gelesen habe, anstatt seinen Ausführungen zuzuhören, und womöglich enthielten seine Ausführungen ja etwas von einer Einzelprobe. Durchaus denkbar. Jedenfalls ist mir jetzt wieder deutlich vor Augen und Ohren, wie ich auf eine Frage von ihm mit den Worten „aber natürlich" zu irgendwas meine Zustimmung gab. Das wird dann wohl die Zustimmung zur Einzelbetreuung gewesen sein. Ich verstumme abrupt.

Jetzt grinst Atlason wirklich. Man sieht seine strahlend weißen Zähne durch die wilde Bartzottelmähne blitzen.

„Du hast hinter meinem Rücken eine Probe vereinbart?" Bröcki legt die Stirn in Falten. Sie reagiert sensibel, wenn man in ihren Zuständigkeitsbereich eindringt.

Ich fächele schneller, sage aber nichts. Pogo passt sein Hecheln und sein grundloses Kläffen nun meinem Tempo an.

„Pauline, dein Hund verursacht mir Kopfschmerzen." Papa starrt schon die ganze Zeit auf sein Handy und hat bereits drei Glas Wein gekippt. Jetzt zieht er fröstelnd die Ecken der Fleece-Decke enger um die Schultern. Bestimmt hat er sich eine Erkältung eingefangen. Da er mich nicht „Princess" – also „Prinzesschen" – nennt, muss es ihm wirklich schlecht gehen. „Mach, dass er aufhört."

„Sofort, Papa." Ich drehe Pogo auf den Rücken und kraule ihm den Bauch. Er hört auf zu kläffen, aber das liegt nur am Überraschungsmoment. Wenn man Sie plötzlich packen und auf den Rücken drehen und Ihnen den Bauch massieren würde, wären Sie auch erst mal perplex.

„Soll ich Ihnen den Hund abnehmen?", bietet Simian an. „Meine Berührungen wirken nachweislich beruhigend."

„Danke, es geht schon." Im Grunde hätte ich Pogo ja gern aus der Hand gegeben, aber mich stört die Unterstellung, dass meine Berührungen nicht beruhigend wirken.

Wenn ich – hoffentlich bald – wieder mit Radames vereint bin, werde ich ihm nicht erzählen, dass keiner meiner Wegbegleiter, Freunde und Verwandten ihn jemals genau genug angeschaut hat, um zu wissen, dass er völlig anders aussieht als Pogo.

Es ist ernüchternd, dass das, was uns selbst wichtig ist, anderen völlig egal zu sein scheint.

Nur Doktor Simian schaut immer wieder intensiv zu Pogo. Aber gerade von ihm, der meinen kleinen Liebling tagelang für eine immense Summe mit – vermutlich aus Zucker und Mehl selbstgedrehten – Globuli therapierte, hätte ich weit mehr erwartet als intensive Blicke. Mehr so einen Aufschrei: „Wer ist dieser Hund?!"

Allmählich dämmert mir, dass Simian ein Schwindler ist.

Ich werde vorerst niemandem sagen, dass ich einen Fremdhund für teures Geld zurückgekauft habe. Geld, dem ich nicht hinterhertrauere. Einen Teil der Scheine hat die Wasserschutzpolizei einsammeln können, aber es sind Beweismittel und sie werden mir erst nach

Abschluss der Ermittlungen und gegebenenfalls nach Ende des Gerichtsverfahrens zurückgegeben.

Um das Geld ist es nicht schade.

Nur um Radames.

Ich bin nur deswegen so ruhig, weil mich ein inneres Ahnen überkommen hat. Nein, es ist mehr als eine Ahnung, es ist eine kühne, logische Schlussfolgerung, die eines Sherlock Holmes würdig wäre. Und sie lautet wie folgt:

Radames, der auf dem Anwesen immer frei herumlaufen darf, und Pogo, der auf dem Nachbargrundstück frei seine Runden dreht, sind doppelt verwechselt worden. Einmal von den Entführern und einmal vom Personal der toten Erbin. Das ist weiter nicht schwer. Sie wirken ohnehin wie Zwillinge, die man bei der Geburt getrennt hat – nur dass der eine etwas pummeliger ist und der andere Ohren wie Spock aus „Raumschiff Enterprise" sein Eigen nennt. Noch dazu trägt Radames eine rote Schleife und Pogo – erwähnte ich es schon? – eine rote Fliege. Eine Fliege und eine Schleife sind natürlich nicht dasselbe. Noch so ein Vorwurf an die Entführerin. Aber ja, beide sind rot, und in der Eile des Verbrechens kann man da verständlicherweise durcheinanderkommen.

Bestimmt hat das Personal von Tilla van Dusen – gestresst vom Verschwinden der Arbeitgeberin – meinen kleinen Radames irrtümlich eingefangen. Möglicherweise steht mein Radames in diesem Moment drüben in der Villa der toten Erbin an der Hintertür und hechelt und will zu mir zurück, kommt aber nicht raus, weil es keine Hundeklappe gibt. Oder, noch wahrscheinlicher, er liegt narkolepsiert-komatös im Foyer der Villa, weil er an unbekannten Orten eigentlich immer einen Anfall bekommt.

Nach kurzem Kraulen kläfft Pogo weiter. Weil das auch in Rückenlage geht.

„Bitte, lassen Sie mich", sagt Doktor Simian jetzt nachdrücklich und erhebt sich. „Eine entspannende Nackenmassage, eine kurze Edelsteintherapiesitzung, ein paar ätherische Öle und die richtigen Globuli – und schon haben wir wieder ein ruhiges, glückliches Hundetier."

Mir ist schleierhaft, was ich jemals in Doktor Simian gesehen habe. Jetzt wirkt er nur noch wie ein spleeniger Hungerhaken von einem Mann, der ständig Schwarz trägt, als sei er Bestatter, und der pseudoesoterische Albernheiten von sich gibt.

Seine Schwester, die – ohne Benjamini, dafür kerzengerade, als hätte sie einen Besen verschluckt – auf einem Gartenstuhl neben dem Hintereingang der Villa saß, als wir von der Polizei kamen, und mir seitdem überallhin hinterherläuft, das jedoch stumm, steht ebenfalls auf.

Mit ihren mageren Fingern will sie begehrlich nach Pogo greifen. Ich presse ihn beschützend an mich.

„Sie stecken dahinter, nicht wahr?", rufe ich anklagend.

Alle am Tisch verstummen.

„Sie, Frau Simian, Sie stecken hinter den Hundeentführungen. Und ihr Vorname lautet ... Nele!"

Der Vorname von Simians Schwester war das bestgehütete Geheimnis von allen. Zu keinem Zeitpunkt hatten sie oder ihr Bruder ihren Vornamen erwähnt. Gut, er hatte mich auch nie interessiert. Nicht die Bohne. Aber rückblickend war das doch verdächtig, oder etwa nicht?

„Nele Simian! Abkürzung für Cornelia Simian!"

Ich habe eins und eins zusammengezählt, und das Geheimnis gelüftet. Ich gehe ehrlich davon aus, dass sich Simians ... äh ... Schwester nun wie Rumpelstilzchen in den gefliesten Terrassenboden bohren wird.

Tut sie aber nicht.

„Was reden Sie denn da?", fragt sie mit klirrend kalter Stimme.

„Hä?", fragt ihr Bruder.

Frauen sind eben in allen Familien die besseren Kommunikatoren.

„Bei der Geldübergabe hat die Entführerin alles gestanden", platzt es aus mir heraus. „Und sie hat vor Zeugen geäußert, dass das verbrecherische Gehirn hinter den Entführungen Nele heißt. Laurenz, nimm sie fest", sage ich zu Pittertatscher „Sie ist der Kopf der Bande!"

Wäre dies eine Oper und stünde ich auf der Bühne, würde ich mich wie ein eiskalter Racheengel erheben und mit dem Finger auf sie zeigen. Weil die Oper mein Leben ist und mir die Dramatik im Blut liegt, tue ich genau das.

Aufstehen und zeigefingern.

Alle Köpfe wenden sich Frau Simian zu.

Auch der von Doktor Simian. Der Hundeheiler ist auf einmal totenbleich. „Aber ...", stottert er verwirrt, „meine Schwester heißt Mechthild."

Hm, das ist jetzt blöd.

Bröcki rollt mit den Augen.

Simians ... äh ... Schwester wirft ihrem Bruder einen Blick zu. Andere mögen diesen Blick einfach nur für einen Blick halten, aber ich kann Blicke lesen wie Grußkarten und weiß, dass sie ihm damit den Mund verbietet. Sag jetzt kein Wort, befiehlt sie ihm telepathisch.

„Ich bin mir ganz sicher ...", fange ich an, verliere den Faden, setze mich wieder, denke kurz nach und ändere die Richtung meiner Anklage. „Bei beiden Geldübergaben waren Sie in der Nähe", werfe ich ihr vor. Ich würde zu gern weiter zeigefingern, aber Pogo will sich aus meiner Umklammerung lösen, und ich brauche beide Hände, um ihn festzuhalten. Versteht sich von selbst, dass er dabei ununterbrochen kläfft.

Papa fasst sich an die Schläfen. „Ich muss mich hinlegen", sagt er, steht auf und geht.

„Ich war nicht in der Nähe", erklärt Mechthild Simian und äfft dabei meinen Tonfall nach. „Ich war nur auch in Bregenz. So groß ist die Stadt ja nun nicht. Man begegnet sich zwangsläufig ständig." Sie wirkt völlig relaxt. Was ich selbstverständlich darauf zurückführe, dass sie eine exzellente Schauspielerin ist.

Laurenz steht jetzt ebenfalls auf. Eigentlich erwarte ich, dass er Handschellen aus seiner Cordhosengesäßtasche zieht und sie der Simian anlegt. Aber Pustekuchen.

„Das war heute ein nervenzermürbender Tag. Für uns alle. Wir sollten jetzt auf unsere Zimmer gehen, bevor wir etwas sagen, was wir nicht zurücknehmen können." Seine Stimme klingt hypnotisch und einschmeichelnd, und womöglich verwandelt er zu Hause in Salzburg damit selbst Schwerstkriminelle in harmoniesüchtige Flauschekätzchen, aber in mir tobt es weiter.

Doktor Simian schien zwar höchst erstaunt, dass ich seine Schwester der Hundeentführung bezichtigte, aber die verräterische Totenbleiche seines ausgezehrten Gesichts sagt mir, dass die beiden ein schreckliches Geheimnis teilen. Es ist nur ein anderes Geheimnis.

Und ich werden ihnen auf die Schliche kommen, und wenn es das Letzte ist, was ich tue.

„Du hast recht", lenke ich, zu Pittertatscher schauend, ein.

Bröcki zieht beide Augenbrauen hoch. Sie kennt mich und weiß, dass ich niemals einlenke, solange ich nicht mit dem Schädel gegen eine Betonmauer knalle und bewusstlos zu Boden plumpse.

Ich falte den Fächer zusammen und stehe auf. „Gute Nacht, allerseits", trällere ich, betont ungezwungen.

Atlason will etwas sagen, aber ich bügele ihn nieder. „Machen Sie einen Individualbetreuungstermin mit meiner lieben Bröcki aus, Maestro", rufe ich und ziehe mich dabei, mit Pogo im Arm, Schritt für Schritt zurück. „Schlaft alle gut. Süße Träume. Das Schlimmste ist überstanden, alles wird gut. Tirili, tirila."

Und schon bin ich im Hausflur verschwunden. Während mir Bröcki, Pittertatscher, Doktor Simian, Mechthild Simian, Atlason und Adoa hinter immer noch angelaufenen Brillengläsern nachstarren.

Aber natürlich begebe ich mich nicht in meine Zimmerflucht.

Ich denke nämlich an eine völlig andere Flucht.

Ich halte dem kläffenden Pogo die Schnauze zu und wusele mit ihm nach unten und zur Hintertür hinaus und weiter zu der kleinen Pforte, die das Grundstück meiner Villa mit dem der toten US-Erbin verbindet.

Die Nacht senkt sich sachte über den Bodensee.

Der dämmrige Pfad von einem Anwesen zum anderen ist natürlich nicht beleuchtet, aber mir leuchtet das Licht der Glühbirne, die sich über meinem Kopf eingeschaltet hat, den Weg.

Die Glühbirne der Erkenntnis.

Der, wo …

Tilla van Dusen, ihr Name war Legende.

Also, nicht für mich.

Als wir bei der Begehung der Villa mit der Immobilienmaklerin auf der Terrasse standen und in Richtung Nachbargrundstück blickten, sagte mir der Name Tilla van Dusen – von der Maklerin fast ehrfürchtig ausgesprochen – nichts.

„Ehrlich nicht? Tilla van Dusen ist Ihnen kein Begriff?"

Ich schüttelte den Kopf.

Mein Leben besteht aus Oper und Mode. Ich kenne die Lebensdaten aller großen Komponisten und Modeschöpfer und könnte sie mühelos herunterrattern, während ich auf Zehenspitzen stehe und dabei ein Aquarell male (wenn es mir grundsätzlich möglich wäre, auf Zehenspitzen zu stehen oder etwas anderes als meine Nägel zu bemalen). Aber was sonst so in der Welt passiert, ist mir innerlich nicht so präsent. Man hat ja nun mal keine unbegrenzte Gehirnkapazität, da gilt es, eine vernünftige Auswahl zu treffen.

„Tilla van Dusen – damals noch Tilla Jonge – stammt aus ganz einfachen Verhältnissen. Zu Beginn des Zweiten Weltkriegs in den Niederlanden geboren. Später wurde sie wohl so etwas wie ein … nun, heute würde man es wohl It-Girl nennen", raunte mir die Maklerin zu, als ob sie gerade hochbrisante Staatsgeheimnisse preisgäbe und wir von der NSA mit Richtmikrofonen abgehört würden. „Sie soll in den Sechzigerjahren eine Affäre mit Aristoteles Onassis gehabt haben. Während er noch mit der Callas schlief und schon mit der Kennedy verheiratet war." Sie klang, als würde sie das gleichermaßen moralisch verwerflich und menschlich bewundernswert finden. „Er soll ihr fabelhafte Geschenke gemacht haben, heißt es. Pretiosen noch und nöcher. Nach seinem Tod hat sie einen amerikanischen Multimillionär namens Erik van Dusen geehelicht und die amerikanische Staatsbürgerschaft angenommen. Die Ehe blieb kinderlos. Van Dusen hat ihr dreißig Jahre später sein gesamtes Vermögen hinterlassen."

Ich schaute zu der zugegeben schnuckeligen Villa und fragte: „Warum hat sie sich mit all ihren Millionen dann ausgerechnet hier niedergelassen?"

Woraufhin mich die Maklerin ansah, als sei ich begriffsstutzig und überhaupt intelligenztechnisch weit zurückgeblieben. „Wo denn sonst?", fragte sie, nun wieder mit normaler Stimme.

Da fällt einem ja vieles ein. Hawaii. Die Südsee. Die Amalfiküste. Aber klar, warum eigentlich nicht der Bodensee?

Und vielleicht lasteten ja auf allen anderen Traumorten dieser Welt Erinnerungen an Ari Onassis und den nachfolgenden Millionärsgatten, und nur der Bodensee bot ihr einen unbeschwerten Neuanfang?

Während ich jetzt in der Dämmerung zum Grundstück der toten Tilla hinüberschleiche, werfe ich einen Blick auf den See.

Ja, in der Tat. Zauberhaft.

Ich kann die Schwäne sehen, die in Ufernähe majestätisch vorübergleiten. Die letzten Segelboote kehren in ihre Heimathäfen zurück. Das Wasser wogt wie ein riesiger, lebender Organismus.

Dann schaue ich zu dem Palast von Tilla van Dusen.

Dagegen ist meine Leih-Villa eine klapprige Bruchbude. Gewissermaßen das Billigbett eines Mitnahmemöbelhauses zum Selberbasteln im Gegensatz zu der stattlichen Schlafstatt eines Ludwigs XIV. aus Echtgold.

Ja, in so einem Prachtbau könnte ich es auch aushalten.

Wer mag das alles erben, jetzt, wo sie tot ist?

Kinder hatte sie ja offenbar keine.

Und in diesem Zusammenhang fallen mir die Simians wieder ein.

Doktor Simian, der Hundeflüsterer. Ist es Tilla ergangen wie mir? Obwohl mein wachbewusster Verstand, meine kritische Logik und mein gesunder Menschenverstand mir unisono wie ein griechischer Chor vorsangen, wie albern es doch sei, einen Hunde-Energetiker ohne jedwedes anerkanntes Zertifikat zu engagieren, freute sich mein Hundemutterherz, dass er meinem kleinen Liebling so gut zu tun schien.

Womöglich hat sich Tilla auch so gefreut. Noch mehr gefreut. Hat sie Simian per Testament als Alleinerben eingesetzt?

Langsam setzen sich die einzelnen Puzzleteile zusammen und ergeben ein erschütterndes Bild: Ist es nicht so gewesen, dass Simian seinen Vorschlag, meinen Radames rund um die Uhr intensiv vor Ort zu betreuen, erst dann zur Sprache brachte, als ich ihm erzählte, wo ich in Bregenz untergebracht sein würde?

Hatte er nicht selbst erwähnt, dass er am Bodensee noch einen anderen Hund betreue?

Hatte er nicht insistiert, dass seine Schwester ihn begleiten müsse?

War er gerade eben auf der Terrasse totenbleich geworden oder nicht, als ich von „seinem Geheimnis" sprach?

Vielleicht hatten Simian und Gertrud wirklich nichts mit den Entführungen zu tun. Aber die beiden haben, da bin ich mir jetzt sicher, Tilla von Dusen ermordet!

Tilla van Dusen, die ich nie zu Gesicht bekommen habe. Weil sie in völliger Abgeschlossenheit lebte – wie Greta Garbo. Oder wie Marlene Dietrich in ihren letzten Lebensjahren, damit ja keiner sehen konnte, wie sie alterte.

Die Grundstücke sind durch ein Eisengitter voneinander getrennt. Die Pforte ist allerdings nur mit einem Riegel verschlossen, den man problemlos anheben kann. Die Reichen müssen sich nicht voreinander schützen, nur vor denen, die weniger reich sind.

Der Garten der Erbin ist vergleichsweise verwildert. Der Besitzer meiner Leih-Villa hat einen Gärtner beauftragt, jede Woche – im Sommer auch mehrmals – vorbeizuschauen und die Anlage zu pflegen. Deswegen kann man bei uns optisch ansprechende Arrangements aus Magnolienbäumen und Hortensiensträuchern betrachten, zwischen denen sich kleine Steinskulpturen von einheimischen Künstlern tummeln. Meinetwegen mögen es auch Oleanderbäume und Buchssträucher und Skulpturen australischer Künstler sein, ich kenne mich in Flora und Fauna und Steinbildhauerei nicht aus. Was ich damit sagen will: Bei uns im Garten ist es ordentlich, bei Tilla im Garten sieht es aus wie in einer Studenten-WG aus lauter Jungs. Verwildert, fast schon versifft.

Ich brauche zwar keine Machete, um mir den Weg zur Villa frei zu schlagen, aber ich bleibe mit dem psychedelischen Pucci-Kleid, in das ich nach meiner Rückkehr geschlüpft bin, mehrmals an herabhängenden Zweigen hängen.

Pogo in meinen Armen erkennt die Gerüche seines Zuhauses und hört auf zu kläffen. Stattdessen hechelt er glücklich und fiept leise.

Als ich ihn absetze, galoppiert er jedoch nicht wie erwartet zur Villa. Ob er weiß, dass sein Frauchen tot ist und ihn nicht länger erwartet und er deswegen in Ruhe an einem bemoosten Stein neben dem Pfad schnuppern und ihn gleich darauf markieren kann?

Mich treibt derweil meine Hoffnung um.

„Radames, mein Schatz!", rufe ich.

Aber mein Kleiner ist nicht im Garten. Wäre ja auch zu einfach gewesen.

Ich kann Pogo nicht allein in der Dämmerung lassen, also nehme ich ihn – leergestrullert, wie er nun ist – wieder auf den Arm und trage ihn zum Haus. Die komplette Villa ist hell erleuchtet. Im Innern sehe ich ein paar Polizisten.

Klar, damit hätte ich rechnen müssen.

Vom Garten führen mehrere breite Stufen zu einer Veranda, auf der ein Tisch und ein paar Stühle stehen.

Mit meinem türkisfarbenen Schal binde ich Pogo an den Gartentisch. Er legt sich schnaufend ab und ist gleich darauf eingeschlafen. War ja auch ein enorm aufregender Tag für ihn. Rhythmisch hebt und senkt sich seine Brust. Zwischen den Bulldoggenlippen seiner platten Schnauze bildet sich eine kleine Sabberblase.

Hach, Hunde – man muss sie einfach lieben.

Ich gehe zu der Tür ein paar Meter weiter links, die offensichtlich zur Küche führt, und klopfe nachdrücklich.

Ein sehr bulliger Mann, den ich auf Mitte zwanzig schätze und der einen ausgebeulten Anzug von der Stange trägt, öffnet.

„Ja?" Er schaut nicht gerade unwirsch, aber freundlich geht anders.

„Ich bin Pauline Miller."

Das habe ich mir angewöhnt, weil ich mich fast immer nur in meinen Kreisen bewege. Also in Opernkreisen. Da kennt mich einfach jeder. Pauline Miller, das ist ein Begriff, ein Markenname. Wie Tempo. Oder Coca-Cola. Da muss man nicht drei lang, drei breit erklären, wer man ist. Das wissen die Leute.

Er hier aber nicht. Er schaut wie ein Omnibus und zuckt mit den Schultern. „Ja, bitte? Was kann ich für Sie tun?"

„Pauline Miller, Ihre Nachbarin. Ich wohne da drüben." Ich zeige auf meine Leih-Villa. Er nickt. Man sieht ihm an, dass ihm immer noch schleierhaft ist, was ich von ihm will.

„Und Sie sind?", frage ich.

„Niedlich", sagt er.

Jetzt sind wir quitt. Weil auch ich wie ein Omnibus schaue und mit den Achseln zucke. Wer, bitte schön, bezeichnet sich selbst als niedlich – noch dazu, wenn es so gar nicht stimmt?

„Mein Name ist Niedlich. Felix Niedlich."

Ich kann nur hoffen, dass ich meine Gesichtsmuskulatur unter Kontrolle habe. Oder dass das schwache Glühen der Außenleuchte nicht ausreicht, um das Zucken meiner Mundwinkel auszumachen.

Ein vierschrötiger Koloss, der Niedlich heißt. So durchs Leben gehen zu müssen ist eine ganz eigene Strafe.

„Meine Frau und ich führen Frau van Dusen das Haus und kümmern uns um den Garten", erläutert er.

Er und seine Frau kümmern sich um den Garten? Das nennt er kümmern? Wie würde dieser Garten ohne seine kümmernde Hand aussehen? Wie der südamerikanische Regenwald?

„Wen haben wir denn da?", ruft es hinter dem Koloss. Der tritt zur Seite, und auf einmal scheint es sehr viel heller, weil das Licht der Küche nach draußen fallen kann.

Vor mir materialisiert sich der kernige Kollege von Pittertatscher, der uns vorhin befragt hat. Wenn ich nur seinen Namen noch wüsste. Immerhin weiß er meinen.

„Die Frau Miller", ruft er. Es klingt fröhlich, aber sein Gesichtsausdruck ist eindeutig misstrauisch, beinahe schon vorwurfsvoll.

„Ich wohne nebenan." Als ob das eine Begründung wäre.

„Das weiß ich."

Wenn mir etwas peinlich ist, reagiere ich gern aggressiv. „Sind Sie hier überhaupt zuständig?", frage ich deshalb pampig.

Er grinst. „Wieso? Ist Ihr Besuch ein offizieller?"

Ich gucke verkniffen.

„Kommen Sie doch herein." Er geht voraus, der Koloss und ich folgen ihm in die Küche.

„Sie kannten Frau van Dusen also doch?", fragt der Inspektor, wohl wissend, dass ich noch vor wenigen Stunden jede Bekanntschaft hartnäckig geleugnet hatte.

„Nein!" Ich verschränke die Arme vor der Brust. Ich rieche doch, woher der Wind weht. Wer die Leiche findet, gilt immer als Hauptverdächtiger. Wobei die Leiche ja eher mich gefunden hatte. Noch genauer gesagt, nicht mich, sondern die Entführerin meines Hundes. Also, nicht meines Hundes, aber das führt jetzt zu weit ...

Apropos Entführung. Gute Ablenkung. „Wissen Sie jetzt, mit wem die Entführerin zusammenarbeitet?"

Der Inspektor – Gruber? Grieser? Greiner? Wenn ich mich nur an seinen Namen erinnern könnte! – nickt, sagt aber nichts. Der weiß genau, wie er mich gegen den Strich bürsten kann.

„Und?", helfe ich ihm auf die Sprünge.

Er will sich aber nicht helfen lassen, sondern biegt gesprächstechnisch ab. „Wenn Sie Frau van Dusen nicht kannten, was machen Sie dann hier? Ist das eine Art von Katastrophentourismus? Wollten Sie ein Selfie mit dem Haus der Toten schießen?"

Er schaut auf das Handy in meiner Hand. Ich habe mein Handy immer dabei. Auch im Bett. Ich bin handysüchtig.

„Nein. Ich trage mein Handy grundsätzlich bei mir. Ich bin wichtig und muss erreichbar sein."

Das war eine Spitze und auch als solche gedacht.

Er fängt sie im Flug auf und richtet sie gegen mich. „Wirklich wichtig ist man dann, wenn man nicht erreichbar ist. Für die Erreichbarkeit hat man ja seine Lakaien."

Einer seiner Lakaien, nämlich ein Streifenbeamter, tritt mit griesgrämigem Gesichtsausdruck ein. Wenn ich diesen Fatzke – Goller? Gabler? Geissenhuber? – zum Chef hätte, würde ich auch so dreinschauen.

Dankbar für die Ablenkung, setze ich mich auf einen der Küchenstühle. Die Küche ist riesig und sehr elegant, sieht aber steril aus. Als würde hier nie gekocht werden. Nicht nur sauber, sondern porentief rein, wenn Sie wissen, was ich meine.

„Der Anwalt sagt, dass alle der Versicherung gemeldeten Schmuckstücke vorliegen", verkündet der Beamte seinem Chef. „Der Safe wirkt unangetastet. Wir haben ihn geöffnet, und es fanden sich mehrere hunderttausend Euro sowie verschiedene Devisen darin."

„Ich hab doch gesagt, dass wir hier keinen Einbruch hatten", meldet sich der Koloss zu Wort.

Huh, aufregend! Da bin ich mitten in die Ursachenforschung geraten. Es war also kein Einbruchsdiebstahl in Verbindung mit einem Raubmord.

Mein Verdacht, dass es einer der potenziellen Erben gewesen sein muss, erhärtet sich. Weil ich Sängerin bin und mein Denkzentrum ohne Zwischenrelais direkt mit den Stimmbändern verbunden ist, platzt es gleich darauf aus mir heraus: „Wer wird denn ihre Millionen erben?"

Die drei Männer starren mich an.

Der Inspektor winkt den Beamten fort, der auch sofort den Raum verlässt. Unvorstellbar für mich – in einer Hierarchie arbeiten zu müssen, in der man seine natürliche Neugier auf das Wort eines Übergeordneten hin unterbinden muss. Das würde mich umbringen.

„Eine interessante Frage", sagt der Inspektor zu mir. Und zu dem Koloss: „Möchten Sie diese Frage beantworten, Herr Niedlich?"

Der Koloss wird rot. „Frau van Dusen hat keine engen Anverwandten mehr. Als Amerikanerin hat sie die Möglichkeit wahrgenommen, ihren Hund zum Alleinerben zu erklären."

Die spinnen, die Amis, denke ich. Ich darf das denken, ich bin Halbamerikanerin.

„Die Amerikaner sind eindeutig anders gestrickt als wir Europäer", bestätigt der Inspektor. „Wenn man bei uns tierlieb ist, dann vermacht man sein Vermögen dem Tierheim in Dornbirn und schenkt den eigenen Hund seinen Freunden oder Angehörigen, die ihn auch für lau nehmen, und gut."

Waren wir eben noch in unseren Bedenken gegenüber fragwürdigen Testamentspraktiken vereint, trennen sich hier unsere Denkwege. In meinem letzten Willen habe ich Radames nicht bedacht, er ist schließlich nur ein Hund, aber Bröcki; und ich habe ihr eine sehr, sehr erkleckliche Summe angedacht unter der Voraussetzung, dass sie Radames einen angemessenen

Lebensabend ermöglicht. Plan B sind meine Eltern. Seit ich allerdings weiß, dass keiner von denen irgendeinen beliebigen Kleinhund von meinem Radames zu unterscheiden vermag, also seit geschätzten vier Stunden, gärt es in mir. Vielleicht sollte ich mein Testament ändern!

„Frau van Dusens Hund trug allzeit ein immens wertvolles Hundehalsband", fährt Niedlich fort. „An dem Tag, an dem meine Frau und ich in Konstanz waren und an dem Frau van Dusen spurlos verschwand, trug der Hund auch ganz gewiss das Halsband. Vielleicht war es ja doch ein ..." Er schluckt schwer, es geht ihm sichtlich nahe. „... ein Raubmord, und die Täter hatten es auf das diamantene Hundehalsband abgesehen."

Mich stört ein wenig, dass er ‚den Hund' nie beim Namen nennt.

„Dann ist ... der Hund nicht hier?", frage ich, weil ich ja bis eben noch glaubte, mein Radames sei verwechslungsbedingt irgendwo hier eingesperrt.

„Nein." Niedlich schüttelt den Kopf. „Das habe ich doch gerade gesagt. Als wir aus Konstanz zurückkamen, waren Frau van Dusen und der Hund weg."

Ich muss an Pogo denken, den ich draußen an den Gartenstuhl angebunden habe. Mit meinem langen Schal. Und an dessen Halsband meine Fingerabdrücke zu finden sind. Haufenweise.

„Aha!" Der Inspektor kratzt sich das Kinn und erklärt im Brustton der Überzeugung: „Damit ist die Sache klar – der, wo den Hund hat, der ist der Mörder."

Jetzt bin ich es, die schwer schluckt.

Wo die Liebe hinfällt …
bleibt sie liegen und stellt sich tot

„Der, wo den Hund hat, der ist der Mörder."

Na wunderbar, danke. Soll ich ihm erklären, dass das eine fehlerhafte Schlussfolgerung ist? Oder soll ich aufstehen, die fortschreitende Uhrzeit vorschieben und verkünden, dass ich jetzt ins Bett müsse, und falls er noch Fragen habe, wisse er ja, wo ich zu finden sei?

Womöglich hätte er mich aufgehalten, aber da lugt ein Zivilbeamter durch die Tür und ruft: „Du, Herr Heinzl, kommst mal kurz?"

Heinzl! Ich wusste doch: irgendwas ganz nah dran an dem Buchstaben G.

Hüstel.

„Tja, danke, Frau Miller, für Ihr … Interesse." Heinzl lächelt süffisant. „Ich komme gegebenenfalls auf Sie zu."

Koloss Niedlich bringt mich zur Tür.

„Wann genau haben Sie denn …?", fange ich an, als ich schon draußen auf der Veranda stehe, und drehe mich um.

Er schließt die Tür vor meiner Nase.

„… Frau van Dusen das letzte Mal gesehen?", wollte ich fragen.

Dann eben nicht. Um Zeit zu schinden, tue ich so, als müsste ich die Riemen meiner römischen Sandalen neu schnüren. Im Knien schaue ich mich um. Hier draußen ist niemand. Der Schatten des Kolosses hinter der Küchentür verschwindet.

Keiner achtet mehr auf mich.

Leise schleiche ich mich zu dem schlafenden Pogo. Ist ja klar, dass er erst mal bei mir untertauchen muss. Bis dieser Heinzl den wahren Mörder gefunden hat und nicht länger denkt, jemand – genauer gesagt: ich –

hätte es auf das Diamantenhalsband abgesehen und dafür die alte Frau van Dusen ermordet.

Ich hebe Pogo hoch, und er schleckt mir im Halbschlaf reflexartig die Hand. So ein Süßer.

Auch wenn der Hund jetzt mehrfacher Millionär ist, kann er nicht für sich allein sorgen. Jemand muss ihm die Hundefutterdosen öffnen. Ist Simian dieser Jemand?

Auf mich wirkt der Mann asexuell, aber vielleicht hat er in der greisen Erbin etwas zum Klingen gebracht? Alleinstehende, alte Frauen sind leichte Beute. Man kann ihnen alles auf- beziehungsweise abschwatzen. Simian wirkt auf mich wie der Typ Mann, der dazu fähig ist.

Ja, wie ich es auch drehe und wende, alle Verdachtsmomente führen zu Simian!

Weil sich jetzt seitlich vom Haus, wo sich auch die Garage befindet, einige Beamte tummeln und ich mit Pogo nicht gesehen werden will, laufe ich nicht zurück zu der Eisenpforte, die die Grundstücke miteinander verbindet, sondern bewege mich im Slalom durch den verwilderten Garten in Richtung See.

Die Villen in dieser Straße haben alle direkten See-Zugang und folglich auch einen Bootssteg und die meisten auch ein Bootshaus. Die Wendung „leben wie Gott in Frankreich" müsste eigentlich umgeschrieben werden in „leben wie Gott am Bodensee".

Hier draußen ist es jetzt allerdings schon merklich dunkler und auch kühler. Ich drücke Pogo an meine Brust, damit mir der kleine Hundekörper Wärme abgibt.

Meine Leih-Villa hat kein Bootshaus, die Villa von Tilla aber schon. Das kleine reetgedeckte Holzbootshaus scheint mir förmlich zuzurufen: „Komm zu mir, schau herein, schnüffele ein wenig herum."

Ich bin nicht die Erste, die auf diese Idee gekommen ist. Das polizeiliche Absperrband legt Zeugnis davon ab, dass die Exekutive – natürlich, möchte man sagen – bereits selbst geschlussfolgert hat, dass eine Leiche, die man im See versenkt hat, womöglich in ihrem eigenen Boot aufs Wasser hinaustransportiert worden ist.

Aber so unverfroren, ein Absperrband zu schänden, bin ich nun doch nicht. Es wird mir nichts anderes übrig bleiben, als Bröckis Lover Pittertatscher so lange zuzusetzen, bis er sich freiwillig bei seinem Kollegen Heinzl erkundigt, wer die Betreuung des Alleinerben Pogo übernehmen wird und ob Tilla van Dusen mit ihrem eigenen Boot abtransportiert worden ist.

Nicht, dass mich das was anginge. Aber wissen will ich es doch.

Gerade biege ich auf den schmalen Kiesstreifen, der – um das Zaunende herum – zu meinem Leih-Grundstück führt, als ich es sehe.

Die amtliche Siegelmarke der Polizei an der Tür zum Bootshaus. Sie ist aufgerissen.

Ich trete näher und aktiviere die Taschenlampenfunktion meines Handys.

Wer dieses Siegel unbefugt beschädigt, ablöst oder unkenntlich macht oder den dadurch bewirkten Verschluss unwirksam werden lässt, macht sich strafbar.

Hehre Worte. Die irgendjemanden wenig beeindruckt zu haben scheinen.

Abrupt halte ich den Atem an.

Die Leiche wurde heute erst gefunden, das heißt, die Polizei kann das Siegel gerade eben erst angebracht haben. Wieso ist es dann schon gebrochen? Der Siegelschänder muss sich noch im Bootshaus befinden!

Mein Herz schlägt schneller.

Ist es der Mörder?

Hat er etwas vergessen? Seinen Latexhandschuh, seine Kettensäge, seine Giftphiole, seine Visitenkarte? Ich weiß nicht, wie man Tilla van Dusen vom Leben zum Tode gebracht hat. Erschossen, erdrosselt, erschlagen – keine Ahnung. Aber mir ist klar, dass jedes Tötungsdelikt Spuren hinterlässt. Und der Mörder weiß das auch.

In mir denkt es. Soll ich jetzt, so rasch ich kann, zur Villa laufen und Inspektor Heinzl verständigen? Oder auf meinem Handy die Notrufnummer wählen?

Da höre ich ein Stöhnen.

Pogo hört es auch. Er öffnet ein Auge. Ich halte ihm die Schnauze zu, bevor er kläffen kann, schleiche zum Bootssteg und binde ihn an einen der Holzpfosten, die aus dem Wasser ragen. Irgendetwas lässt ihn Witterung aufnehmen. Gut, dann ist er wenigstens abgelenkt und kläfft nicht verräterisch.

Ich laufe wieder zur Tür und presse mein Ohr an das verwitterte Holz.

„O Gott!", schreit es plötzlich.

Ich weiche zurück.

Im Bruchteil einer Sekunde muss ich eine Entscheidung treffen. Ich entscheide mich dafür, das Überraschungsmoment auszunutzen und die Tür aufzureißen.

Erst als ich genau das getan habe, kommt mir der Gedanke, dass es ja durchaus auch mehr als nur ein Mörder sein könnte und ich somit in der Unterzahl bin.

Es sind tatsächlich zwei Menschen. Aber sie sind nicht mit Töten beschäftigt, sondern mit dem genauen Gegenteil: Leben schaffen.

Kurzum, sie vögeln.

Auf den Holzdielen des Bootshauses.

Ich blicke auf den nackten, haarlosen Hintern von Yves DuBois – meinem Freund, meinem „Mann für alles", meinem Countertenorkollegen.

Unter ihm liegt eine Frau, die noch mal „O Gott" schreit. Da sie mir dabei in die Augen schaut, kann ich an ihrem Blick ablesen, dass ich das nicht als Hommage an meine Person werten darf, dass es auch kein orgastischer Entzückensschrei ist, sondern einfach ein Ausdruck des Schreckens, weil sie bei etwas ertappt wurde, was sie lieber geheim gehalten hätte.

Yves dreht den Kopf in meine Richtung und nuschelt „Merde".

Jeder andere hätte sich rücksichtsvoll abgewendet und den beiden die Diskretion geboten, sich voneinander zu lösen und ihre Scham zu bedecken.

Aber ich bin ja nicht jeder andere.

„Pauline!", sagt Yves und verharrt erst mal in seiner Begattungsposition. Da sein gesamtes Körperblut momentan in seinen unteren Regionen versammelt ist und sein Gehirn somit blutleer im Off-Modus tickt, muss ich mir notgedrungen Respekt dafür abringen, dass er mich erkannt hat.

„Ja, ich bin's."

Die Frau unter ihm tastet seitlich nach ihren Kleidungsstücken. Einem langen schwarzen Kleid mit weißem Kragen und einem weißen Häubchen.

Herrje, denke ich, ist sie etwa Nonne? Welche Höllenstrafen erwarten einen Katholiken, der eine Nonne verführt?

Yves kann im Grunde nichts dafür. Er ist einfach so unglaublich süß und sexy – und verströmt vermutlich geschossartig ganze Salven von Pheromonen, denen 99 Prozent aller Frauen einfach nicht widerstehen können. Eher 99,9 Prozent. Eigentlich gibt es nur zwei Frauen, die ihn nicht für ein Leckerli halten, das man vernaschen muss: Bröcki und mich.

Yves hat leider nie gelernt, auch einmal „Non!" zu sagen, wenn ihn wieder eine Frau in Begattungslaune anspringt. Und ich wette, nicht einmal Nonnen sind gegen seinen Pheromon-Charme gewappnet.

Weil ich ja kein Unmensch bin, greife ich mir eine verratzte Bootsdecke und werfe sie auf seinen blanken Hintern.

Die Frau unter ihm hat das Kleid übergestreift, und zu meiner Erleichterung stelle ich fest, dass es sich nicht um einen Habit handelt.

Yves schlingt die Decke um seine Hüften und richtet sich auf.

„Spionierst du mir nach?", fragt er, fast ein wenig gekränkt.

„Die Welt dreht sich nicht nur um dich", erkläre ich, während die junge Frau das Häubchen aufsetzt. „Hier geht es um Größeres."

Yves schnaubt. „Du schnüffelst schon wieder, was? Hast du denn aus deinen früheren Erfahrungen gar nichts gelernt?"

„Sie schnüffelt?", fragt die Frau. „Was denn? Farben, Kleber, Lösungsmittel?"

Yves kichert. „Mais non. Pauline hält sich für eine Art Poirot. Nur mit mehr Östrogen."

Die Frau wirft mir einen kritischen Blick zu. Mir schwant Düsteres, als sie sich auch noch eine Schürze umbindet.

„Aha, Niedlich!", sage ich nur.

Sie schaut auf und wirkt ertappt. „Stimmt. Woher wissen Sie das?"

Oi weh.

Ich sehe Yves an.

Der schaut mich an, dann Frau Niedlich, dann wieder mich. Offenbar versteht er nur Bahnhof. Mein hauseigener französischer Rammler weiß also nicht, dass er gerade ehebrecherisch die Frau eines muskulösen Zwei-Meter-Kolosses begattet hat …

Na bravo!

Schlafen, wachen, sorgen

Alfred Nobel, der Typ, der dem Preis seinen Namen gab, starb am 10. Dezember 1896 um vier Uhr morgens.

In Shakespeares „Maß für Maß" wird der Henker für vier Uhr morgens bestellt.

Am letzten Tag seines Lebens wartet der große Gatsby um vier Uhr morgens auf seine große Liebe, die nicht kommt.

Und es ist vier Uhr morgens, als ich mich schlaflos im Bett wälze und an Radames denke.

Ich war mir so sicher, dass er zum Nachbargrundstück gelaufen ist, wo sein Bulldoggen-Kumpel wohnte und er – von den Niedlichs oder womöglich von der Putzfrau – verwechselt worden ist und – statt Pogo – in dessen Echtgoldhundekörbchen verfrachtet wurde. Nein, eigentlich war ich mir gar nicht so sicher, ich habe es nur gehofft. Und an die Hoffnung klammert man sich ja bis zuletzt verbissen.

Meine Hoffnung hat sich allerdings als trügerisch erwiesen.

Radames, mein Schatz, wo bist du?

Ich sehe ihn vor mir, allein in der Dunkelheit, verängstigt, möglicherweise in einem narkoleptischen Dauer-Koma liegend, aus dem er nie wieder erwachen wird. Es ist quasi die lange Nacht der Katastrophenfilme – exklusiv auf meiner inneren Leinwand.

Irgendwann halte ich es nicht länger aus. Ich stehe auf und tigere durch das Schlafzimmer. Es ist ein prachtvolles Schlafzimmer mit Blick auf den See, aber die Pracht lässt mich ebenso kalt wie die Aussicht.

Egal, wie schlimm das Leben sein mag, morgens um vier erscheint es einem noch viel schlimmer.

Ich streife mir ein Negligé über mein Satinnachthemd und tapse auf den Flur. Wie alle gequälten Seelen kann ich mir unmöglich vorstellen, dass irgendjemand auf dem Erdenrund ruhig schlummern kann, während mich die Sorge verzehrt.

Aber es hat ganz den Anschein, als ginge das doch.

Vor Papas Zimmer bleibe ich stehen und höre gleichmäßiges Schnarchen. Im Zimmer von Yves herrscht Stille. Vielleicht ist er ja immer noch mit Frau Niedlich im Bootshaus zugange, wo ich die beiden zurückgelassen habe. Warum auch nicht? Er hat das Stehvermögen eines Duracell-Häschens. Was ich natürlich nicht aus eigener Erfahrung weiß, sondern in einem Dankesbrief an ihn gelesen habe, den ich einmal versehentlich öffnete.

Bröcki kommt mir in den Sinn. Mir ist sehr danach, ihren seelischen Beistand einzufordern, schließlich ist sie meine Agentin und bezieht von allem, was ich einnehme, fünfundzwanzig Prozent, da muss sie mir eigentlich auch von allem, was mich umtreibt, ein Viertel abnehmen. Aber die Vorstellung, dass ich nach Yves' nacktem Po auch noch den von Pittertatscher sehen könnte, hält mich davon ab, ihre Zimmertür zu öffnen.

Im anderen Flügel schlafen Doktor Simian und seine ... äh ... Schwester. Höre ich dort nicht Schritte? Mir egal, da gehe ich ganz sicher nicht hinüber. Die beiden sind mir ja schon bei Tageslicht unheimlich. Nachts wachsen denen zweifellos Werwolffangzähne und Klauen.

Unten ist die Küche, aber was soll ich da? Mit der Nespresso-Maschine stehe ich auf Kriegsfuß – verflucht seist du, George Clooney! –, aber Kaffee nach altmodischer Art aufzubrühen ist mir jetzt zu aufwendig.

Ich gehe zurück in mein Zimmer und quietsche auf, als etwas an meinem Knöchel vorbeihuscht. Aber es ist keine Ratte, sondern Pogo. Zielstrebig wuselt er zu meinem Bett, springt hoch und kuschelt sich in die noch warme Kuhle, die mein Körper dort hinterlassen hat. Als hätte er nur darauf gewartet, endlich einen angemessenen Schlafplatz zu ergattern – vulgo: das Power-Bett der Alpha-Hündin.

Na gut, dann kuschele ich eben mit einem Fremdhund. Ich schließe die Tür sicherheitshalber ab, lösche das Licht und lasse mich schwer neben Pogo auf das Bett plumpsen. Ich stöhne theatralisch, aber Theatralik macht keinen Spaß, wenn niemand außer einem Hund zuschaut – und auch der nur mit einem halben Auge.

Höre ich Schritte draußen auf der Treppe? Nein, es schlafen ja alle.

Vier Uhr fünfzehn, sagt das Leuchtzifferblatt meines Bubble-Alarm-Reiseweckers auf dem Nachttisch. In New York ist es jetzt sechs Stunden früher. Ich könnte eine alte Freundin anrufen und mich von ihr trösten lassen. Wenn ich eine hätte. Aber ich war immer zu sehr mit meiner Karriere beschäftigt, um echte Freundschaften zu pflegen. Und auf oberflächliche Tröstungsversuche ehemaliger Sangeskolleginnen habe ich keine Lust.

Zur Sorge um meinen kleinen Hundeschatz Radames kommt jetzt noch das Selbstmitleid. Wieso habe ich keine Freundinnen? Warum mag mich niemand? Was mache ich falsch? Ist mein Leben sinnlos? Ja gut, ich lege gerade eine sensationelle Karriere hin, um die mich viele beneiden, aber ein voller Terminkalender ist ja noch kein erfülltes Leben.

In meinem Jammer habe ich das Gefühl, dass jemand am Türknauf dreht. Aber zweifelsohne spielt mir nur das Mondlicht, das durch die offenen Fenster fällt, vor denen sich die Vorhänge im Wind bauschen, einen Streich.

„Warum?", rufe ich dem Türknauf entgegen, der augenblicklich erstarrt. Mehr noch rufe ich es den Schicksalsgöttern entgegen.

So depressiv-suhlend bin ich sonst nicht, es muss an der Uhrzeit liegen. In der Nachttischschublade wühle ich nach einer Mozartkugel, aber ich habe meinen Vorrat schon aufgegessen. Das empfinde ich als weiteren gezielten Schlag des Schicksals.

Ich lasse mich rücklings aufs Bett fallen und starre zur Decke hoch.

Radames, halte durch! Frauchen eilt dir zu Hilfe!

Das ist mein letzter Gedanke, dann bin ich eingeschlafen.

Sprezzatura!

Mutig voran. Mit Sprezzatura.

Ein Begriff, den ein italienischer Höfling in der Renaissance prägte und der ausdrücken will, dass man alles mit Leichtigkeit angehen soll. Mühelos.

In dieser Stimmung springe ich am nächsten Tag aus dem Bett. Genauer gesagt springe ich nicht aus dem Bett. Ich wache so auf, wie ich eingeschlafen bin: Ich liege mittig auf der Zudecke, und meine Beine hängen über den Rand. Das nimmt mir mein Rücken übel – er schmerzt. Schnelle Bewegungen des Körpers sind also nicht drin, aber dafür bin ich im Kopf so fit wie lange nicht.

Noch mit bettknittrigem Wuschelkopf und im Negligé laufe ich zu dem altmodischen weißen Schminktisch, den ich zu meinem Schreibtisch umfunktioniert habe und auf dem mein MacBook Air steht. In Windeseile setze ich die Idee um, mit der ich aufgewacht bin. Eine brillante Idee, wenn ich das selber sagen darf. Ebenso herausragend wie unfehlbar.

Eine Viertelstunde später ist alles erledigt. In mir jubiliert es. Mein Plan muss einfach von Erfolg gekrönt sein! Was einem im Traum einfällt, wurde einem doch gewissermaßen von den Göttern zugeflüstert ...

Ich stakse mit immer noch schmerzendem Rücken zur Schlafzimmertür, entriegele sie, reiße sie auf und brülle ins Treppenhaus: „Bröcki! Yves! Hierher!"

Draußen scheint die Sonne. Rasch husche ich ins Bad, aber als ich – leergepinkelt, katzengewaschen, notdürftig frisiert – wieder herauskomme, steht nur einer in meinem Schlafzimmer: Pogo.

Er wackelt mit seinem Mini-Schwänzchen und will gekrault werden. Im Diamanthalsband unter seiner Fliege fängt sich das Sonnenlicht.

Ich nehme ihn auf den Arm und laufe die Treppe nach unten ins Esszimmer. Es ist erstaunlicherweise erst acht Uhr. Ich kann mich nicht erinnern, wann ich das letzte Mal vor ... äh ... neun Uhr morgens wach gewesen wäre. Und noch dazu putzmunter und fidel, obwohl ich nachweislich nur drei Stunden geschlafen habe.

Wer wie ich in aller Regel mitten in der Nacht zu Bett geht, der fällt nicht mit dem ersten Hahnenschrei aus den Federn. Darum hatte ich auch keine klare Vorstellung davon, was mich im Esszimmer erwarten würde.

Da wartet, wie sich herausstellt, nichts. Nicht mal Kaffee.

An jedem anderen Tag hätte mir das die Laune verhagelt, doch nicht so an diesem Morgen.

Ich gehe mit Pogo in die Küche. Bröcki steht vor dem Herd – auf der Klapptrittleiter, die sie überallhin mitnimmt, um autark in einer Welt zu sein, die für doppelt so große Menschen konzipiert ist. Sie schlägt am Rand einer Pfanne Eier auf.

„Was willst du denn schon hier?", brummt sie.

Bröcki ist auch kein Morgenmensch.

„Ich will Frühstück. Für mich bitte Rührei mit Kräutern", antworte ich und pflanze mich an den Küchentisch.

„Und ich will den Weltfrieden und ein Heilmittel für Schnupfen, Herpes und Ebola", sagt Bröcki. „Aber das ist genauso illusorisch."

„Wieso denn?", bocke ich. „Du machst doch eh gerade Eier."

„Aber nicht für dich, sondern für meinen Pittitatschi."

„Dann wirf halt ein Ei mehr rein und gib mir eine Ecke vom fertigen Rührei ab", verlange ich.

„Bin ich deine Küchenfee? Nein, ich bin deine Agentin. Mach dir deine Eier selber." Bröcki bleibt hart. Wäre sie eine Waschmaschine, sie hätte definitiv keinen Gang für Feinwäsche. Dabei weiß sie genau, dass ich nicht kochen kann. Wirklich nicht, das ist nicht nur so dahingesagt. Ich kann nicht mal Wasser heiß machen. Das ist die einzige Konstante in diesem riesigen, sich ständig verändernden Universum: die Tatsache, dass ich nicht kochen kann, es noch nie konnte und auch nie können werde.

Ich schmolle. Aber an einem so herrlichen Tag wie heute halte ich das nicht lange durch.

„Bröcki, du musst mir heute helfen. Ich habe gerade eben auf Twitter und Facebook und über meinen Newsletter an alle Opernblogger bekannt gegeben, dass mein Radames abgängig ist. Den Finderlohn habe ich auf 25.000 Euro erhöht. Wer ihn gefunden hat, soll sich ab zehn Uhr hier melden. Ach ja, und eine Suchmeldung auf Laendleanzeiger.at habe ich auch noch geschaltet."

Ich strahle.

In Zeitlupe dreht sich Bröcki zu mir um. „Du hast was getan?"

Mir ist klar, dass sie die Frage rhetorisch meint und akustisch sehr wohl verstanden hat, darum lächele ich nur breit weiter.

Auch bei neuerlichem Nachdenken gefällt mir meine Idee ausnehmend gut. Es ist mir gestern gelungen, Pogo vom Grundstück der toten Erbin zu bringen, ohne dass Frau Niedlich oder sonst wer, der ihn kannte, ihn gesehen hat. Und bei mir im Haus leben ja nur ahnungslose Nicht-Hunde-Liebhaber, von denen keiner mitbekommen hat, dass ich im Besitz des nunmehr millionenschweren Pogo bin.

Der mir gerade wild den Hals schleckt. Das ist aber keine Liebe, das ist Hunger.

„Wieso, bitte schön, schaltest du eine Suchmeldung für deinen Hund, wenn der hier in der Küche sitzt und unappetitlich an dir herumzüngelt?" Bröcki stemmt die Hände in die Hüften.

„Das ist nicht mein Hund. Und du darfst es ruhig als Zeichen meiner innigen Freundschaft zu dir verstehen, dass ich dir keinen Vorwurf mache, wenn du meinen Radames nicht von Pogo van Dusen unterscheiden kannst."

Ich stehe auf und gehe zu dem Schrank mit dem Hundefutter. Dosen öffnen kann ich. Der Hungertod steht mir also nicht bevor, auch wenn ich nicht kochen kann. Allerdings habe ich zwar mehrere Kisten hochwertigstes Hundefutter aus den USA mitgebracht – Radames frisst nichts anderes, mal abgesehen von Medium-rare-Filetsteaks ... und von allem, was ihm meine Hausgäste von ihren Tellern abgeben –, aber selber essen möchte ich das Premiumhundefutter nun auch wieder nicht.

Für Pogo leere ich eine Dose Hühnchen mit Gemüse auf einen Teller. Den Napf von Radames will ich ihm nicht geben – das wäre ein Sakrileg, ein Verrat an meinem Hundefreund, fast so etwas wie das Eingeständnis, dass ich ihn womöglich nie mehr wiedersehe.

„Wa-as?", stammelt Bröcki.

„Das hier ist Pogo, der Hund von Tilla van Dusen. Die Entführerin hat sich vertan."

„Und wo ist dein Radames?"

„Keine Ahnung. Deswegen habe ich ja die Suchmeldungen aufgegeben." Ich sage das langsam und dezidiert, wie man eben so mit Begriffsstutzigen redet.

Pogo freut sich über das Frühstück und versucht, den kompletten Doseninhalt auf einen Haps hinunterzuschlingen.

„Du hast aber doch wohl nicht die Adresse der Villa in aller Öffentlichkeit kundgetan?", hakt Bröcki nach.

„Doch." Ich nicke. „Wie sonst sollen die Finder von Radames meinen kleinen Süßen zurückbringen?"

„Aaaaah!" Bröcki schreit ihre Genervtheit an die Decke und reckt die kurzen Arme. „Wie kann man so blöd sein?"

„Das war nicht blöd." Ich lasse mich nur ungern kritisieren.

„Was war nicht blöd?", fragt Papa und kommt in die Küche.

Ich laufe zu ihm – was man mit verspannter Rückenmuskulatur eben so laufen nennt –, und gebe ihm einen Kuss. Endlich einer, den ich ganz gewiss auf meiner Seite weiß. „Papa, geht es deiner Migräne besser? Machst du mir Rührei? Bitteeee?"

„Kann nicht." Er schüttelt den Kopf. „Ich muss in die Stadt."

„Was willst du denn in der Stadt?"

Jetzt erst fällt mir auf, dass der Althippie von gestern einem gereiften Hipster von heute gewichen ist. Er hat die Haare nach hinten gegelt und den Bart gestutzt und gestriegelt. Dazu trägt er einen beigefarbenen Dreiteiler und geschlossene Schuhe. Ein völlig anderer Mann steht vor mir. Das ist nicht mehr mein Vater im Urlaubs-Modus, das ist mein Vater, wenn er jemanden beeindrucken will.

„Ich habe Dinge zu erledigen, Princess. Zerbrich dir nicht den hübschen Kopf. Bis später, meine Kleine." Ganz wie früher kitzelt er mich am linken Ohrläppchen und drückt mir einen Kuss auf den – nicht vorhandenen – Scheitel. Wie aufs Stichwort klingelt es an der Haustür.

„Das ist mein Taxi", sagt Papa und geht. Unter anderen Umständen hätte das meine Neugier geweckt, aber nicht heute.

Bröcki hat unterdessen auf ihrem Handy meine Facebookseite aufgerufen. „Bist du von allen guten Geistern verlassen?", ruft sie, als die Küchentür hinter meinem Vater zufällt. „Boston Terrier entlaufen. Hört auf den Namen Radames. Finderlohn 25.000 Euro. Abzugeben bei ..." Sie liest meinen Eintrag laut vor. „Mit Foto!" Anklagend dreht Bröcki mir die Display-Seite ihres Handys zu.

„Ja natürlich mit Foto. Die Leute müssen Radames doch erkennen können, wenn sie ihn mir zurückbringen sollen."

„Aber doch nicht in die Villa! Du bist völlig meschugge. Das lockt doch nur Spinner und Stalker und durchgeknallte Fans hierher. Warum hast du sie nicht ins Festspielhaus bestellt?"

Das war dumm, das wird mir jetzt auch klar, aber nun ist es zu spät.

„Und was soll das heißen – ab zehn Uhr? Um zehn Uhr kommt Atlason mit dem Pianisten, und ihr probt hier."

„Hä?" Mein Magen knurrt. Ich muss mich verhört haben.

„Hast du das vergessen?" Bröcki presst die Lippen zusammen. „Natürlich hast du das vergessen. Die Intensivbetreuung durch den Dirigenten? Der dir seine musikalische Vision einimpfen möchte?"

„Ach das." Ich wische es mit einer lässigen Handbewegung beiseite.

Weniger lässig stecke ich den Gedanken weg, der mir gerade kommt: Was, wenn Heinzl oder ein anderer Polizist den Aufruf mitbekommt und sich fragt, welchen Hund ich dann vom Revier mitgenommen habe? Ich lege die Stirn in Falten. Aber nur kurz. Diese Brücke überquere ich, wenn ich vor ihr stehe. Und wenn die Polizei die sozialen Netzwerke durchkämmt, dann ja nicht auf der Suche nach Schoßhunden.

„Ehrlich, Pauline, was ist mit deiner Arbeitseinstellung passiert?", ruft Bröcki. „Singen war für dich das Größte, das Einzige, das Beste auf der Welt! Und jetzt? Woher kommt diese Laschheit? Wo ist deine Konzentration auf das Wesentliche geblieben?"

„Ich bin nicht lasch. Ich schaue nur über den Tellerrand", erkläre ich nachdrücklich. Und laut. Weil mein Magen schon wieder knurrt.

Bröcki lässt nicht locker. Das ist der Pitbull in ihr. Einmal in die Wade verbissen, immer in die Wade verbissen. „Für dich mag die ‚Turandot' in Bregenz nur eine Randnotiz deiner Karriere sein, aber die Leute hier investieren ihr Herzblut. Opernfreunde aus aller Welt pilgern hierher und wollen begeistert werden! Diese Begeisterung purzelt nicht vom Himmel, die will erarbeitet sein."

In den hintersten Windungen meines Gehirns sitzt eine däumlingskleine Pauline und nickt dazu. Sie verkörpert mein Gewissen als Künstlerin. Mini-Pauline weiß, dass Bröcki recht hat. Irgendwie bin ich nicht – wie sonst immer – zu 150 Prozent dabei.

Die Kunst duldet jedoch keine Halbherzigkeiten. Ach was, nicht nur die Kunst – das ganze Leben. Was man macht, sollte man richtig machen. Mit Haut und Haar und Herz.

Der Moment dräut, in dem ich Bröcki recht geben müsste – was einem historischen Präzedenzfall gleichkäme –, aber ich werde gerade noch vor der Kapitulation gerettet.

Doktor Simian tritt nämlich ein. Wie immer trägt er einen schwarzen Einteiler und sieht aus wie Dracula. Er ist aber kein Vampir, weil er in der Sonne stehen kann, ohne zu brutzeln.

So wie jetzt.

„Guten Morgen, die Damen", sagt er, geht zu Pogo und kniet sich neben den Hund.

Pogo schenkt ihm weiter keine Beachtung. Mit rotierendem Schwänzchen steht er vor dem Hundefutterhaufen, über den er sein weit aufgerissenes Maul gestülpt hat. Hunde mit mehr als einer Gehirnzelle hätten inzwischen realisiert, dass sie den kompletten Inhalt der Dose nicht in einem Stück runterschlingen können, und hätten angefangen, sich des Hühnchens mit Gemüse in mehreren Bissen zu bemächtigen.

Nicht so Pogo. Ein Hund von einzigartiger Entschlossenheit, den einmal beschrittenen Weg auch zu Ende zu führen. Er lebt das, was Bröcki gerade eben noch als Konzentration auf das Wesentliche beschrieben hat. Konzentration ist aber kein Wert an sich. Man muss sie flexibel einsetzen können. So wie ich das tue.

Mein Magen knurrt erneut. Sosehr es mir widerstrebt, ich habe keine andere Wahl.

„Doktor Simian", fange ich betont harmlos an. „Sie haben doch bestimmt auch Appetit. Wollen Sie uns nicht ein köstliches Rührei zaubern?"

Simian richtet seine hagere, lange Gestalt auf, was ewig dauert. Er scheint sich gar nicht von Pogo lösen zu wollen. Hat er jetzt endlich doch bemerkt, dass es sich um einen anderen Hund als den meinen handelt? „Es tut mir leid", sagt er, „heute ist mein Heilfasttag."

„Ihr was?" Ich betrachte ihn misstrauisch. Wegen des Hundes. Und wegen des Fastens.

„Einmal die Woche betreibe ich reinigendes Heilfasten nach Sri Gautam Sharma Sumatran. Für mich gibt es heute nur Wasser und Kurkuma-Einläufe." Er nimmt eine gelbe Flasche aus dem Gewürzregal, lächelt und zieht von dannen.

Es schüttelt mich. Wieso denkt einer, der sich ohnehin vegan, glutenfrei, sojafrei, antibiotikafrei, fettfrei und organisch ernährt – der also quasi von nichts anderem als Eiswürfeln lebt –, er müsse auch noch heilfasten? Noch dazu mit Einläufen? Ich bin froh, dass er und seine... äh ... Schwester ein eigenes Badezimmer haben. Das Problem meines knurrenden Magens ist damit aber immer noch nicht gelöst.

Bröcki häuft das Rührei mit Schinken, das sie zubereitet hat, auf einen vorgewärmten Teller.

„Wo bleibt Yves?", frage ich nölig. Wenn ich nicht bald Kaffee und etwas zu essen bekomme, könnte meine gute Laune glatt kippen.

„Der ist abgereist."

„Der ist was? Wie bitte?" Schock schlägt Hunger. „Abgereist?"

„Ja. Ist gegen Mitternacht mit gepackten Koffern an mir vorbeigelaufen. Hat dabei ständig über die Schulter geschaut, als ob er damit rechnen würde, dass ihn gleich irgendwelche Räuber aus dem Hinterhalt anspringen."

Aha. Offenbar gab es keine lange Nacht des Duracell-Rammelns. Frau Niedlich muss Yves das Foto ihres angetrauten Grizzlys gezeigt habe, woraufhin Yves sein Heil in der Flucht suchte. Zwar ist Yves ein großer Freund von Körperkontakt, aber nur von der Hüfte abwärts, nicht, wenn es um fliegende Fäuste geht.

Bröcki garniert das Rührei mit Petersilie und stellt den Teller auf ein Tablett. Das tut sie doch absichtlich. Um mich zu quälen.

Ich brumme unleidlich.

„Hast du eine Ahnung, was mit ihm los sein könnte?", fragt sie.

„Mit wem?"

„Mit Yves!"

Vor meinem inneren Auge taucht das Bild auf, wie der massige Herr Niedlich den zart gebauten Yves mit einem Schlag seiner Rechten ungespitzt in den Boden rammt.

„Nein", schwindele ich. Der Schock schwindet, und der Hunger kehrt zurück.

Mal überlegen. Wer ist sonst noch im Haus?

Es klingelt an der Haustür.

„Mach du auf. Ich muss meinen Pitti füttern, damit er groß und stark bleibt." Vorsichtig trägt Bröcki das Tablett zur Tür.

„Willst du gar nicht wissen, welche Geschichte hinter den vertauschten Hunden steckt?", rufe ich ihrem Rücken hinterher.

„Nein."

Bröcki, wie sie leibt und lebt. Kurz überlege ich, ob ich ihr anbieten soll, ihr das abzunehmen – das Gleichgewicht beim Treppensteigen zu halten, wenn sie beide Hände voll hat, ist für sie nicht ganz einfach. Aber ich kenne mich. Wenn ich Hunger habe, bin ich nicht ich selbst. Ich würde ihr das Tablett zwar abnehmen, aber nicht zurückgeben, sondern mich damit in meinem Zimmer einschließen und das Rührei futtern.

Seufzend lasse ich sie ziehen und gehe nachsehen, wer da so früh stört. Oder ... Moment mal ... könnte das schon der Finder von Radames sein? Mein Schritt wird schneller.

Auf dem Weg zur Haustür nehme ich mir fest vor, endlich richtiges Hauspersonal einzustellen. Leute, die vielleicht nicht meine Freunde sind, die mir aber widerspruchslos Rührei zubereiten, wenn mich danach verlangt.

Vor der Tür bleibe ich kurz stehen, hole tief Luft und schicke ein kurzes Stoßgebet nach oben.

Und falls sich meine größte Hoffnung nicht erfüllt, dann möge es doch wenigstens ein Rührei-Bote sein, den Papa von unterwegs bei Lieferando bestellt hat!

Hauptsache, es ist nicht Inspektor Heinzl, der mich inquisitorisch verhören will.

Aber es ist ...

... Arnaldur Atlason.

Ein sichtlich veränderter Arnaldur Atlason.

Das Schicksal hat sich sicher etwas dabei gedacht, als es meinen Vater heute in aller Herrgottsfrühe zum biederen Bürger werden ließ und dafür Atlason in einen wackeren Outdoor-Burschen verwandelte.

Der Isländer trägt die langen Haare offen, jedoch nicht mehr so frizzelig wie am Vortag, mehr so – Schockschwerenot! – geföhnt, weswegen er auch weniger einem zotteligen Fellball ähnelt und mehr einem kriegerischen Wikinger in einer billig produzierten Fernsehserie. Dazu verwaschene Jeans, ein weißes Leinenhemd mit diversen Kettchen um den Hals sowie an den Handgelenken und schwarze Franziskanersandalen.

Sein Blick gleitet über meinen Körper.

Ja nun, was soll ich sagen? Ich kenne diese Blicke. Männer wissen meine Rundungen zu goutieren. Und in meinem Negligé sehe ich ja auch wirklich knackig und zum Anbeißen aus.

„Sie sehen scheiße aus, Pauline", sagt Atlason. „Das muss der Stress wegen der Entführung sein. Aber bis zur Premiere kriegen wir das schon wieder hin."

Mein Unterkiefer verkrampft sich.

Atlason zwängt sich an mir vorbei und geht in Richtung Küche. „Ich bin etwas früher dran, aber Sie sind eh schon auf, dann passt das ja."

Ich war noch nie in Island. Folglich kann ich nicht sagen, ob zwei Stunden vor dem vereinbarten Termin aufzutauchen dort gängige Praxis ist oder ob Atlason mit dieser Masche auch bei seinen Landsleuten als einer gilt, der es nicht abwarten kann und an Silvester auch immer schon um 23 Uhr 45 die erste Rakete hochgehen lässt.

Er spaziert durch das große Foyer der Villa, mehr als selbstsicher, fast schon selbstverliebt. „Wollen Sie sich nicht lieber anziehen? Ich mache uns so lange Kaffee. Haben Sie schon gegessen? Wenn Sie mögen, brutzele ich schnell eine Kleinigkeit. Ich bin ein Rührei-Gott."

Hat er das gerade wirklich gesagt? Oder habe ich vor lauter Hunger schon auditive Halluzinationen?

Wie eine Ratte dem Rattenfänger von Hameln laufe ich ihm hinterher in die Küche. Tatsächlich, er öffnet die Kühlschranktür und holt die Eierschachtel heraus.

Pogo steht immer noch vor dem Teller mit dem Hundefutter, aber sein Schwänzchen rotiert nicht mehr. Ihm ist offenbar klar, dass es so nicht geht, aber er findet keine Lösung. Ich hebe Hund und Teller hoch. „Dann gehe ich jetzt duschen", sage ich.

Atlason sagt nichts, nickt nur.

Unfassbar. Er will mich bekochen. In diesem Moment ist er mir fast wieder sympathisch. Aber nur fast. Den prickelnden Gedanken an unseren ersten Kuss vor der Herrentoilette im Festspielhaus verdränge ich trotzdem sofort. Nachdrücklich.

Vielleicht hätte ich im sagen sollen, dass er sich Zeit lassen kann. Es soll ja Frauen geben, die sich binnen einer halben Stunde duschen, schminken und anziehen können. Ich gehöre nicht dazu.

Im Bad zupfe ich das Hundefutter mit den Fingern auseinander, bis es lauter mäulchengerechte Stückchen für eine kleine, minderbemittelte Französische Bulldogge sind. Pogo ist so erleichtert, dass ihm fast die Tränen kommen.

Oder ihm steht das Pipi schon bis in die Augen. Keine Ahnung, ob Bröcki ihn zum Pinkeln in den Garten gelassen hat oder ob er gleich das Badezimmer fluten wird.

Ich dusche ausgiebig, lange und heiß, dann trockne ich mich genüsslich ab und setze Pogo – der inzwischen alles ratzekahl aufgefressen hat und vor lauter Überfressenheit glasig guckt – in die Duschwanne, nur für den Fall, dass seine Blase überläuft.

Anschließend schminke ich mich auf ungeschminkt, was sehr viel mehr Mühe erfordert als jedes große Abend-Make-up.

Die Auswahl der Garderobe ist einfach – etwas, das locker sitzt, damit ich beim Singen gut atmen kann.

All das erfordert seine Zeit. Zeit, in der eine Portion Rührei nicht nur längst erkaltet ist, sondern schon Moos angesetzt hat. Aber wenn Atlason mir einmal Rührei machen kann, dann schafft er das auch ein zweites Mal, denke ich, schaue nach Pogo, der in der Duschwanne eingeschlafen ist, wo ich ihn liegen lasse, und schreite die ausladende Treppe ins Erdgeschoss hinunter.

Ich komme nur bis zum ersten Treppenabsatz. Da steht Bröcki mit verschränkten Armen, gerunzelten Augenbrauen und einer in Falten gelegten Stirn.

„Und ich sage noch, lass das ... aber du fragst mich ja nie vorher. Das haben wir nun davon!"

„Hä?"

Sie tritt einen Schritt beiseite. Ich umrunde sie und bleibe auf der obersten Stufe des nächsten Absatzes wie angewurzelt stehen.

„Huch!", entfährt es mir. Weithin vernehmbar, wie alle meine Lautäußerungen. Ich bin ja schließlich Profi.

Unter mir breitet sich ein Meer an Gesichtern aus – hälftig aus Menschen, hälftig aus Hunden. Speziesübergreifend: große, kleine, dicke, dünne, behaarte, unbehaarte, helle, dunkle, freundliche, finstere. Und alle, alle schauen sie zu mir auf. Die Menschen wie die Hunde. Eine warme Welle schwappt über mich hinweg. Mein Aufruf ist nicht ungehört verklungen!

Aber schon im nächsten Moment keimen Zweifel in mir. Keiner der Hunde sieht auch nur im Entferntesten einem Boston Terrier ähnlich. Also bitte schön, ich hatte doch ein Foto beigefügt. Wie kann man da meinen grazilen, großohrigen und -äugigen Winzling mit einem gigantischen, sabbernden Bernhardiner verwechseln? Derer gibt es zwei. Auch eine dänische Dogge und einen Schäferhund kann ich in dem Getümmel ausmachen. Hallo? Glauben diese Leute wirklich, das Foto von Radames sei nur als ungefährer Anhaltspunkt gedacht und es reiche, wenn die Anforderung „Hund" erfüllt würde?

„Ich hab's dir ja gleich gesagt", zischelt Bröcki mir zu.

„Was soll ich denn jetzt machen?", frage ich.

Sie zuckt mit den Schultern. „Dein Problem."

Ganz toll. Wer solche Freunde hat, braucht keine Feinde mehr.

Da fällt es mir ein: Die besten Lösungen sind doch immer die einfachsten. Ich rufe: „Radames! Radames, mein Schatz!" Ich rufe es in dem Singsang, mit dem ich ihm sonst ankündige, dass es eine verbotene Leckerei gibt.

Wenn er in diesem Meer an Hunden zu finden ist, dann wird er die Stimme seines Frauchens erkennen und sich mit fröhlichem Kläffen zu erkennen geben. Und es ist ganz egal, ob er das tut, weil er sich auf mich freut oder auf das Leckerli – Hauptsache, ich habe ihn wieder.

Leider geht mein Plan nach hinten los. Meine tragende Stimme scheint bei den Hunden etwas auszulösen.

Sie kennen das vielleicht aus Fernsehdokumentationen: Wenn die Alpha-Wölfin den Mond anheult, heulen alle mit. Manche halbherzig, manche aus ganzer Hundeseele, aber ausnahmslos alle. Es ist ohrenbetäubend.

In einer Reflexreaktion hebe ich die Arme. Eigentlich will ich den Hunden damit signalisieren, dass es jetzt reicht – Ruhe, bitte! –, aber offenbar funktioniert Körpersprache in Hunde-Rudeln anders. Die Vierbeiner empfinden es wohl eher als Zeichen der Bestätigung und fühlen sich dadurch noch angestachelt. Das Heulen wird lauter.

Es dauert geschlagene zwei Stunden, bis ich jedem einzelnen der Hundebesitzer die Hand geschüttelt und mein Bedauern darüber ausgedrückt habe, dass es sich bei dem mitgebrachten Hund nicht um meinen Radames handelt. Die meisten haben so etwas schon geahnt.

Manche werden zickig und verlangen eine Fahrtkostenerstattung. Aber die werden von Bröcki in die

Schranken gewiesen. „Das ist doch Ihre eigene Töle! Ein Blinder im Tiefschlaf könnte sehen, dass dieses Vieh dem Boston Terrier auf dem Such-Foto nicht im Geringsten ähnelt. Sie wollten doch nur die 25.000 Euro abzocken. Schämen Sie sich!"

Unterdessen bringt Doktor Simian trotz Heilfastens genug Kraft auf, um in der Haustür zu stehen und an alle, die die Villa verlassen, seine Visitenkarten zu verteilen, auf denen seine Kontaktdaten stehen und die Frage, die uns alle umtreibt: Hunde-Energetik nach Simian – Mythos oder Rettung der Menschheit?

Neben ihm hat sich Pittertatscher aufgebaut, falls einer der Leute, die auf den Finderlohn scharf sind, frech wird. Oder schlimmer noch, denkt, ich hätte den Finderlohn in bar in der Tasche, mich niederknüppelt und das Weite sucht.

Bei den meisten Hundehaltern handelt es sich aber um unsportliche Vorruheständler und osteoporotische Omas, von denen keiner in der Lage ist, eine in Saft und Kraft stehende junge Frau auszuknocken.

Und dann endlich, endlich sind alle wieder fort.

Ich könnte rundum erleichtert sein. Nur leider war mein Radames wirklich nicht dabei. Was die Erleichterung deutlich schmälert.

Seufzend schlurfe ich in die Küche und setze mich neben Atlason, der bei einer Tasse Kaffee in aller Seelenruhe auf dem mitgebrachten iPad seine Mails liest. Vor ihm steht ein leer gegessener Teller mit winzigen Rührei-Resten.

Pittertatscher und Bröcki drehen eine Runde über das Anwesen, um sicherzugehen, dass sich keiner der Finderlohn-Gierschlünde zwischen den Büschen versteckt hat. Simian kommt ebenfalls in die Küche und holt eine Flasche energetisiertes Kraftwasser aus der

Ecke des Kühlschranks, die den Simians vorbehalten ist und ausschließlich Reformkost enthält. „Geht es dem Hundelein gut?", fragt er. „Wo ist es denn?" Suchend schaut er sich um.

Seine Sorge würde mich rühren, wenn ich ihm gegenüber nicht so misstrauisch wäre. „Der schläft in der Dusche, danke."

Simian nickt zufrieden und setzt die Kraftwasserflasche an die Lippen.

„Tut mir leid, das war so nicht geplant", sage ich zu Atlason, erstaunlich kleinmütig, aber ich bin auch völlig erledigt. Und stehe kurz vor dem Hungertod.

„Ich habe schon mitbekommen, dass in Ihrem Leben vieles nicht so läuft wie geplant", sagt er, ohne von seiner Mail-Lektüre aufzuschauen.

„Das ist der Fluch, wenn man ein außergewöhnliches Leben führt", philosophiere ich, bin damit aber an den Falschen geraten.

„Das ist eher der Fluch eines absolut ungeordneten, unstrukturierten, undisziplinierten Lebens", hält er dagegen.

Ich bin unterzuckert. Vor Gericht würde ich als nicht zurechnungsfähig gelten, wenn ich ihn jetzt mit einem Nudelholz erschlüge. Aber ich kenne mich in der Küche nicht aus und weiß nicht, wo hier die Nudelhölzer aufbewahrt werden. Und ob wir überhaupt eines im Haus haben.

Außerdem will ich ja was von dem Mann.

Ich räuspere mich. „Würden Sie es eventuell in Betracht ziehen, mir noch eine Portion Rührei zu machen?", frage ich.

Er schaut mich an und lächelt. Seine Augen sind wirklich erstaunlich blau.

Ich erwidere sein Lächeln. Mit Grübchen.

„Würde ich zu gern", sagt er mit seinem entzückenden isländischen Akzent, „aber die Eier sind alle."

Mein Lächeln gefriert. Wie die Gletscher auf Island.

Simian kichert.

Der Hund, der das hohe C sang

Simian!

Dieser heilfastende Scharlatan in Schwarz. Mit jeder Pore seines ausgemergelten Körpers signalisiert der doch: Ich war's! Ich werde den Hund und somit die Millionen erben! Es kann doch gar kein Zweifel bestehen, dass er Pogo erkannt hat. Wieso sagt er dann nichts? Weil er etwas Böses plant. Deshalb.

Finster betrachte ich seinen schmalen Rücken in dem schwarzen Einteiler.

„So, dann können wir jetzt, ja?" Atlason schiebt sein iPad in seine Campomaggi-Umhängetasche.

„Was?" Ich schrecke aus meinen Gedanken auf.

„Wir können jetzt endlich mit der Arbeit anfangen. Der Pianist wartet schon drüben im Salon. Sie wollen doch erfahren, wie Sie die Rolle der Turandot anlegen sollen." Er presst die Fingerspitzen aneinander. „Um es kurz zu machen, die Vision von Kiki Sturzenegger und mir ist vor allem visuell konzipiert, es ist keine Deutungsneuauflage der Oper und ..."

Er redet. Und redet.

Aus den Augenwinkeln sehe ich, wie sich mittig im Dschungel seines Bartes die vollen Lippen bewegen, aber meine Ohren haben die Schallwellenaufnahme eingestellt. Ich kann nicht gleichzeitig zuhören und mir Gedanken über Simian als Mörder machen.

Zutrauen würde ich Simian die Tat. Vielleicht nicht ihm allein, aber in Zusammenarbeit mit seiner „äh"-Schwester. Dafür gibt es doch reichlich Beispiele in der Geschichte, dass Geschwister zu blutrünstigen Monstern werden. Wie in „The Shining". Teuflische Zwillinge. Wehe, wenn sie losgelassen.

Simian trinkt eine dunkelgrüne Brühe aus der Mehrwegflasche, die er zur Hälfte leert und dann wieder in den Kühlschrank stellt. „Köstlich", behauptet er und tupft sich die Mundwinkel mit dem Handrücken ab. „Ich bewege mich jetzt ein paar Schritte. Am besten nehme ich den kleinen Hundeschatz mit."

„Sehr freundlich, aber das ist nicht nötig." Ich stehe auf. „Das erledige ich schon."

Flackert da ein Zornesblitz über Simians Gesicht?

Ich bin mir nicht sicher und werde zudem durch den festen Griff von Atlason abgelenkt, der meinen Unterarm gepackt hat. „Können Sie mir verraten, wohin Sie wollen?", fragt er konsterniert.

„Nur rasch die Nase pudern", flöte ich, schüttele seinen Arm ab und entfleuche in Richtung Treppe.

Diesem Simian traue ich zu, dass er sich den armen Pogo mit Gewalt schnappt. Womöglich habe ich mir doch nicht eingebildet, dass heute Nacht an meinem Türknauf gedreht wurde. Es war bestimmt Simian, der sich Pogo unter den Nagel reißen wollte. Großer Gott! Mich überfällt die plötzliche Erkenntnis, dass seine Schwester ja auch noch frei herumläuft. Ist sie mit Pogo bereits über alle Berge?

Ich eile die Treppe hinauf. Treppensteigen liegt mir nicht. Am Treppenabsatz muss ich stehen bleiben und Luft holen. Die mir gleich darauf wegbleibt, als ich zu meiner weit offen stehenden Schlafzimmertür komme und erkennen muss:

Pogo ist weg!

„Pogo?", rufe ich und laufe ins Bad. Doch die Duschwanne ist leer.

Auf dem Bett finde ich einzelne Hundehaare, aber keine Französische Bulldogge.

„Pogo?" Ich trete auf den Flur.

Von oben kommt mir Mechthild Simian entgegen.

„Was ist los?"

„Der Hund ist weg." Anklagend konfrontiere ich sie mit den Fakten. Ob sie gehört hat, wie ich den Namen Pogo gerufen habe?

Der Schreck, der sich daraufhin in ihrem Gesicht ausbreitet, ist jedoch so groß und ehrlich, dass mir Zweifel kommen, ob sie wirklich mit dem Verschwinden von Pogo zu tun hat.

„Was ist passiert?" Von unten kommt Simian angelaufen.

„Der Hund soll schon wieder verschwunden sein." Er und seine „äh"-Schwester tauschen einen bedeutungsschwangeren Blick. Dann eilen sie an mir vorbei in mein Schlafzimmer.

Ich laufe nach unten. Treppab ist kein Problem für mich. Im Foyer treffe ich auf Bröcki und Pittertatscher. Hinter ihnen steht die Tür, die zum Garten führt, weit offen.

„Habt ihr den Hund gesehen?", rufe ich.

Pittertatscher schüttelt den Kopf.

Bröcki antwortet gar nicht, sondern fragt: „Warum bist du nicht bei Atlason und lässt dir Nachhilfe geben? Das ist doch Sinn und Zweck seines Besuchs. Lässt du etwa einen weltberühmten Dirigenten warten?" Sie denkt eben immer nur an das eine: Arbeit. Und stellt sich immer erst mal auf die Seite der anderen.

Ich laufe an den beiden vorbei in den Garten.

„Pogo!" Hier draußen traue ich mich wieder, ihn beim Namen zu nennen.

Eine heftige Windböe raubt mir den Atem.

Wetterküche Bodensee. Was ich erst hinterher erfahren sollte: Der Bodensee ist berüchtigt für seine plötzlichen Wetterumschwünge. Eben noch schien die Sonne, aber als ich jetzt auf dem Rasen hinter der Villa stehe, türmt sich vor mir ein Wolkengebirge auf, und auf der anderen Seeseite wetterleuchtet es. Meine Locken werden in alle Richtungen gewirbelt, und Grasschnitt weht mir ins Gesicht. Ich spucke einige Halme aus.

„Pogo!"

Zugegeben, ich rufe Pogo, aber ich denke Radames. Seit zwei Tagen sind wir nun schon voneinander getrennt. Und Radames ist selbst an glücklichen Tagen sehr sensibel. Wie mag es ihm jetzt, in diesem Augenblick ergehen – allein, bei Sturm?

Mir schnürt es die Brust zu. Ist es tatsächlich so viel kälter geworden, oder bin ich das? Da höre ich über das Aufbrausen des Windes hinweg ein Kläffen.

Wir lernen: Hunde, die ununterbrochen Lautäußerungen von sich geben, sind im Verlustfall leichter zu finden.

Das Kläffen kommt von schräg links, also vom Van-Dusen-Grundstück, zur Seeseite hin. Ich laufe zum Eisengitter und lasse mich ein. Die ersten Tropfen fallen schwer vom Himmel.

Es kläfft in der Nähe des Bootshauses. Erst kann ich nichts erkennen, weil die Bulldogge niedriger ist als das augenscheinlich seit Jahren nicht gekappte Grün. Aber dann entdecke ich eine wackelnde Schwanzspitze im Dickicht neben dem Bootssteg.

„Pogo." Erleichtert gehe ich in die Knie.

Französischen Bulldoggen fehlt – ebenso wie Boston Terriern – die Unterwolle, sie sind deshalb kälteempfindlicher als andere Hunde. Ich muss ihn schnellstmöglich wieder ins Warme bringen.

Aber er entwindet sich meinem Griff. Seine Schnauze scheint mit dem Boden verwachsen.

Und da sehe ich es. Er hat etwas Leuchtendes gefunden, länglich, blutrot. Einen Rubinohrring.

Hat den Frau Niedlich beim Liebesvorspiel auf dem Weg zum Bootshaus verloren? Oder ist er der toten Tilla van Dusen beim Abtransport aus dem Ohrläppchen geglitten?

Wie auch immer, ich sacke ihn ein.

Noch im Knien sage ich zu Pogo: „Jetzt ist gut, du musst nicht mehr kläffen, ich bin doch bei dir."

Was mir gleich darauf plemplem erscheint, denn er kläfft gar nicht, er steht stumm neben mir und schaut mich aus großen Bulldoggenaugen an.

Aber ...

... da kläfft doch was!

Ich erstarre wie nach einem Elektroschock. Das Kläffen kommt aus dem Röhrichtdickicht links vom Bootshaus. Etwas raschelt dort.

Hoffnung breitet sich in mir aus wie ein Baby-Tsunami.

„Radames!", rufe ich gegen den zunehmenden Wind.

Das Rascheln wird stärker.

Ja!

Auf allen vieren robbe ich in Richtung Schilf. Ich höre deutlich, dass mir etwas entgegenkommt.

„Radames!"

Und da teilt sich das Schilfrohr, und er steht vor mir.

Der Schwan.

Weil ich vor ihm kauere, überragt er mich signifikant. Und weil er die Flügel ausbreitet, ist er nicht nur höher, sondern auch breiter als ich. Dumpf meine ich mich zu erinnern, dass sich Schwäne im Angriffsmodus befinden, wenn sie sich groß machen. Möglicherweise bin ich versehentlich in die Nähe seines Nestes mit den

Schwaneneiern geraten. Ich kann nur hoffen, dass es der Schwanerich ist und nicht die Schwanen-Mama. Mütter reagieren immer bösartiger als Väter, wenn die Brut in Gefahr ist.

In Zeitlupe robbe ich zurück zu Pogo, der sich von Anfang an nicht vom Fleck gerührt hat. Hätte er mir ja zu verstehen geben können, dass mir hier Gefahr droht. Aber Französische Bulldoggen sind eben Begleithunde, keine Schutzhunde – sie warnen dich nicht vor Dummheiten, aber dafür sind sie an deiner Seite, wenn du sie begehst. Das haben sie mit Boston Terriern gemeinsam.

Und dann verharre ich erneut. Nicht elektrisiert, sondern stutzig.

Schwäne kläffen doch nicht!

„Radames?", entfährt es mir unwillkürlich.

Es raschelt erneut im Dickicht, und dann sehe ich ihn: meinen süßen, kleinen Hundeschatz, der zwischen den Beinen des Schwanes auftaucht. Mein Radames!

Mein Herz setzt einen Schlag aus, als der riesige Schwan sich nach unten beugt. Was machen Schwäne mit ihren Opfern? Zu Tode hacken? Oder können die beißen? Mit den gewaltigen Schwingen einmal quer über den See schleudern? Wie lenke ich das gefederte Biest nur von meinem Liebling ab? Und wer hat Schwäne eigentlich majestätisch schön genannt? Der hier ist der Darth Vader der Schwäne, nur in Weiß und weniger röchelig.

Aber wie immer liege ich völlig falsch.

Während der Schwan sich nach unten beugt, reckt Radames sein Köpfchen in die Höhe, und ich schwöre, Schnabel und Schnauze begegnen sich in kurzer Berührung.

Mir fällt wieder ein, dass Radames vom ersten Tag am See an verrückt nach Schwänen war. Warum soll ein Boston Terrier nicht auch ungewöhnliche Begehrlichkeiten haben dürfen, zumal er hier seine Seelenverwandte gefunden zu haben scheint? Ich will gar nicht wissen, was die beiden in den letzten 48 Stunden getrieben haben. Man wird es im weitesten Sinne als Fell- und Federpflege bezeichnen können ...

Urplötzlich bricht ein Platzregen über uns herein. Handtellergroße Tropfen.

Radames zögert kurz, aber wenn er sich zwischen Nassgeregnetwerden mit Liebe und Trockenheit ohne Liebe entscheiden muss, siegen Komfort und Bequemlichkeit. Er kommt auf mich zugelaufen und sucht zwischen meinen Beinen Deckung. Wie im Übrigen auch Pogo. Boston Terrier und Französische Bulldoggen sind keine Wasserhunde.

Ich will mich aufrichten, aber da fängt der Schwan das große Zischen an. Erst denke ich, das gilt mir, weil ich ihm die Liebe seines Lebens entrissen habe, aber dann merke ich, dass jemand auf das Bootshaus zukommt.

Ich, ohnehin noch kniend, mache mich noch kleiner.

Der Schwan marschiert mit ausgebreiteten Schwingen auf den Neuankömmling zu.

Ich höre eine Stimme: „Wo ist jetzt die blöde Töle? Ich hab sie doch kläffen gehört."

„Hier ist sie jedenfalls nicht. Da ist nur ein Schwan. Lass uns zum Haus gehen. Vielleicht hat das Personal was gesehen."

Die Simians!

Oh, ich wusste es. Ich wusste, dieses Geschwisterpaar aus der Hölle hat der armen Frau van Dusen den Garaus gemacht und will sich nun mit Hilfe von Pogo das Millionenerbe krallen.

Apropos Pogo. Dumm wie Bohnenstroh. Er muss doch spüren, dass hier mehr in der Luft liegt als nur ein aufziehendes Gewitter, dass er gefälligst unauffällig zu sein hat, am besten gleich den toten Mann markieren sollte, bis die Bösen fort sind.

Aber Hohlkopf Pogo spürt nur, dass er nicht länger Mittelpunkt des Geschehens ist, und das stört ihn. Also bringt er sich in Erinnerung. Durch Kläffen.

„Was war das?", höre ich Mechthild Simian keifen.

Tja. Meine Tarnung ist dahin.

Und meine Fluchtmöglichkeiten sind begrenzt – in den See oder durch den Garten zum Haus. Die Simians sind zu zweit, womöglich bewaffnet – welche Chancen habe ich da schon groß?

Es zeigt sich aber, dass das letzte Wort in dieser Sache noch nicht gesprochen ist.

Der Schwan – respektive die Schwänin – verteidigt sein Revier und seinen Radames. Oder er ist einfach nur mies drauf. Oder beides. Jedenfalls nimmt der riesige Vogel regelrecht Anlauf und trippelt dann mit weit ausgebreiteten Schwingen und leicht gesenktem Kopf auf die Simians zu, auf die er gleich darauf wie im Blutrausch einhackt.

„Aua ... aua ... aua", ruft Simian, der mit Hunden flüstern kann, aber offenbar nicht mit Schwänen.

„Tu doch was!", fleht er seine Schwester um Hilfe an.

„Lauf halt weg", hält die dagegen und macht genau das. Gott sei Dank in Richtung meiner Miet-Villa, somit ist der Weg zur Villa der toten Tilla frei.

Ich schnappe mir die beiden Hunde, einen links, einen rechts – zum Glück sind die beiden kompakt –, richte mich auf und renne los.

„Da!", höre ich Mechthild Simian gellen.

„Aua ... aua ... aua", schreit Simian.

Ich habe mal gelesen, dass ein Schwan einem Schwimmer sieben Knochen im Gesicht gebrochen hat. Dieser hier versucht eindeutig, eine ganz ähnliche Szene an Land nachzustellen. Und ein rascher Blick zurück zeigt, dass er zumindest bei der Nase von Simian auch schon erfolgreich war – die wirkt schief und blutet.

Ich laufe durch den Regen in Richtung Villa und hoffe, dass die Niedlichs zu Hause sind. Denn ausgerechnet in dieser äußerst misslichen Katastrophensituation ist mir das Unvorstellbare passiert: Ich habe mein Handy zu Hause liegen lassen. Hilfe muss ich mir also auf die altmodische Art besorgen. Von Mensch zu Mensch. Ich bin mehr als skeptisch.

Zu Recht, wie sich gleich darauf zeigt.

Die Küchentür der Van-Dusen-Villa ist abgeschlossen.

„Hilfe!", brülle ich. Weil ich beide Hände mit Hunden voll habe, kann ich nicht klopfen. Darum trete ich mit dem Fuß gegen die Tür. „Hilfe! Ich brauche Hilfe!"

Der Donner hat bis zu diesem Augenblick gewartet, um ... nun ja, loszudonnern. Womöglich hätten mich die Niedlichs selbst dann nicht hören können, wenn sie die Ohren an die Küchentür gepresst hätten.

Mechthild Simian kommt näher. Ich bleibe nicht stehen, um zu schauen, ob sie eine Waffe in der Hand hält. Ich bin ja nicht blöd. Also renne ich um das Haus herum zum Haupteingang. Die Türglocke ist eine alte, kreisrunde Messingklingel mit Druckknopf.

Es donnert erneut. Wenn ich die Hunde jetzt absetze, schieben sie eventuell Panik und laufen davon, den mörderischen Simians womöglich direkt in die Arme.

Ich behalte die beiden also im Arm, beuge mich vor und versuche, mit der Nasenspitze den Türklingelknopf zu betätigen. Was leichter ginge, wenn meine Nase nicht so groß und vorn nicht so wabbelig wäre.

Mechthild Simian biegt um die Ecke.

Ich presse meine Nase fester, und da höre ich endlich das melodische Westminstergeläut im Innern des Hauses.

„Aber Frau Miller", ruft die Simian. „Warum laufen Sie denn vor mir davon?"

Blöde Kuh, denke ich, für wie naiv hältst du mich?

Pogo kläfft.

Ich trete gegen die Haustür.

Und gerade, als die Simian aufgeholt hat und quasi schon die Arme ausstreckt, dabei kurz zögert, weil auch sie die Hunde nicht auseinanderhalten kann, geht die Haustür auf.

Gott sei Dank öffnet Frau Niedlich, an der kann ich vorbeiflitzen. Ihr Mann hätte die Türöffnung vollkommen ausgefüllt und ein Hineinhuschen verunmöglicht.

„Sie müssen mir helfen", rufe ich. „Diese Frau ist eine Mörderin!"

„Was?" Frau Niedlich schaut begriffsstutzig.

„Hilfe!"

Jetzt kläfft Pogo noch lauter. Vermutlich erkennt er sein Zuhause wieder.

Wohingegen Radames vor lauter Aufregung einen narkoleptischen Anfall bekommt und wie ein nasser Sack in meinen Armen hängt. Er wiegt auf einen Schlag gefühlte zwei Tonnen mehr, aber das ist mir egal – ich habe meinen Radames wieder!

„Was ist passiert?" Herr Niedlich tritt aus einer Seitentür, mit einer Spitzenschürze um die überbreiten Männerhüften.

„Frau Simian und ihr Bruder haben Frau van Dusen ermordet, um ihren Hund zu erben", erkläre ich.

Wie aufs Stichwort biegt Doktor Simian um die Ecke. Das linke Auge ist blutunterlaufen, die Nase sichtlich gebrochen, weil das obere Ende in eine andere Richtung ragt als das untere, und das rechte Ohr scheint halb ausgerissen. Er blutet profus. Der Schwan hat ganze Arbeit geleistet. Bravo, Schwan!

„Nein, lassen Sie sie nicht ins Haus! Rufen Sie die Polizei!", schreie ich, als Frau Niedlich die Simians hereinwinkt.

„Das ist doch albern", erklärt Mechthild Simian herablassend. „Wir haben nichts mit dem Ableben Frau van Dusens zu tun."

„Glauben Sie ihr nicht", widerspreche ich energisch. „Dieser Quacksalber und diese Frau, die bestimmt gar nicht seine Schwester ist, wollen sich das Erbe erschleichen. Bei der Testamentseröffnung wird herauskommen, dass Tilla van Dusen sie als Vormund für ihren Alleinerben Pogo bestellt hat."

Pogo strampelt zu heftig, ich kann ihn nicht mehr halten.

Er springt zu Boden und läuft zu Herrn Niedlich, um sich an dessen Wade abzustützen und herzerweichend zu jaulen, bis Niedlich ihn auf den Arm nimmt und krault. Pogo hechelt glücklich.

„Rufen Sie doch endlich die Polizei. Das sind die Mörder Ihrer Arbeitgeberin!", insistiere ich, während es draußen erneut donnert. Das Licht in der Villa flackert.

„Nein, das denke ich nicht", sagt Frau Niedlich.

„Doch", bekräftige ich und sehe, wie die Simians einen Schritt zurückweichen und erstarren, und erst dann bekomme ich mit, dass Frau Niedlich etwas in der Hand hält.

Eine Beretta.

Oder eine SIG Sauer.

Oder eine Walther PPK.

Keine Ahnung, ich kenne Handfeuerwaffen sonst nur aus Kinofilmen, und da achte ich immer mehr auf die Physiognomie des Hauptdarstellers als auf die Wumme in seiner Hand.

„Was ...?", fange ich an.

„Großer Gott, tun Sie nichts Unbedachtes", fleht Simian. Er fleht es nasal, wegen der gebrochenen Nase.

„Wir haben Frau van Dusen kein Leid zugefügt", beschwört seine Schwester. „Wir hatten nur ... ein gewisses Interesse am Halsband des Hundes. Mehr nicht. Ehrlich."

„Ha!", sage ich. Das soll der Grund gewesen sein, warum Simian immer so bleich wurde, wenn ich von der van Dusen sprach? Mehr soll nicht dahintergesteckt haben?

Frau Niedlich schließt mit der freien Hand die Haustür ab und schiebt den Schlüssel in die Tasche ihrer Kittelschürze.

Erst jetzt fällt mir auf, dass alle Fenster im Erdgeschoss vergittert sind. Das ist schön, wenn man Einbrecher draußen halten will, aber weniger schön, wenn man drin ist und nach einem Fluchtweg sucht. Was, wenn jetzt der Blitz einschlägt und das Haus in Flammen aufgeht?

„Sie wollten sich also das Halsband unter den Nagel reißen? Wie ungezogen", sagt Frau Niedlich. „Es ist von Ari Onassis und mehrere Millionen wert."

„Lass ihnen doch das Halsband. Wir haben ja den ganzen Rest", sagt Herr Niedlich. „Uns reicht der Hund!"

Öhm ... wie bitte?

Frau Niedlich schaut zu mir und kichert. „Mein Gott, seht euch die Trällermaus an. Die hat's immer noch nicht begriffen."

„Was begriffen?", purzelt es aus mir heraus.

Die Simians weichen noch einen Schritt weiter zurück, bis sie mit dem Rücken fast an der Wand stehen.

„Der Plan war so perfekt", sinniert Frau Niedlich wehmütig. „Mein Mann hat die alte Schnalle erwürgt, dann haben wir sie abgepackt und im See versenkt, weil es immer hieß, der Bodensee gibt seine Leichen nicht mehr frei. Erst nach sieben Jahren hätte man die van Dusen offiziell für tot erklären können, und bis dahin hätten wir in Saus und Braus gelebt und zum Wohle des kleinen Lieblings keine Kosten gescheut. Teure Urlaube, Delikatessen vom Feinsten, kostbare Möbel – Frauchen hätte es ja so gewollt."

„Ihr Mann hat ... was?" Ich hinke in meinem Verständnis noch etwas hinterher. „Aber das ist unmöglich, er kann kein Mörder sein ... der Hund liebt ihn."

Pogo müsste doch spüren, dass Herr Niedlich vom Bösen besessen ist. Stattdessen schnurrt er unter den Streicheleinheiten der Wurstfinger des Kolosses wie ein Kater.

Frau Niedlich hebt die Augenbrauen. Dann schaut sie zu den Simians. „Glaubt die das wirklich? Dass Hunde einen moralischen Kompass haben, der ihnen ein inneres Entsetzen vor Gewalttätern einimpft?" Sie schaut wieder zu mir. „Warum haben dann so viele Zuhälter und Drogenbosse ein liebevolles Verhältnis zu ihren Kampfhunden?"

Ein schlagendes Argument, dem ich so schnell nichts entgegenhalten kann.

„Das ist doch jetzt eine wunderbare Patt-Situation. Wir erzählen der Polizei nichts von Ihnen, wenn Sie der Polizei nichts von uns erzählen", fängt Mechthild Simian an. „Wir können alle unseres Weges ziehen.

Und was Sie mit der da machen ..." Sie zeigt mit dem Kinn auf mich. „... das ist uns egal."

Simian nickt. Blut spritzt.

Frau Niedlich lacht. Nicht darüber, dass Simian langsam ausläuft, sondern über die Ansage von Mechthild. „Bin ich denn von lauter Naivlingen umgeben? Denken Sie wirklich, Sie würden hier lebend rauskommen?"

Mechthild Simian wird bleich. Sie weicht noch einen Schritt zurück, allerdings nicht direkt nach hinten, sondern mehr so rechtslastig auf die riesige Ming-Vase voller Chrysanthemen zu. Die Vase gerät ins Trudeln, Herr Niedlich ruft noch „Nicht die schöne Vase!", da gibt es schon ein Scherbenmeer.

Simian fällt in Ohnmacht. Vermutlich nicht vor Schreck über das Ableben der Vase, sondern wegen des Blutverlustes. Er ist auch ganz bleich.

Mechthild schreit auf. Frau Niedlich ist abgelenkt, und mehr brauche ich nicht, um mich vom Acker zu machen.

Die Haustür ist natürlich verschlossen und die Fenster sind vergittert, aber dieser Palast von einer Bodenseevilla ist groß genug, da werde ich doch irgendwo ein Versteck für mich und Radames finden, vorzugsweise mit einem Telefon in Griffweite.

Hinter mir höre ich noch, wie die Niedlich ihrem Mann zuruft: „Kümmer du dich um den Hungerhaken, ich knöpfe mir die Dicke vor!"

Mit meinem komatösen Hund im Arm laufe ich zu dem Gang links von mir und biege dann gleich rechts ab. Mein Orientierungssinn ist leider unterirdisch. Ich lande in einem gewaltigen Esszimmer ohne Versteckmöglichkeiten – da sind nur ein meterlanger

Tisch und Dutzende Stühle. Aber am anderen Ende des Raumes lacht mir eine offene Tür entgegen.

Ich wähne mich schon in vorläufiger Sicherheit, als ich ein Summen höre. Bienen?

Nein, Kugeln!

Direkt neben mir reißt es ein Stück Leinwand aus dem Öl-Porträt eines Blumenstraußes.

Scheiße, die Niedlich schießt gut!

Ich ducke mich, weil man das so macht, wiewohl es gar nichts bringt, außer dass einen die Kugeln dann nicht in Kopf und Rücken, sondern in den Po treffen. Das will man ja auch nicht.

Die offene Tür führt in einen Raum, in dem vor 150 Jahren zweifelsohne die Lakaien die Mahlzeiten für die Herrschaft ansprechend auf Tellern arrangiert haben. Wieder nur Tische, kein Versteck. Und ich brauche ja nicht irgendein Versteck. Es muss ein Versteck sein, in das meine Walkürengestalt mitsamt narkoleptischem Terrier passt.

Meine Zuversicht bröckelt.

Der nächste Raum ist kein Raum, sondern ein Flur. Ob es ein neuer Flur ist oder der von gerade eben, vermag ich nicht zu sagen.

Ich biege nach links, und Mechthild Simian kommt mir entgegen, ihr im Verfolgungsmodus dicht auf den Fersen Herr Niedlich, dahinter der laut kläffende Pogo.

Man möchte es nicht glauben, aber ich finde das beruhigend. Solange ich den Niedlich vor mir habe, wird mich die Niedlich nicht von hinten zu erschießen versuchen, sie könnte ja ihren Mann treffen.

Diese Vermutung erweist sich als irrig. Frau Niedlich schießt ...

... und trifft ihren Mann. Nur ein Streifschuss am Arm, aber immerhin.

„Scheiße, Schatzi!", schimpft er.

Mechthild und ich rennen weiter, sie nach hinten, ich nach vorn. Hätten Niedlich und seine Frau sich spontan umorientiert, dann hätte er mich mühelos packen können, selbst in angestreifschossenem Zustand, und sie hätte Mechthild ein Bein stellen können, und aus die Maus.

Aber so rasch reagieren nur die wenigsten Menschen – hat man sich einmal auf ein Ziel eingestimmt, verfolgt man es mit Tunnelblick.

Also läuft Mechthild an Frau Simian vorbei in den angrenzenden Raum, und ich quetsche mich an Herrn Niedlich vorbei und lande wieder in der Lobby.

Simian liegt immer noch reglos auf dem Boden. Er ist kreidebleich. Für einen Sekundenbruchteil mache ich mir Sorgen um ihn. Er wird doch hoffentlich nicht tatsächlich verbluten? Einer, der so hager ist und ständig heilfastet, hat ja nicht wirklich Kraftreserven. Aber dann ist der Sekundenbruchteil vorbei, und ich sorge mich wieder um mein eigenes Überleben.

Ich hechte die Treppe hoch. Natürlich geht mir bei der Hälfte die Luft aus. Ich beuge mich vor, um tief zu atmen, was gut ist, weil die Niedlich schon wieder schießt, aber über mich hinweg.

Erschrocken richte ich mich auf und erklimme die restlichen Stufen in den ersten Stock, wo ich mich einer Kreuzung gegenübersehe. Ich kann nach links oder nach rechts. Es wird links. Wie viele Flügel hat dieses Haus?

„Treten Sie doch in Würde ab", ruft mir die Niedlich hinterher. „Sie haben eh keine Chance."

Im Laufen bekomme ich mit, dass die Fenster hier oben nicht vergittert sind, aber wenn ich aus dem ersten Stock springe, lande ich womöglich ungünstig und breche mir nicht nur die Hüfte, sondern auch das Genick. Ganz zu schweigen davon, was meinem Radames im freien Fall alles passieren könnte.

Ich rüttele an einer Tür, aber sie ist verschlossen.

Frau Niedlich schießt erneut. Putz bröckelt von der Decke. Wie viel Schuss hat so eine Waffe? Im Zweifel vermutlich immer einen mehr, als einem lieb ist.

Die nächste Tür steht offen. Ich hechte hinein und knalle sie zu. Gerade noch rechtzeitig fällt mir ein, dass die Niedlich durch die Tür schießen könnte, was sie auch tut, aber da habe ich mich schon auf die Seite geworfen.

So langsam gehen mir die Optionen aus.

Ich befinde mich in einem Bügelzimmer, was ich aus dem übervollen Wäschekorb und dem Bügelbrett schließe. Ob es was nützt, wenn ich der Niedlich das Dampfbügeleisen an den Kopf werfe?

Quatsch. Ans Bügelzimmer grenzt ein weiterer Raum. Der eigentlich kein Raum ist, sondern eine offene Empore. Unten sehe ich Mechthild Simian, die durch eine Halle läuft, aber langsam aus der Puste kommt. Direkt hinter ihr wuselt Pogo. Herrn Niedlich kann ich nur schnaufen hören, sehen kann ich ihn nicht. Offenbar macht er auch mehr Kraft- als Ausdauertraining, das rächt sich natürlich bei einer Verfolgungsjagd.

Und plötzlich erweist sich Pogo als infernalische Töle, deren Loyalität voll auf Seiten von Herrn Niedlich liegt. Ich bekomme noch mit, wie Pogo nach oben springt und sich in den Podex von Mechthild verbeißt. Ein gellender Schrei hallt durch die Villa. In diesem Moment werde ich nach vorne katapultiert, und ein glühend heißer Schmerz zieht sich durch meinen Körper.

Oh Gott, ich bin getroffen.

Ich muss sterben.

Dabei hätte ich der Welt noch so viel zu geben gehabt. Ich hatte noch so viel vor, zum Beispiel wollte ich ... keine Ahnung. Alles, alles wollte ich noch tun. Doch zu spät.

Der Aufprall der Kugel hat mich gegen das gusseiserne Geländer geworfen. In Zeitlupe rutsche ich zu Boden. Radames entgleitet meinen Armen. Mein einziger Trost ist, dass er von alldem nichts mitbekommt, weil er immer noch narkoleptisch weggetreten ist.

Ein letzter Blick zu ihm lässt mich an den Spruch Mark Twains denken: „Je besser ich die Menschen kennenlerne, desto mehr weiß ich meinen Hund zu schätzen." Oh Radames ...

Leb wohl, schöne Welt.

Frau Niedlich kniet sich vor mich. Ihr Lächeln ist mit Fug und Recht diabolisch zu nennen.

„Och, so ein Pech aber auch", giftelt sie genüsslich, „hat es nicht geklappt mit der Flucht? Das tut mir jetzt leid. Wollen Sie wissen, wie es mit Ihnen weitergeht? Wir werden Sie in Kleinstteile zerlegen und in den See werfen. Als Fischfutter. Da wird keine Leiche mehr hochgespült. Felix hat extra eine Kettensäge gekauft." Sie grinst.

Ich schaue zu Radames. „Sie werden ihm doch nichts tun?", frage ich mit letzter Kraft.

„Aber nein", verspricht die Niedlich. „Falls der blöde Kläffer von der Alten stirbt, ist es gut, noch einen Doppelgänger in der Hinterhand zu haben. Um den Nachlassverwalter in die Irre zu führen." Jetzt lacht sie.

„Na dann", sagt sie dann und schießt.

Aber da habe ich den Kopf schon zur Seite gerissen, und die Kugel prallt mit einem metallischen *Zong!* auf die eiserne Geländerstrebe hinter mir und prallt an ihr ab und saust zurück.

Ich höre das Surren der Kugel an meinem Ohr, und plötzlich klafft ein kreisrundes Loch zwischen den Augen von Frau Niedlich. Ihr Körper verharrt noch einen Moment in der kauernden Position, aber *Elvis has left the building*, wie man so schön sagt. Dann kippt die leere Hülle auch schon nach hinten.

Frau Niedlich weilt nicht mehr unter uns.

Querschläger.

So ein Pech aber auch.

Das tut mir jetzt kein bisschen leid.

In diesem Moment wacht Radames auf. Er schaut mich fröhlich an, schleckt sich mit der rosaroten Zunge das Schnäuzchen, gähnt, rekelt sich, sieht die tote Frau Niedlich, schaut mich erneut an, schon deutlich weniger fröhlich, und fängt an zu jaulen.

Ganz nah am hohen C.

Schwanengesang für eine Mörderin.

Bregenz – das Mehr am See

Man glaubt es kaum, aber die „Turandot" in Bregenz wurde ein rauschender Erfolg. Fast möchte man sagen: trotz mir und meiner laxen Arbeitseinstellung.

Die ich nach meiner Entlassung aus dem Krankenhaus sofort ablegte. Ich gab nicht nur 150 Prozent, ich gab 200 Prozent. So gut habe ich noch nie gesungen.

Zum allergrößten Verdruss des Herrmännchens, die doch so sehr darauf spekuliert hatte, mir meine Rolle wegzunehmen. Ätsch!

Natürlich kamen viele Leute nur aus dem einen Grund, weil sie die Sängerin hören wollten, die beinahe von den Mördern der geheimnisvollen, superreichen Tilla van Dusen abgeschlachtet worden wäre.

Bröcki verstand es meisterlich, meine Schussverletzung so darzustellen, als sei ich dem Sensenmann buchstäblich in letzter Sekunde von der Schippe gesprungen. Und hätte ihm danach noch einen rechten Haken versetzt.

Der Arzt im Landeskrankenhaus versicherte mir aber, dass es sich nur um eine Fleischwunde handelte, keine große Sache, quasi nicht mehr als ein Spreißel in meiner gut gepolsterten Seite. Viel schlimmer, meinte er, sei es um den Hintern von Mechthild Simian bestellt, in den sich der kleine Kläffer Pogo verbissen hatte. Die Bisswunde hatte sich nämlich böse entzündet. Und auch dem Hundeflüsterer Simian stand eine längere Genesungszeit bevor. Der Schwan hatte wahrlich ganze Arbeit geleistet. Aber die beiden – die sich tatsächlich als Geschwister herausstellten, als Zwillinge sogar – würden überleben. Sie hatten sich wirklich mit Hintergedanken bei mir eingeschlichen, aber mit der Ermordung von Tilla van Dusen hatten sie nichts zu tun, von Anfang an galt ihr Interesse einzig und allein Pogos diamantenem Hundehalsband. Auch für Herrn Niedlich hatte die letzte Stunde noch nicht geschlagen. Er war spektakulär von Pittertatscher und Heinzl überwältigt worden – beide von Bröcki auf meine Spur angesetzt, nachdem sie mein Handy ohne mich in meinem Schlafzimmer entdeckt hatte. Ohne Handy würde ich nie freiwillig das Haus verlassen, das wusste sie. Dank des Regens war der Garten schlammig geworden, und dank des Schlammes konnten die beiden Inspektoren meine Fußspuren zurückverfolgen.

Also, ich will ja jetzt nicht so esoterisch daherreden wie Simian immer, aber ich führe meine Rettung schon auf das Eingreifen höherer Mächte zurück. Ich bitte Sie: ein Schwan, eine Vase, ein Querschläger? Die Hunde nicht zu vergessen. Dognapperin Gertruds Beschreibung der ominösen Nele führte zu einer Münchner Touristin, die weder mit den Niedlichs noch mit den Simians irgendetwas zu tun hatte. Es gibt eben mehr böse Menschen auf der Welt, als einem lieb sein kann. Gertrud bekam nur irgendwas mit Bewährung. Sie arbeitet seitdem ehrenamtlich im Tierheim. Alle Hunde lieben sie. Aber, wie ich schmerzlich lernen musste, das will ja nichts heißen.

Als Yves erfuhr, dass er unwissentlich mit einer Mörderin geschlafen hatte, ging er ins Kloster. Echt wahr. Natürlich nicht richtig als Mönch und für immer, aber für eine lange, frauenlose Auszeit. Ein Trappistenkloster in den Pyrenäen. So weiß ich ihn wenigstens gut aufgehoben, auch wenn ich nicht an seine Läuterung glaube. Oder an eine dauerhafte Libido-Drosselung.

Ein wenig Sorgen mache ich mir um Papa. Er schiebt immer öfter Kopfschmerzen vor. Anfangs dachte ich schon an einen Tumor, aber dann erzählte mir Cousine

Barbara, dass man Mama mit einem zehn Jahre jüngeren Professor turteln gesehen habe. Und ich habe nie erfahren, warum Papa sich in Bregenz öfter mal – schick und mit Eau de Cologne beduftet – abgesetzt hat. Etwa, um auch zu turteln? Eltern, ehrlich! Ich hoffe, die kriegen ihre Beziehung geregelt. Ich will auf meine alten Tage nicht noch zum Scheidungskind werden!

Meine Zeit in Bregenz wird mir jedenfalls unvergesslich bleiben, so viel ist klar. Nicht nur wegen der toten Erbin und des Dognappings. Auch wegen meines letzten Abends in der Vorarlberger Metropole.

Die Dernièrenparty im Festspielhaus rockte.

Idris legte heiße Beats auf, die Bude wackelte, seine Brillengläser beschlugen wieder. Opernsänger hören nicht nur Opern, das ist ein Vorurteil. Wir lieben jede Art von guter Musik.

Ich war in Feierlaune und tanzte ausgelassen, mehrheitlich mit mir selbst. Vielleicht trank ich auch ein wenig zu viel. Aber nach einer gelungenen Festspielsaison muss das drin sein.

Zum Abschied lagen wir uns dann alle in den Armen. Ich umarmte Kiki Sturzenegger, die mir für die grandiose Umsetzung ihrer Vision dankte, ich umarmte Ping, Pang und Pong, deren Echtnamen mir in meinem beschwingten Zustand nicht mehr einfielen, die ich aber liebte wie Brüder.

Ich machte einen großen Bogen um das doofe Herrmännchen und umarmte stattdessen zwei Geiger und eine Blechbläserin, die ich – das hätte ich schwören können – noch nie zuvor in meinem Leben gesehen hatte. Möglicherweise waren das auch gar keine Musiker, sondern angeheuerte Servierkräfte der Catering-Firma. Aber jedenfalls umarmte ich sie und fand es großartig.

Und ganz zum Schluss umarmte ich Arnaldur Atlason und wurde kräftig zurückumarmt. Ich ließ es zu. Weil ich daran dachte, dass dies ein Mann war, der meine Kapriolen mit Humor zu ertragen wusste. Und der Rührei zaubern konnte. Und weil in seinen blauen Augen vielversprechend das Wikingererbe blitzte.

Er küsste mich – auf den Mund! –, und ich erwiderte den Kuss, und als ich wieder zu Atem kam, sagte ich: „Bröcki ist schon abgereist, zu ihrem Pittertatscher nach Salzburg für einen Kurzurlaub. Du möchtest mich nicht zufällig nach Hause begleiten? Ich wäre sonst ganz allein in der Villa ..."

Und mein Wikinger lächelte strahlend und meinte: „Das wurde aber auch Zeit!"

„*Vater, ich kenne den Namen des Fremden! Sein Name ist ... Liebe!*"
   („Turandot", III. Akt, Finale)

Danksagung

Ich danke Ronan Collett, Heidi Melton und Rolando Villazón.

Blubb

ERSTER AKT
Bodensee-Blues für Anfänger
Jedem Anfang wohnt ein Zauber inne
Lebe das Abenteuer!
Unheimliche Erstbegegnungen der dritten Art
Wenn die Soubrette zweimal klingelt
Blubbblubb forever. Forever?
In den See, in den See ... mit Gewichten an den Füßen!
Blubber
Keiner darf schlafen
Joan Mitchell Abstract Life
Die Welt ist schlecht und riecht bedenklich

ZWEITER AKT
Die Leiche ist voll schlecht drauf
Bregenzaströs!
Diese Lücke, diese horrende Lücke
Wer schwitzt, sündigt nicht
On the road again
Der sterbende Schwan

DRITTER AKT
Eines Tages schwimmt die Wahrheit doch
nach oben. Als Wasserleiche
Inquisition mit Charmefolter
Die Nebel verdichten sich
Der, wo ...
Wo die Liebe hinfällt ... bleibt sie liegen und stellt sich tot
Schlafen, wachen, sorgen
Sprezzatura!
Der Hund, der das hohe C sang
Bregenz – das Mehr am See

Danksagung

Tatjana Kruse
Bei Zugabe Mord!
Eine Diva ermittelt im Salzburger Festspielhaus
Kriminalroman
248 Seiten, € 9.95
HAYMON taschenbuch 177
ISBN 978-3-85218-977-2

Singt er noch oder stirbt er schon? Bei den Salzburger Festspielen wird neuerdings mehr gestorben als gesungen. Ein Sänger nach dem anderen verstummt – für immer. Operndiva Pauline Miller, ebenso voluminös wie schillernd, kann das nicht hinnehmen. Also wird die Sopranistin zur Schnüfflerin und fühlt verdächtigen Opernfeinden auf den Zahn.

Schräg, genial und urkomisch: Wenn die „Queen der Krimi-Comedians" (Süddeutsche Zeitung, Tanja Kunesch) ihren schwarzen Humor auspackt, können selbst die Briten einpacken!

www.haymonverlag.at

Tatjana Kruse
Grabt Opa aus!
Ein rabenschwarzer Alpenkrimi
224 Seiten, € 9.95
HAYMON taschenbuch 156
ISBN 978-3-85218-956-7

Tollpatsch Alfie erbt eine Pension in Tirol – und wähnt sich in der schönen, aber verschlafenen Touristengegend im Glück. Schön? Ja. Verschlafen? Mitnichten! Schon bald überschlagen sich die Ereignisse im Grenzgebiet zwischen Seefeld und Mittenwald, wo sich Österreicher und Deutsche gute Nacht sagen, und Alfie muss feststellen, dass seine Hausgäste alles andere als harmlos sind ...

Tatjana Kruse, wie man sie kennt: schräg, schwungvoll, spannend und rabenschwarz.

www.haymonverlag.at